＊俺の異世界冒険譚

YARINAOSHI TENSEI

やりなおし転生

目次

I TENSEI

RE LIFE

YARINAOSHI

0　プロローグ

その日、ある晴れた朝に、空が突然まばゆい光に覆われた。

世界中の誰もが驚き、そしてその眩《まぶ》しさに目を覆った。

幾人かは、その輝く空の中に一つ、純白の宝玉の様なものを認めた。

それは、ふわりふわりとゆっくり、だが着実に地面へと下降してゆき、とある貧しい民家の上にまで落ちてゆき、音も立てずに屋根の中へと消えて行った。

その日、その時間、その家では一人の赤ん坊が産声を上げた。

王国史に残る『奇跡の朝』と呼ばれる出来事は、その日生まれた赤ん坊の人生を大きく変える事となった。

国の命により動いた騎士達の手で、その赤ん坊はすぐに王宮へ召される事となったのだ。

生まれたばかりの赤ん坊の髪も肌もうっすらと光を伴い、キラキラと輝いていた。

文字通り輝く金の髪、美しい絹《シルク》の様な白い肌、暖かい太陽の光の様な金の瞳。

光に全てを包み込まれた様な赤ん坊は、まるで神話に出てくる天使の様な美しさで、それは誰もがひれ伏してしまうほどの神々しさだった。

両親は王都付近の小さな村に住む農家の夫婦だった。この両親もこの赤ん坊の出生を調査する為に、また国の温情もあったのであろうか。王宮での下働きを認められたという。

出生地であるその古ぼけた民家は、これも調査のために王直轄の管理地となった。

赤ん坊は男児で、国は彼の身元を確かにする為に子供のいない貴族夫婦の養子とし、名は王国直轄の大神殿より授けられた。

アンドレ・テルジア。

アンドレは、王国貴族の中でも有力貴族であるテルジア公爵の家に迎え入れられたのだった。


～～数年後～～


アンドレは〝光の聖霊の写し子〟として、多くの賞賛を浴び、光を纏ったかのような美しさは多くの貴族を虜にしていた。

テルジア公爵夫妻には、その後、女児、そして男児が誕生していた。

双子だった。

二人ともとても愛らしい赤ん坊であった。

女児の名は、母親であるリリア・テルジア公爵夫人より、夫人の好きだった花の名を取りアイリスと名付けられた。

男児の名は、父親であるガルム・テルジア公爵により、強くて元気な男の子に育つよう願いを込めて、レオンと名付けられた。

アイリスとレオンは双子だがその顔立ちはそっくりなものの、不思議なほどに肌や髪色などは異なっていた。

アイリスは、母の銀髪を受け継ぎ、透き通る様に白い肌、アメジストのような紫色の瞳は、後に『夜の月の様に美しい』と評判になった。アンドレとは血が繋がっていないにも拘わらず、アンドレとアイリスの方が本物の兄妹と見間違われるほどだった。

二人とも揃って、『太陽と月の神がもたらした光の精霊の写し子』とも謂われるようになった。

レオンは、父の茶金髪を受け継ぎ、健康そうな肌の色、緑色の瞳は元気な男の子という印象はあるものの、兄のアンドレや双子の妹《アイリス》の輝く様な美しさという点では特に目立つ部分もなかったため、彼の存在はあまり目立った評判もなく二人の兄妹の陰にひそんで育つ事となる。

また、レオンは彼自らもアンドレやアイリスの光の陰で目立たない様に過ごす事を好んでいたため、社交界でもテルジア公爵家には二人の神子がいるという評判のみで、レオンの存在はともすれば忘れられがちだった。

そのため、レオンの存在を知っているテルジア公爵と近しい貴族達にも、テルジア家の弟君と呼ばれるにとどまっていた。

幸いだったのは、テルジア夫妻が三人を分け隔てなく愛していた事だった。

1　自己紹介

俺は、レオン・テルジア。

テルジア公爵家の次男坊、現在五歳。

よろしくな！

でさ、突然で悪いが、俺には前世の記憶があるんだ！


俺の前世の名は、山田　太郎。

俺は、十七歳の日本の底辺高校の生徒だった。

底辺高校にありがちな、かなり荒れた学校で、チビでヒョロガリだった俺は入学早々からパシリとイジメに苦しんでいた。

中学では目立たぬ陰キャだった。アニヲタでドルヲタだった俺は、地味なクラスに少数はいる同類の友人とそれなりに楽しくやっていた。

……あの頃が懐かしいぜ。

誤算だったのは、そんな友人達は皆、実はかなり頭が良かったって事だった。

俺はヲタ活動ばかりで勉強の方はからきしだった。

受験できた高校は底辺しかないと知った時には、もう……為す術もなく手遅れだったのだ。

高校生活は入学早々、俺にとっての地獄へと化した。殴られないように朝メシ、昼メシ、おやつの買い出し、放課後は不良《ヤンキー》どもの荷物持ちを余儀なくされた。

当然、メシ代なんて貰えるはずもない。夜はパシる為のバイトをこなし、疲れて眠る毎日。立派なパシリに徹する事で、不良達《ヤツら》からの暴力を免れるだけで精一杯だった。

こんな地獄の毎日を送っていたから、趣味のヲタ活動なんて当然の様に出来なくなった。

眠る前に現実逃避として見つけた、無料の小説サイトで異世界の冒険を楽しむ事だけがこの頃の唯一の楽しみだった。

事件は、高二に入って夏休みに入る少し前に起きた。

昨年は、夏休み中も頻繁に不良達《ヤツら》に呼び出しをくらい、辛いパシリ生活を送った反省を活かして、今年の夏休みの間は、〝田舎に住んでいる病気の祖母の家の手伝いをする〟という嘘をでっちあげた。

不良《ヤンキー》どもの生活圏内や活動時間帯は熟知していたから、夏休みにばったり出くわす事もないだろう。ラインでたまにやり取りをする中学時代の友人と夏コミに行く約束もしている。録り溜めたアニメだって見れる。

俺は夏休みが楽しみで楽しみで仕方なかった。

そんな、夏休みまであと一週間も切ったある日の事だった。

不良《ヤンキー》グループの中でも最も凶悪な山本に昼メシを命令されて、クソ暑い炎天下、コンビニに買いに行かされた。

走って買ってきて汗だくでハァハァ言っている俺を、突然、山本が蹴り飛ばした。

『おい、箸がねぇーぞぉ!?』

コンビニ店員の奴が袋に箸を一緒に入れてくれるのを忘れたのだ。

俺も確認するのをすっかり忘れていた。

『どうやって食えばいいんだよ！　ヒョロガリィッ!?』

ここ数日の暑さで、山本の機嫌は最悪だった。

俺はクラスのみんながいる教室の後ろでボコボコにボコられた。


夕方になり、やっと不良《ヤンキー》から解放された。

鼻血を出し、口の中も切った。右目は目元が青紫に腫れあがりうまく開けられなくなっていた。

一人になった事で、今まで抑えていた悲しみが込み上げてきて涙が出ていた。

しゃくり上げてくるのを必死にこらえ俯きながら帰り道をとぼとぼと歩く。

「あ……バイト先に休むって連絡しなきゃ」

ポケットからスマホを取り出そうとしたが……

ない。

スマホが無かった。

殴られた時に落としたかもしれない。

つくづくついてなかった。

たぶん教室……かな……。俺は慌てて、元来た道を走り出した。

その時だった。

目の前に、デカいトラックが飛び込んできた。

俺もトラックもどうにも出来ないくらいの距離だった。

俺は信じられない衝撃で吹っ飛び、そのまま、

「あ、死ぬかも」

と思った。

飛んでいる時間はやたら長く感じられ、俺が歩いていた歩道の信号が赤になっておりトラックが悪くない事まで分かった。

だがそれだけだった。

「死ぬ」

という事だけはなぜかはっきりと理解できた。

そしてもう一度、地面に叩きつけられる物凄い衝撃を感じながら、俺は意識を失った。

熟睡しきった朝のような、スッキリと爽快な気分で目を覚ますと、俺は目の前にどでかい映画館の様なスクリーンだけがある真っ白い空間に一人座っている事に気が付いた。

目の前の巨大スクリーンには俺の生まれた時から幼少期、そしてパシられている映像、トラックに轢かれた時の映像が次々と映し出されていた。

「あぁ……本当に俺、死んだんだな」

なぜか俺は焦る事もなくすんなりと死を受け入れていて、ただ単に「死ぬとこういう所に来るんだな」と思っただけだった。

しばらく映像をぼんやり眺めていると、何もない空間なのに、『ギィイ、ガチャ』という扉が開く音がして、

「やぁやぁ、お待たせー」

という元気な女の子の声が聞こえた。

驚いて振り向くと、銀色のキラキラしたワンピースを着た、くるぶしまで届くほどの輝くプラチナブロンドの長い髪の美少女が、分厚い本を抱えてこっちに向かってのんびりと歩いてやってきた。

扉の軋む音は聞こえたのに、何もなかった。スクリーンと俺、そして少女がいるだけだった。

呆然としていると、少女はくだけた感じで、でもテキパキと話しかけてきた。

「おまたせ！　今日ちょっと死んだ人多くてさ。あっ、ここは死んだ人が一時的に来るトコロです！　えっと、ヤマダ君はー、事故死！　です。この度はご愁傷さまでした！　で、えーっとヤマダ君のこれまでのポイントなんだけど２５７８Ｐ《ポイント》です。んー……享年十七歳と二カ月だから、まぁ、平均的な感じだね。

で、マイナスじゃないから天国に行けます。天国に行ってしばらく遊んでから、またどっかに生

まれ変わることが出来るよ。あとはねー、もう今すぐ生まれ変わっちゃうってのもＯＫなんだ。生まれ変わる時は持っているポイントを使います。急でごめんなんだけど、どうする？」

それは本当に急過ぎる。

「あ、初めまして。あの、突然言われても……通常は他の死んだ人達はどうしてるんですか？」

「うーん。天国行きが多いかなぁ。まぁ、一つの人生終わらせて疲れたからちょっとしばらくはのんびりしたいってパターンが多いかも。あ、でもね。ヤマダ君くらいの年で死んだ子は、生まれ変わるのを選択する人も多いんだよね、最近。すぐに生まれ変わる場合は、ちょっとサービスで１０００ポイントあげてるの。えっなんでかって？　天国の人口抑制策ってトコかなあ。天国には特に滞在期限がないの。だから、長く居付く人も多くてさ。だって天国だからね。居心地良いみたい」

「なるほど……天国に行った場合は追加でポイントが貰えないんですか？」

「うん。あ、貰えるけど、千年ごとに10ポイントくらいかな」

そうか、千年単位か。長いな。じゃあ、１０００ポイント貰えるってのは魅力的だな。

「なるほど……ポイントの使い方について詳しく教えてくれませんか？」

「いいよっ。あのね、まず、生まれ変わる先——転生先っていうんだけど——を自分で決められる。あと、性別も選べるし、転生先で使える能力みたいのも自分で選択していけるんだ。

転生先の世界によっては色々あって面白いよ！」

……死んで、無いはずの心臓がドクドクしてきた。

……異世界転生……キタ――――――（゜Ａ゜）――――!?!?!?

「生まれ変わります！　俺、絶対に生まれ変わります!?」

その後、少女が持ってきた分厚い本（転生先でのカタログ一覧だった）の説明を聞きながら、真剣に第2の人生を選んだ。

貰えるポイントは12578P《ポイント》。すぐに決められたポイントの割り振りはこれにした。

転生先：剣と魔法の世界（魔王あり）……7000P《ポイント》
出生地：貴族……2000P《ポイント》
性別：男（長男）……50P《ポイント》
容姿：上の中……500P《ポイント》
前世の記憶：あり……1000P《ポイント》

剣と魔法の世界（特に魔法）は必須！

俺だってまだまだ謎の力に夢見る十七歳。憧れてたからな。

貴族、長男、にしたのも楽な人生を送るためのものだ。俺に成り上がりは自信が無い。無気力系主人公とか、ダークヒーローってのも憧れるんだけど、やっぱ安定志向の方に重心を置いた。

『容姿：上の中』ってのもなかなか良いチョイスだと思っている。

ま、『上の上』に1500P《ポイント》使うのは惜しかったからさ。

前世の記憶ありって項目があるのはマジで嬉しい。絶対必須。俺は頭悪いけど、それは勉強しなかったからに違いない。前世の記憶が役に立つかどうかってよりは、前世のクソな人生を二度と送らない様に、反省を生かすという意味では必要なはずだ。

あとは…あとは…時間も止めてみたいし、重力を自由自在にもしてみたい！　『ハーレム』っていうやたらモテるスキルもあるのかよ。夢があるな!?

とにかく、チート。チート、チート。

「……あの、生まれ変わってからポイントを使うことってできますか？」

「うん。あるよー。これ『繰り越し』」

ページをパラパラとめくって少女が指をさす。

『繰り越し』：使用ポイントを転生後、またはそれ以降の死後に使用可。…２０００P《ポイント》

「本当だ……でもこれ使ったら残り28P《ポイント》しか残らないや」

残念。たった28P《ポイント》を転生先で持ってても意味ないよな。

「んー。あっでも、これ持ってると転生先で溜めたポイントをその時点でも使えるよ？　頑張ってポイント溜めれば結構イイ感じだよー」

「本当!?　ポイントってすぐ溜められるの？」

「そうだねぇ。ポイントが加算されるのは善行についてなの。今ヤマダ君が選んでる転生先は魔物がいる世界だから、魔物を倒してポイント稼ぎも出来るよー。魔物退治は善行になるからね。だけど、魔物って中には悪さをするやつじゃないのもいるから、そういうコ達の虐殺みたいな事をするとマイナスポイントになるかもしれない。あなたのいた地球でいう、害獣・害虫っていう動物とか虫とかだって、世界を保つバランスの為に必要な存在でもあるわけ。そういう事だから、ちゃんと考えて行動なさいね」

「そうかぁ。魔物退治かぁ……」

「聞いてる？　目ぇキラキラさせちゃってるけど、ちゃんと聞いてる？　言っとくけどあなたの生きていたニホンよりもよっぽど死にやすい危険な世界なんだからね！　転生後すぐ死んでまたここに来たら、あなたしばらくミジンコみたいな生き物しか転生先ないからね？」

「うん。気を付ける。このスキル、使う。使います！」

「わかった。決まりね！　じゃあ、こっちに来てください」

少女の綺麗で長い髪の後姿を見ながら付いていく。

「＊＊＊＊＊＊＊◇＊＊＊＊■□■■＊＊＊＊＊……」

少女が何言《なにごと》か、呪文みたいな言葉をつぶやくと、

『ギィイイ……』

と、最初に聞いた扉の開く音が聞こえ、宇宙みたいな真っ暗な空間が現れた。

「さっ！　ここに飛び込めば、転生完了です。頑張ってね。あとはあなた次第だからね。……次の人生が、あなたにとって素敵なものとなりますように。加護をささげます」

少女が、手を伸ばすと、淡い光が俺の全身を包み込んだ。温かくて心地よい。

……これからの世界にワクワクするものの、この少女とは別れることになるのか。寂しいな。

「俺……ありがとうございました。こんなに可愛い女の子と話したの初めてだったし……親切にしてもらうのも。俺、向こうの世界に転生しても、ずっと君のこと忘れません。絶対に。今度は、勉強も頑張るし、剣も魔法も練習して強くなって、君に誇れる一生にします。それでもっと立派になって……また会いに来ますから」

「……ぷっ!? ちょっとー〝可愛い女の子〟だなんて! ぷくくっ……あたしこれでも、千年は神様やってるのよ? ふふっ。でも、ありがとね。あと、今から死ぬこと考えないでちょうだいね? まぁ、嬉しいからもうちょっと強めに加護してあげるっ! ナイショのサービスなんだからねっ!」

俺、真面目に言ったつもりだったんだけどな。ていうかこの女の子、神様だったんだ。

そっか、良かった。こんな可愛い子に人生の最期と最初に会えて。

よし、幸先《さいさき》いいぞ。

頑張ろう。

開いた扉の前で、握手を交わし、俺は一歩扉に足を踏み入れた。

物凄い力で引っ張られる。

「うわっ。あっすいません。それじゃ、どうもありがとうございました!?」

「うん。いってらっしゃい! がんばれよー!? ヤマダ君!?」

こうして俺は転生した。

2　記憶

生まれ変わりって本当にあるんだな。

俺、レオン・テルジアが前世の記憶を取り戻したのは三歳の時だった。

庭で草をブチブチとちぎって遊んでいた時、急に違和感を覚えて、

『ん？　なにしてんだ俺。たしか美少女と話して……それで……ああ、そういや俺、生まれ変わったんだっけ』

と、夢から覚めた様な感覚でこれまでの記憶を取り戻したのだった。

ポイントを使って取った『前世の記憶』は、はっきり言って生まれてすぐに自覚しているものかと思っていたから、こんなふうに思い出すのは何だか変な感じだった。

でもまぁ……もし赤ん坊から自覚してたら、どんな気持ちで母親のおっぱいを吸えば良いのか、どんな気持ちで体を洗われれば良いのか、と。

元思春期の男子高生には、それはちょっと刺激的っつーかなんつーか……複雑なものがある。

ある意味このタイミングでちょうど良かったのかもしれない。

前世の記憶を取り戻した後も、こっちの世界での記憶もちゃんと残っていた。

その記憶力はリアルレオンに依存しているのか生まれた当初の記憶はないが、この一年位の事はだいたい分かる。

俺はいま三歳で、名前はレオン。

ナリューシュ王国がテルジア公爵家の坊ちゃんだ。

お付きの女中《メイド》には毎日の様に、

『レオン様、ナリューシュ王国がテルジア公爵家の男の子でしたら云々』

なんて言われてたから、三歳児といえども自分が公爵家でかなり偉い身分だって分かっている。

お貴族様ってのは身分を大事にするイメージはあったけど、こんなガキの頃から刷り込んでるんだな。

それにしてもさすが公爵家……庭は広いし家もでかい。

家の敷地を全て把握している訳じゃないけど、下手したら東京ドームに匹敵するものがあるんじゃないかな。

……『貴族』選んでてよかった。

まじで、まじの金持ちっぽい。

ぃよぉぉ――――――っっし!?

俺は勝利の拳を握る。

そうだ！　まずは、鏡！

イケメンになってるはずなんだ。はやく確認しなきゃ。

さっきまで握っていた拳の中でくしゃくしゃになった草を放り投げると、そのまま屋敷へと駆け込んだ。

入り口の場所は分かるぜ。

どうやら俺《レオン》は、立派な正面玄関よりも裏手にある使用人専用の出入り口を好んで使っていたらしい。

すんなりと足が進む方へ行くと、思った通りだ。庭の裏手に扉を発見。

それにこの扉の向こう側の厨房の映像が自然と頭に浮かんでくる。

中に入ると、見知ったおっさんとおばさんが数人いた。

この屋敷の料理人達だ。

「おや、レオン坊ちゃん。お昼はもうすぐですぞ」

「手を洗ってきてくださいましね」

みんな勝手口から勢いよく飛び込んで来た俺に、気軽に話しかけてくれる。

「ただいまっ！　わかった！」

俺は俺《レオン》としての記憶から相応な返しをするべく元気よく返事をして、そのままの勢いにまかせて厨房を駆け抜けた。発した声の幼さに自分でも驚いた。俺、本当に生まれ変わったんだな……。

たしか食堂を出て廊下にやたらデカイ鏡があった気がする。

……よし、あったあった。

緊張の一瞬。

……おぉっ!?

鏡に映っているのは、少し頬にそばかすのある小麦色に日焼けした、いたずらっ気のある元気な男の子だった。

髪は、茶金……オレンジに近い色だな。癖っ毛なのかライオンのたてがみたいだ。

意思の強そうな目で瞳の色は緑色だ。

……三歳児でこれなら、将来イケメンになる気しかしないぜ！

まじかー。俺《レオン》ってば、将来有望な男の子じゃないか。

『容姿：上の中』これも、正解だ。

〝金持ち、イケメン　＝　勝ち組〟の図式はどこの世界でも通じるはずだと俺は思う。

全くと言って良い程、前世の面影が無いのが非常に嬉しい。

前世では自分の顔なんて見たくもなかった癖に、いまは自分の姿にほれぼれと見とれてしまう。

さらにじっくり色んな角度から観察。

この元気いっぱいな容姿だと将来は剣士にでもなりそうだ。

俺、どっちかっていうと魔法使いにあこがれてたんだけどな……よし、それなら魔法剣士だ!?

ひとまず魔法剣士《コレ》目指して頑張ってみるか！

鏡の前で、剣を持っているように見立てて、うっとりと自分を見ながら素振りをしていると、後

ろから　女中《メイド》が声をかけてきた。

よく俺の面倒を見てくれる、メアリだ。まだ多分一〇代後半ってとこかな。

美人っていうか可愛い顔立ちの茶髪ロングの三つ編みお姉さんだ。

「あら、レオン様。何をしていらっしゃるのですか？」

「わっ!?　メアリ？　びっくりした。……けんのれんしゅうだよ！　つよくなるんだ」

一瞬ドキッとしたが、すぐに自分が三歳児だということを思い出し、込み上げる羞恥心をぐっと抑えて、子供《レオン》らしく素直に答えた。

「あらまぁ。ふふふ。驚かしてしまってごめんなさい。もうすぐお昼ですわ。剣の稽古はそのあとになさるとよろしいですよ」

「うん。マーサがてをあらってくるようにいってた。て、あらいたい」

案の定、微笑ましく笑ってくれる。

ふふん。大人なんてチョロイもんだぜ。

メアリはすぐに俺をこれまた超豪華な洗面所に連れていってくれた。

「さぁ、綺麗になりましたし食堂に参りましょうね」

「うん」

手を洗った後、メアリに手を引かれながら食堂に向かっていく。

食堂も広い。やたら長いテーブルには、真っ白でレースの入った綺麗なクロスが敷かれている。

調度品もいちいち重厚で豪華である。金持ち感はんぱない。

そのテーブルの端にひとり誘導されると、優しく抱え上げられ椅子に乗せてもらう。

三歳児の俺には一人でのぼれない高さの椅子だ。

そこに、焼き立ての白いパンと、温かそうな湯気のこもる良い匂いのスープが運ばれてきた。

コップにオレンジ色のジュースが注がれる。これもなぜか知ってる。味はライチに近いんだぜ。

食事を目の前にしたとたん思い出したように腹の空いてきた俺は一気に食べ始めた。

とはいってもしょせんは三歳児の胃袋。スープを飲み、パンを一つ食べたら結構落ち着いてきた。

そういえば、誰もいないな。

家族の姿が無い。……というか、家族と食事した記憶があんまないな、俺。

近くに控えたままのメアリに声をかける。

「ちちうえとははうえ、は？　ごはんたべないの？」

「あ……あの、旦那様も奥様も今日は出かけていらっしゃるんですわ。光の……いえ、ご兄妹のアンドレ様とアイリス様の神殿でのおつとめがありますので、御一緒に。レオン様ももう少し大きくなったら御一緒されると思いますわ」

なんだか女中《メイド》は言いにくそうな申し訳なさそうな顔をして、慌てたように説明してくれた。

「ふうん。わかった。なんかいつもひとりだからさ」

この返事がどうやらメアリにとっては衝撃的に堪えたらしい。

もの悲しそうな顔で微笑みつつ、慎重に言葉を選びながらこう言った。

「……もしかしたら夜おそくにお帰りになるかもしれません。明日の朝は、きっとお会いできると思いますわ。そのためにも……早起きをいたしましょうね」

「うん。そうするよ」

こいつは気まずい。ちょっと聞いてみただけだったのに……もしやこの話題はタブーだったか。

メアリに気にしてないという気持ちを前面にアピールしておいた方が良いかな。

話題を変えて、パンをおかわりし、ジュースを飲みほす。ぐっ……喉につまった。

……そういえば、俺って、兄妹いるんだっけ？　そんな記憶ないんだけど。

アンドレとアイリスって名前からして男と女だよな。なんで俺、知らないんだろう。

転生前にあの空間で、たしかポイント使って『長男』を選択した。

これを選んだのは、将来ちゃんと跡継ぎになれる為の、謂わば布石のつもりだったんだけど……

もしかして、弟と妹が産まれたってことなのかな。

この世界では神殿が病院がわりなのかもしれない。……それなら、俺《レオン》の記憶が無くても納得。

腑に落ちた俺は、満足して食後に出されたクッキーを食べ優雅にお茶を飲み、昼メシを終えた。

すぐにまた例の鏡の前で素振りを再開したが、メアリに苦笑しながら外でやるように勧められてしまいしぶしぶ外に出てきた。

庭でしばらく素振りをしていたが、腕が痛くなってきた。ついでに飽きてきたので今度は屋敷の周りを走る事にした。

今から体力をつけておけば、絶対将来のためになるぞ！

俺は小さい体が疲れ切るまで走り続けた。

3　再会

メアリによると、結局両親は屋敷には戻らずしばらく王都から帰れないらしい。

だから相変わらず、俺一人の生活だ。

一人といっても、気心のしれた使用人が数人いるから特に何の問題もない。むしろ気楽だ。

前世の記憶を取り戻した俺は、庭で寝そべりながら今後の事を考えていた。

転生後の俺の所持ポイントは28P《ポイント》だったはずだ。マジで残りカスみたいなポイントだよな。

あの神様、魔物退治でポイントを溜められるって言ってたよな。

せっかく転生できたんだ。早く魔物退治をしたいところだが、俺は思う。

その前に魔物退治には、剣のスキルと魔法スキルが必要なんじゃなかろうかと。

『繰り越し』の能力スキルを持っているから、ポイントさえ溜められればこの世界で俺はいつでもポイントを使い能力スキルを得る事ができるはずだ。

だけどさ、冷静に考えればどうやってポイントやスキルを確認すればいいんだよって思わない？

ぶっちゃけると俺は知らない。

俺の持つ異世界知識だとこういう時はだいたい『ステータス！』とか叫べば良い気がするんだけ

ど。とりあえずやるだけやってみるかな。

小声で「ステータス！」と言ってみる。

……何も起きない。だめだったか。

柔らかい芝生の上でゴロゴロと転がっていると、近くに一匹の黒い猫がちょこんと座っていた。

別に珍しいことではない。

この屋敷は自然豊かなので、小動物が迷い込んでくることはよくあることなんだ。

しかも俺は、動物が嫌いじゃない。

厨房に行ってミルクでも貰おうかと考えていると、

『よっ』

猫がしゃべった。

『あ、あたしあたし！　神様！　久しぶり』

「え、神様？　あの時の……？」

『そうそう。ちょっとミスッちゃったというか。えへへ。しばらく神界から雲隠れしてこの姿で生活する事にしたの。よろしくね！』

「え……ミス？」

『うん。ヤマダ君に二重に加護をあげたのがバレちゃったんだよね』

悪びれない気楽なもの言いだったが、その内容は穏やかなものじゃなかった。

話の内容はこうだ。

転生者にはサービス特典で加護を一つ授ける事になっている。加護は、『言語能力・身体能力・魔力・特定の技術』の中から一つその転生者に合うスキルを選び、能力を底上げ出来る様に授けて『も』良いという決まりがある。つまりすべては神様の気まぐれで何にもくれなかったりもする。

この神様は、俺のために言語能力をプレゼントしてくれていた。

この能力のおかげで、実は俺は既にこの国の言語を習得済ということになるらしい。

マジか……まだ絵本ぐらいしか読んだ覚えないし、人ともあまり話す機会がなかったせいで今まで全く気付かなかった。

神様はそれに加えて、俺に『ポイント倍増（10）』というチートをプレゼントしてくれていた。

このスキルは、その名の通り、ポイントを通常の10倍で取得できるというものらしい。

スキルの中でも最上位の『エクストラスキル』に入るらしく、５０００ポイントに相当するものなのだそうだ。

なんつーチートだよ……嬉しいけど。

でもさ、さっきの神様の雲隠れ発言は、どうやら俺を気遣ってのごまかし発言だったんだ。

実体は、この世界の均衡が突然かなりのスピードで崩れ始めたのと、俺の転生時期が被ったらしく、普段行われない調査が入って俺への二重加護が見事バレ、管理を押し付けられてきたらしい。

この世界の異変の原因が俺だという可能性は限りなく低いがゼロではないというわけで、しばらく様子を見ることにしたそうだ。

そして、俺の前世の記憶がそろそろ戻る時期が来たので会いに来たということだった。

神様の境遇を思えば気の毒だし、俺のせいならなんだか申し訳ないんだけど、正直また神様に会えたのは嬉しかった。

「ところで、ポイントの確認とスキルの確認ってどうやってするの？」

『ああ、〝ログ〟って言ってごらん？』

「ログ」

目の前に透明の本の様なものが浮かんだ。転生前に一緒にみたあのカタログだ。

『もう一回〝ログ〟っていうと消えるからね』

やってみる……消えた。

「ログ」

出てきた！

『よしよし、その本をめくった最初のページにヤマダ君のステータスが載ってるからね』

言われるがままにページをめくってみる。

レオン・テルジア（3）
職業：テルジア公爵の長男
『ステータス』
Lv：1　　HP：8　　MP：2
『スキル』

・言語能力（ナリューシュ語）
『ユニークスキル』
・繰り越し
『エクストラスキル』
・ポイント倍増（10）
『所持ポイント《ポイント》』

220P

すごい！　自分のステータスを見られるなんてゲームみたいだ。

スキルも神様が言った通りのものが入ってる！　だけど、なんか……

「なんかさ、俺……弱くない？」

『そんなもんよ、最初は。だからすぐ死ぬから気を付けてねって言ったでしょ。ヤマダ君は転生先の条件ばっかり選んで『スキル』を取得しなかったもの。ステータスの底上げしなかったじゃない』

う、まじか。そういうことなのか……

たしかに俺ってば全くといっていい位『スキル』にポイントを割り振っていなかった。

『ま、無事に貴族の家の子になったんだからしばらく平気じゃないかしら？』

うーん。貴族特典とかないのかなぁ……あれ？

「俺、何もしてないのにポイントが増えてる気がするんだけど」

転生直前28P《ポイント》だったのが、220P《ポイント》になってる。

『ん？　それはヤマダ君が転生後に稼いだポイントじゃない？』

「え？　俺何もしてないよ？」

『なんかやったのよ。ポイントは『善行』に対応するって言ったでしょ。例えば『落とし物を拾った・お手伝いをした・お礼をした・挨拶した』とか。ポイント的には0.1P《ポイント》～1P《ポイント》位だけど、塵も積もればってやつよね。ヤマダ君の場合、「スキル」でポイント10倍になるし』

「そっか。そんな事で……」

すごい。これならすぐにポイントを溜めてステータスの底上げが出来るかもしれないぞ。

『ま、ヤマダ君はまだ弱いんだから、焦らず出来る事からやってポイントを溜める様にしなさいね。それじゃあ、あたしはちょっと行く所があるから。またね！』

「え？　ずっと一緒にいるんじゃ……？」

せっかく再会できたのに。

『ないない。あたしも忙しいの、早く世界《ここ》を壊そうとしている原因を探さないといけないんだから。でも一週間か一カ月か一年後にはまた様子を見に来るわ。それまで頑張って成長なさい！』

黒猫の姿をした神様は、そう言うとしなやかな体をぐっと伸ばして軽やかにジャンプし、あっという間に屋敷の外へ消えていった。

4　検証

黒猫の神様《しょうじょ》に教えて貰ったことを検証しはじめて、あれから三日経った。

三歳児の俺が出来ることは、『挨拶』と『お礼』ぐらいしかなかった。

ちなみに、『挨拶』は、1P《ポイント》、『お礼』は2P《ポイント》稼げる事が分かった。

これは、『ポイント倍増（10）』を持っている俺の場合の取得ポイントで、本来は、それぞれ0.1P《ポイント》、0.2P《ポイント》だ。もの凄くショボい。

『ポイント（10）倍』があって良かった。このスキルをくれた神様には感謝しかない。

それなのに、俺のせいでいまの神様《しょうじょ》の境遇を考えると胸が痛む。

貴族のイケメン男子に生まれて単純に浮かれていたが、世界の崩壊とやらに俺が絡んでるかもしれないんだよな。

早く俺も神様を手伝えるぐらいには強くならないと。

そのためにはまずはポイントを稼ぐしかない。

手始めに、身近な存在の女中《メアリ》と、厨房のみんな（五人）と庭師の爺さんにかなりの頻度で接触を図った。

あまりよく知らない使用人にも、見かけたら『挨拶』をするようになった。

突如として始めた俺のこの奇行には、怪訝な顔をされる事も多かったが、ポイント稼ぎの為に俺はなりふり構ってはいられない。

一度、俺の自室を掃除しているメアリの手伝いをしようと、置いてあった雑巾を持って床を拭いていたら、それに気づいたメアリにすさまじい勢いで止められた。もちろん雑巾は奪われた。

「レオン様っ!?　公爵家の御子息たるもの、使用人の手伝いなどなさってはなりませんっ」

だってさ。

ちなみに、ポイントは3P《ポイント》ついた。

『挨拶』や『お礼』よりも雑巾がけで貰えるポイントは大きいのに……いらない布使ってこっそりやるか。

ポイント稼ぎには、貴族の息子ってのは不便だな。

なんでもやって貰えるのが当たり前のただの人形みたいだ。

できれば、掃除、皿洗い、草むしり、を試したい。元パシリの俺ならきっと上手くできるはずだ。

この三日で獲得できたポイントは、171P《ポイント》。たった三日で171P《ポイント》。合計で391P《ポイント》。本当に塵も積もればだな。

俺様《レオン》の挨拶週間の賜物だぜ！

ポイントが溜まれば『スキル』の獲得が可能。というわけで俺は、あれから毎日の様に「ログ」と唱え、あの本を眺めている。

レオン・テルジア（3）
職業：テルジア公爵の長男
『ステータス』
Lv：1　HP：8　MP：2
『スキル』
・言語能力（ナリューシュ語）　・算術Lv1　・礼儀Lv1
『ユニークスキル』
・繰り越し
『エクストラスキル』
・ポイント倍増（10）
『所持ポイント《ポイント》』

391P

見てくれ！　『スキル』が増えたんだ。

『算術Lv1』は、ポイントの検証の為にポイント計算をしていたら取得。

『礼儀Lv1』は、俺《レオン》の挨拶週間の賜物だと思われる。

はっきり言ってゴミスキルなんだけどさ、ポイントを使わなくても経験や努力によっても取得できる『スキル』があるってことじゃん。

そう考えると『剣術Ｌｖ１』も誰かに習えば手に入りそうな気がする。

『火魔法Ｌｖ１』とかの魔法系の初歩スキルも何とかならないかなぁ。

俺、いちおう公爵家の息子だし剣術の師匠も家庭教師なんかも何とかなりそうなんだけど……。

この世界で貴族の三歳児はどの位英才教育を受けられるんだろう。

両親が滅多にいないせいでそのへんはまったく分からない。

「それに、どうやって頼むかだよなぁ～」

ついつい言葉がこぼれた。……両親に手紙でも書いてみるかな。

俺『言語能力（ナリューシュ語）』のスキルあるし。

っていっても、いくら肉親でもほとんど会ってない人に手紙書くのって気が進まないよな。

そもそもこの世界に手紙の文化があるのかどうかも分かってないし。

……まてよ？

この家デカいし貴族だし、きっと書庫があるのではなかろうか。

そして書庫には魔法関係の本もあるはずだ。

うっかり二の次にしてたけど、『言語能力』のスキル検証も重要課題だよな。

本が読めれば、独学で初期魔法のスキルを取得できる。つまり、ポイントの温存ができる!?

よし。そうときたら書庫探しの探検開始だ！

俺の普段の生活圏内は、二階の自室、一階の食堂、廊下を挟んで厨房からの勝手口、そして庭だ。

自室にいた俺は、すぐに廊下に出ると書庫を求めてうろうろと歩き始めた。

あらためてざっと見渡すと扉の数がやたら多いんだが、この家広すぎじゃね？

……ひとまずこの階《フロア》からいってみるか。探索開始！　冒険の始まりだぜ。

「おや、レオン様。旦那様の書斎にご用事ですかな？」

「うわぁっ！……なんだ、ロイか。もうおどろかさないでよ！　あっそうだ。ロイ、こんにちは。ちょうどよかった。あのさ、しょこってどこにあるの？」

とつぜん背後から声がして飛び上がって振り返ると、このテルジア領の屋敷を取り仕切っている執事のロイが素晴らしく美しい姿勢で立っていた。

この執事、いつもニコニコした細身の爺さんだが、常にアサシン並に気配を消していて普段はどこにいるか分からない。俺の勘だが、ロイ爺は若い頃に裏の仕事をしてたに違いないと思っている。

余談だが、執事のロイ爺と庭師のボン爺はマブ達だ。

俺はどっちかっていうとボン爺の方が仲良しだ。ロイ爺は普段見かけないしな。

ちょうどいいやとばかりにロイ爺に要件を伝えた。ポイント稼ぎの挨拶だって忘れない。

「ホッホッ。これはこれは唐突ですな。書庫はこちらですぞ……レオン様は剣士になるとメアリーより聞き及んでおりましたが、今日はお勉強ですかな？」

「えっ!?　メアリのやつ……。そうだよ。でもまほうもつかうんだ！　だからほんをさがしにきたんだよ」

「これはこれは」

ホッホッホッと、ロイ爺が楽しそうに笑った。

ロイ爺のあとに付いて歩き書庫に連れて行ってもらう。書庫の場所は、俺が思っていたのとは反対側の突き当たりの部屋だった。ロイ爺に聞いたおかげで時間の無駄がなくここまでこれたぜ。

「ありがとう。ロイ」

「レオン様は文字が読めましたかな？」

うっまずい。鋭いとこ突いてくるな。

「うーん……よめなくてもいいんだ。でも、よめるかもしれないだろ」

「ホッホッ。そうですなぁ。それでは魔法書の基本書はこちらですぞ。あとお薦めの冒険物語も一緒にどうですかな？　ドラゴンが出てきますぞ」

「うん。それもよみたい。あ、ありがとう！」

俺はロイ爺セレクトの魔法書と物語の二冊を借りて自室に戻った。

5　魔法

ロイ爺に借りた本のうち、冒険物の方は俺《レオン》の自室にある様な絵本に毛が生えた様な簡単な物だった。正直せっかくだから借りただけで物語なんてあんまり興味はなかったんだ。

だがそれなりに面白かった。

勇者が悪いドラゴンを倒す為の冒険活劇だ。子供用に簡単な言葉が使われているのだが、これがまた臨場感があって体が内側から熱くなる様なストーリーに仕上がっている。

魔法書も読んだ。魔法の発動方法から始まり火、水、風、土の初期魔法の呪文が書かれている。

これだよ！　これ！　ロイ爺に感謝。

魔法の発動は、簡単にいうと空気中に漂う魔素っていう魔法の素を気合いで集めて呪文によって火や水や風や土を構築し、呪文によって発現させる。

うむ、だいたい想像通り。……出来そうな気がする。

俺は早速やってみることにした。

部屋の中なので無害そうな風魔法を試してみる。目を閉じて、両手を開きその手に空気を集める様に集中する。

うん、何か力を感じるぜ。

手の平が熱くなる。目を開けてみると微かに手の平全体が光っている様な気がする。

えっと、本に目を落として呪文詠唱……

「レ・カナント・エフデレ・トガナン・カナ・ウィン……」

……ややこしい。

呪文は読めるがとにかく言いにくい。

フッ……

手の平の光が消えた。
「げっ」
失敗した。
もう一度。
……今度は呪文の途中で噛んだ。
失敗。
……また噛んだ。
失敗。

……イライラしてきた。
……俺は思う。
舌足らずな三歳児にこの詠唱は難しすぎる。あと、呪文を覚えるのも難しい。
もう……無詠唱でいけるんじゃないかと。
出来るんじゃないか？　無詠唱。だって俺、転生者だし。
俺は気持ちを切り替え、また手の平に力を集めた。手の平が熱くなりじんわり光る。
ここまでは良し。
今度はこの光が風となり、手の平から放たれる様に強くイメージした。
……フワッ

目の前の開いていた魔法書のページが一ページほどペラリと浮かんだ。

結論からいえば、あれが風魔法といえるなら超簡単に魔法は発動した。

はっきり言って無詠唱も簡単に出来た。詠唱の方が難しいんじゃないかと思うくらい簡単だった。

部屋の窓は閉まっていたし、あの微風は魔法で出たものだ、と思いたい。

だけど、正直いえば本が吹っ飛ぶくらいの力を想像してたんだ。あれなら俺が口で息を吹いた方が強い。

納得いかなかった俺は今度は水魔法を試す事にした。

さっきと同じ様に手の平に力を集める様に集中する。

?

あれ?

さっきの様な力が集まる感じもないし手の平も熱くならない。

……もしかして……

「ログ」

ステータス画面を開く。

レオン・テルジア（3）
職業：テルジア公爵の長男

『ステータス』
Ｌｖ：１　ＨＰ：８／８　ＭＰ：０／２
『スキル』
・風魔法Ｌｖ１　・言語能力（ナリューシュ語）　・算術Ｌｖ１　・礼儀Ｌｖ１
『ユニークスキル』
・繰り越し
『エクストラスキル』
・ポイント倍増（10）
『所持ポイント』

３９４Ｐ《ポイント》

案の定だ。ＭＰが０になっている。

魔法の発動には、ＭＰを使うんだ。俺ってば、最大ＭＰ２しかないんだよなぁ〜。

それでも『スキル』に風魔法Ｌｖ１が追加された事は嬉しい。このステータス画面、優秀だな。

よし、地道にいくか。

ＭＰの回復までの時間も検証しないとな。

ＭＰが０になったら眠たくなったり倒れたりするのかと思ったが、今のところ大丈夫そうだ。

廊下でいきなり力尽きて倒れたりしたらカッコ悪いから、しばらくフカフカのベッドに横になり、寝そべりながら魔法書を読んでいたが、特に疲労感もない。体力的には大丈夫そうだ。

もうしばらくは魔法も使えなそうだし、素振りでもしてこようかな。

元気よくベッドから飛び下りて部屋を飛び出して庭へ向かった。

6　スキル

厨房に入ると料理人達が夜メシの準備をしているところだった。

「おぉ、レオン坊ちゃん、こんにちは！」

「レオン様、こんにちは！　またお外にいかれるのですか？」

「「レオン様、こんにちは！」」

「レオン様、こんにちは！　もうすぐご夕食になりますのでお早めにお戻り下さいね」

一斉に厨房のみんなが俺に挨拶してくれる。

そうなんだ。

俺《レオン》の挨拶週間が始まってから、みんな、子供の俺《レオン》の最近のブームだと思ってしまっている。

特にひんぱんに出入りしている厨房のみんなは、俺の遊びに付きあってくれているみたいで、率先して俺に挨拶してくれる。

俺も負けじとみんなに挨拶を返して庭に出た。

厨房のみんなも地味にポイントが稼げているんだぜ、と考えると気分が良い。


庭に出ると日が沈んできている。空はすっかり夕暮れ前のオレンジ色だ。

さてと素振り素振りっと。

俺は、お気に入りの木の下に置いてある木刀を手に持った。

この木刀は、先日庭師のボン爺に作って貰ったもので、怪我をしないように表面を丸く削られた、短くて軽い木の棒で、持ち手には滑り止めに革まで張り付けられている。

木刀っていうよりは『ひのきのぼう』って感じだ。

前世の記憶を取り戻した初日に、庭で剣の代わりになりそうな木の枝を探そうとしたんだけど、良く手入れのされたこの庭には、木の枝どころかゴミ一つ落ちていなかった。

仕方なくボン爺に「剣が欲しい」と頼んでみたところ翌日プレゼントされたものだ。

ついでにその時、簡単に教わった素振り方法を毎日練習している。

両手に持った棒を振り上げて構えて前方におろすだけ。

でもやっていると、ちゃんと修行をしている気分になってくる。

優れた武人は基本を怠るまい。コレである。

……だけど、今のところ手ごたえはないんだよね。

いくらやっても『剣術』スキルが手に入らないんだよなあ。

魔法のスキルは本に書かれていることを無視して適当に出したくっそショボい風のたった一回で取得できたのにさ。

もしかして、俺に剣術の才能が無いっ……てことじゃないよな？

それだと普通にヘコむんだけど。

あの本《カタログ》から『剣術Ｌｖ１』を取得するしかないのかな。

『剣術Ｌｖ１』の必要ポイントは１００だからそんなに高くないし、今の俺の所持ポイントでもすぐに取得可能なスキルではあるんだけど。

でもさ、『風魔法Ｌｖ１』も必要ポイントが１００なんだよね。

魔法スキルはただで取れたのに剣術スキルにポイントを割り振る気にはなかなかなれないんだよなあ。

それにポイントだって有限なわけだし。しかも狙ってる『スキル』があるからさ。

たとえばこのへん。

★『**身体強化**Ｌｖ１』：３００Ｐ《ポイント》　★『**回復魔法**Ｌｖ１』：５００Ｐ《ポイント》　★『**鑑定**』：１０００Ｐ《ポイント》

『身体強化』は、現時点で弱すぎる俺にとっては必要だと思っている。

所持ポイント的にはもう取得できるスキルだけど、すぐに必要なさそうだしもう少しポイントを溜めてから取ろうと思っている。

転生といえばみんな大好き『鑑定』スキル。これも絶対に取るって決めてる。

いまの予定では、ある程度魔法の修行をしたら、こっそり屋敷を抜け出して魔物退治をするつもりなんだ。それまでには取得するつもりだ。

『回復魔法』も魔物退治に行く前には一応取っておこうかと思っている。

取得ポイントが高いから取得が難しいのかと思ってポイントを使おうかと思ってるんだけど、さっき拍子抜けするほど簡単に風魔法のスキルが取れたから、案外簡単に使えるかもしれないな。

本《カタログ》を見てると、他にも面白そうなスキルがあるから気軽にポイントを使いたくないんだよなあ。

ゆえに剣術スキルには悩まされる。

素振りをしてれば『剣術』なんてすぐに取れるって思ってたのにさ。

素振りだけじゃ意味がないのかなぁ……

ん？　なんだって？　〝素振り〟だけじゃ意味がない？

では何か技の一つでもやればスキルとして認めて貰えるのではなかろうか。

……なんか、そんな気がしてきた。うん。おそらく、きっとそうだ。

近くに置いていた棒を手に取ると立ち上がって、目立たなそうな庭の端まで歩き、一つの木を前にして、深呼吸をひとつ。

腰を落とし棒を持った右手を斜めに構え、気合を入れて力を込める。

「……レオン・ストラ――――ッシュ!?」

勢いよく木の幹に棒を叩き付けた……つもりだった。

棒は木にも届かず前をかすっただけだった。

……

恥ずかしさで顔が熱くなってきた。それとなく周囲を見渡し、改めて人がいなかった事を確認。

……よ、よかった。誰にも見られてないし、変なセリフも聞かれてない。セーフ、セーフ。

……あっそういやもうすぐ夜メシの時間だって言ってたよな。なんか暗くなってきたし。

うん。早く戻った方がいいな。よし、帰ろう。そうしよう。

夜メシ後、自室に戻り「ログ」を唱えて今日のポイントを確認する。

レオン・テルジア（3）

職業：テルジア公爵の長男

『ステータス』

Lv：1　HP：8／8　MP：2／2

『スキル』

・風魔法Lv1　・言語能力（ナリューシュ語）　・算術Lv1　・礼儀Lv1

『ユニークスキル』

・繰り越し

『エクストラスキル』

・ポイント倍増（10）
『所持ポイント《ポイント》』

409P

おっMPが回復してる！

ゲームみたいに一日寝ないと回復出来ないシステムかと思っていたから、これは嬉しい。

時間の経過が鍵なのかメシを食った事が鍵なのかわからないけど、それは後回しでいいや。

回復したなら寝る前に使い切っておかなきゃもったいないぜ。

今度は水魔法を試してみよう。

あとで困らない様に風呂場へ移動。広い洗い場の中央にて、湯桶の前に両手の平をかざす。

既にベテラン魔導士っぽくてなんだか申し訳ないが、最初から無詠唱でいかせてもらう。

水、水、水、水……滝が勢いよく滝つぼに水を叩き落とす映像を頭に浮かべて集中する。

出でよ水！　大洪水を巻き起こせ!?

……ポタ……ポタッ……一滴くらいのしずくが乾いた床の上に落ちていった。

……俺は『水魔法Ｌｖ１』を取得した。

7　閑話（メアリ視点）

私は、メアリー・リーブス。

テルジア公爵家に使用人として仕えている。

実家は没落貴族で、八歳の時に公爵家に奉公に出て、もうすぐ十六歳になるわ。

私が公爵家に来た当時は、もうすでに〝光の神子《みこ》〟アンドレ様が五歳でいらっしゃった。アンドレ様はこのナリューシュ王国の守護者として神より賜った神子と謳われているの。

アンドレ様はご事情により養子なのだそうだけど、そのあたりの事情は実は良く分からない。

旦那様も奥方様もご自身の子の様にとても愛していらしたから、初めて女中達《なかま》からその噂を聞いた時はとても驚いたほどよ。

アンドレ様は生まれた時から聖なる力をお持ちだったので、王国直轄の大神殿にお勤めする必要があった。だから旦那様も奥方様も主要な召使い達はみんな王都で生活をしており、同様に私もずっと王都でお仕えしていたの。

ただ、アンドレ様は神殿にいらして滅多に屋敷に帰ってくる事がなかったの。屋敷にお戻りになる時も護衛やお付きも多かったし、当時は私もまだ見習いだったから、遠目でお見かけすることしかできなかった。だけど、とても温かく優しそうな微笑みをたたえた美しい少年だったのを記憶しているわ。

私が十三歳の時、奥方様が双子の御子息《レオンさま》と御息女《アイリスさま》を御産みになった。

そして、お二人が生後五カ月の時には、アイリス様も聖なる力をお持ちだという事が分かり、アンドレ様と同じく大神殿への勤めを義務付けられてしまったの。

旦那様と奥方様は、お子様が国に奪われた様な思いにとらわれ、それはもう……大変なげき悲しまれていたわ。

当然よね。私ですら、まだお小さいのになんて酷い仕打ちをなさるのかと思ったもの。

あっこれは秘密よ？　こんな事をもし声に出して言ったなら、捕まってしまうもの。

そして、レオン様だけは奪われない様に、早々にテルジア領にレオン様を移されたの。

当時は国中から、アンドレ様に次ぐ聖なる力を持つアイリス様の話題でもち切りだったから、まだ生後間もなかったけれど目立たぬように保護するのはその時しか無かったのよ。

で、その時にレオン様に付いてきたのがこの私ってわけ。

レオン様はとても元気な可愛らしい男の子だった。そしてとても賢かった。言葉を話し始めるのもすごく早かったし、私達使用人同士の話の内容や冗談も理解しているみたいだったの。

……いえ、あれは確実に理解していたと思うわ。あんまり思い出したくない事なんだけどある日、レオン様のお部屋を掃除していた時に、つい女中《メイド》仲間とこの屋敷のボスであるロイの事を冗談めかして話していた事があったの。

その時、レオン様がずっと「メア、うしり、うしり、うしりょ」ってしきりに言っていたの。

いったい何を言っているのかしらと思っていたら……後ろでロイが聞いていたのよ！

あの時は、本当に背筋が凍り付いたわ。

でもね。その事で、レオン様にもやっぱり特別な力があるんじゃないかって使用人達《みんな》の中ではもち切りになったの。絵本だって読み聞かせの必要もなくて、気が付けば一人静かに読むようになって、試しに質問してみると、きちんと内容も理解しているみたいだったし。

やっぱりレオン様は天才なのよ。旦那様と奥方様の判断はお間違いではなかったのだわ。

だけど、二歳を過ぎてから徐々に必要以上の事は話さないとても大人しい子になってしまった。年に数回帰ってくる旦那様と奥方様の事が恋しいのか、頻繁に庭に出て門の方を見ている事が多くなったの。

この屋敷には、必要最低限しか使用人がいないからあまりレオン様に構ってあげられなかったのも原因かもしれないわ。

そんなレオン様が三歳を迎えて、しばらくしてから急に変わったの。とても活発になったのよ。

鏡の前で恰好つけて剣をふる練習をしたり、庭を走り回ったり。

公爵家の御子息様であられるのに、大きくなったら剣士になって冒険に出るんですって。

私や使用人達にも明るく話しかけてくるようになったわ。

庭師のボンなんて孫みたいに可愛がっていて、この間は手作りの『剣』をプレゼントしていたの。

私からみたら、あれは剣というよりは……ただの棒きれなんだけどね。

ボンも昔は冒険者だったみたいだから、とっても楽しそうに面倒を見ているわ。

どうやら十年は寿命が延びたらしいわよ。

お食事も良く召し上がるようになって、うちの料理人達も明るくなったレオン様が可愛くて可愛くて……最近は妙に張り切っているわ。

レオン様はいつも厨房の勝手口を使用されるのだけど、それはきっと人が恋しいからだと思うの。

厨房なら、料理人達が常にいるもの。心の中ではきっと寂しいって思っているんじゃないかしら。

だから、公爵家の御子息様として本当はいけない事なのだけど、今はみんな黙認している。

旦那様方がこちらに帰られた時には、いつも皆でヒヤヒヤしてるけどね。

最近のレオン様は、みんなに元気よく挨拶をしてまわる様になった。

このレオン様の〝お遊び〟には最初はみんな少し戸惑ったけど、今では一日で何回『こんにちは』って言われたか皆で競い合って楽しませて貰っているわ。

今のところはだいたい私の勝ちね。

多分レオン様は、一番私に懐いていらっしゃるんだと思う。

今もまだ私の事を「メアリー」って言えなくて、「メアリ、メアリ」って呼ぶのよ。

とっても可愛いでしょ？

ま、少し変わったところはあるけど、とにかく元気になってくれてみんな喜んでいるわ。

やっぱり、男の子だから活発な方が安心するわね。

旦那様や奥方様にもレオン様の元気な姿をお見せ出来ないのが残念なくらいだわ。

8　現状報告

五歳になった。

身長も伸びたし、幼児特有のぷよぷよ体型から抜け出してすっきりした体つきになってきた。

体力もついてきて、いまは一日中走り回っても疲れないんだぜ！

あれから一年半の間に両親には二度会った。そうはいっても、両親は毎回トンボ帰りだったけど。

正直なところ俺《レオン》は放置子だと思っていたんだ。

でも会うたびに妙に濃厚な愛情を俺《レオン》に注いでくるし、夫婦仲も良さそうだった。

つまり、俺は両親から嫌われてる訳でも、冷め切った家族って訳でもないんだろう。

これには正直ほっとした。俺の将来がかかっているからな。

両親は、やたらベタベタするわ俺を賞賛するわ、山の様なプレゼント持ってくるわで……逆にその甘やかし方とムダな金遣いが心配になるくらいだぜ。

もしも俺がただの子供だったら、いまごろ相当調子に乗った嫌な奴になっていると思う。

だけど、せっかくだから、俺はこの両親の愛情を利用させて貰うことにした。

家庭教師と剣の師匠、そして俺専用の馬をおねだりして全て二つ返事で叶えて貰ったのだ。

にこにこと了承する両親……チョロい。チョロ過ぎる。

しかし、何故かついでにもう一人……マナー教師のウザいババァも付いてきた。

これは頼んでなかった。マジで想定外だった。

そういえば、俺の弟妹？　には、いまだ一度も会ってない。

両親の短い訪問時間中は、つい両親《あっち》の勢いに押されてしまいいつも聞き逃してしまっている。

離れて暮らす俺に対してさえこんな態度なんだから、両親と共に王都に暮らす弟妹《あいつら》はもっと甘やかされてるのかなと考えると、出来れば会いたくないから別にいいんだけどさ。

両親についての話はこれぐらいかな。

そうそう。黒猫の神様《しょうじょ》も一回会いに来てくれたんだ。会ったのは去年、四歳の時だ。

正直いって神様には、なんだかんだいってもっと頻繁に会えると思っていたんだよね。

神様の話によれば、どうやら五百年ぶりに魔王の封印が解けそうなんだとか。

その影響で魔物が増えて世界のあちこちで被害が出ているらしい。神様の話を聞く限りではとても危険な感じがするが、俺は平和な毎日を送り過ぎているせいで全く知らなかったし実感も湧かなかった。

魔王に魔物かぁ。いいね、いいね。ワクワクするな！

神様には叱られたけど、これぞ異世界転生の醍醐味って感じするじゃん！

『スキル』についても教えてもらった。『剣術』のスキルがどうしても取れなくて悩んでいた時だった。

『え？　まだ四歳でしょ？　ムリじゃない？』

は？　まさかの年齢制限!?

「で、でもさ、毎日素振りの修行してるんだけど」

『ふーん。ちょっとそこでやってみ？』

俺はボン爺特製の棒で素振りを披露して見せた。もう持ち手はボロボロになるまで使い込んでいる。あれだけ練習してたんだ。素振りも大分サマになっているはずだ。

『それ……ただの棒を振りまわしてる様にしか見えないんだけど……？』

神様《しょうじょ》は直球だった。魔法の取得が早かったのにもちゃんとした理由があった。この世界は魔法ありきで、一部の脳筋部族を除いてほぼみんな使えるらしい。

無詠唱も結構ポピュラーだった。呪文を唱える人の方が珍しいらしい。

『あんな長ったらしい呪文、飾りみたいなもんよ』

……後になって書庫で見つけた中級用の魔術書を読んだらそこにも似た様な事が書いてあった。

…なんだよ。クソっ。

つまり、俺に魔法の才能があるとかじゃないんだ……普通なんだ。転生者なんてチートの塊だと思っていたから、無詠唱なんて天才だと思っていた。とんだ思い違いだった。

……だけど、多くの人は基本ステで各基本魔法のスキルは大体Ｌｖ３位で頭打ちになるらしい。

そのくらいのレベルなら生活には困る事はないらしいが、冒険者になるにはそこから更なる修行が必要になる。

俺には『繰り越し』のスキルがあるからもっと楽にＬｖ上げが可能になる。
魔法の才能が普通の俺が修行しなくとも最強の魔導士になれる……はずだ！
ところで、そろそろ見たいんじゃないかな！　俺のステータス！

レオン・テルジア（５）
職業：テルジア公爵の長男
『ステータス』
Ｌｖ：１　ＨＰ：８／８　ＭＰ：２／２
『スキル』
・火魔法Ｌｖ１　・水魔法Ｌｖ１　・風魔法Ｌｖ１　・土魔法Ｌｖ１
・言語能力（ナリューシュ語）・算術Ｌｖ１　・礼儀Ｌｖ１
『ユニークスキル』
・繰り越し
『エクストラスキル』
・ポイント倍増（10）
『所持ポイント《ポイント》』
３６９１２Ｐ

どうだ。ほとんど成長していないんだぜ！

各魔法のレベルはいまだ1のまま。ＭＰも2のままだ。

それでも俺はくじけずに毎日魔法の練習をしている。だけど、レベルもＭＰも一向に上がらない。

スキルを取るのは簡単だった割には、そこから先に進まない。なんでこんなに厳しいんだよ……

剣術のスキルは、師匠をつけてもらってからもなかなか取得できていない。なぜなら走り込みとか柔軟ばかりをやらされているせいだ。……だけど、多分だけど、剣を使った修行が始まれば、きっと取得できると信じている。

ポイントも今のところはひたすら溜めているだけで使ってはいない。

そりゃ何度かスキルを取ろうと思った事は勿論あったさ。だけど魔法スキルがなかなかレベルが上がらないってとこに一抹の不安を覚えたんだよ。

他のスキルも、そもそも『Ｌｖ１』ってのはゴミなんじゃないかって。それならチート級のスキルを取るべきなんじゃないかと考えて、ポイントを温存する事にしたんだ。

屋敷での生活では、すぐにでもスキルを取る必要性に駆られなかったというのもある。

この辺を神様に教《しょうじょ》えてもらいたいところなのだが、残念ながらあれ以来音沙汰がない。……世界で魔族の被害がどうとかいってたし、忙しいのかもしれないな。神様《あのひと》、かなり深刻な話だろうと空気よりも軽い感じで話すからなー。

9　家庭教師

家庭教師の先生はミラ・マイヤーという、代々教師の家系の若い女性だ。

ミラ先生は長くて艶のある黒髪黒目の女性で、肌は白くとても美人である。そして、真面目を絵にかいた様な性格の人で、質問には的確に答えてくれるし俺が理解出来るまでとことん付きあってくれる、とても良い先生だ。

そんなミラ先生は、いつも首元までしっかり隠れる様な修道者の様なローブ姿で殆ど肌を見せる事はないのだが、なぜだか大変なエロスを感じるというとても不思議な女性なのだ。

……実はこのセクシー教師のせいで、あまり授業に集中出来ていない。


俺はこの機会に、隣国のベネット王国の公用語であるベネット語と魔法史を教えて貰う事にした。両親に交渉するに当たって、俺は外国語と魔法の先生を要望していた。魔法は当然として、言語はさ、将来他国へ行く機会があると思う。その時に言葉をマスターしていればモテる確率が上がる。

予想通り、外国語を学ぶ前にまずは自国の言葉を学ぶ様に言われたので、両親には自国のナリューシュ語の読み書きはマスターしている事を白状せざるをえなかった。それを聞いた両親は取り乱すほど驚いたが、執事のロイが助け船を出してくれた。俺が小さい時から書庫に入り浸って本を読んでいる事を教えてくれたのだ。

そして半ば無理やり「なぜか本を読んでいたら、ついうっかり読み書きまでマスターしちゃった」というゴリ押しで納得してもらった。

なぜロイ爺が助けてくれたのかは分からないが、とにかく助かった。

まぁそういう訳で、貴族の嗜みとしてもまずは隣国の言葉を学ぶことになったのだ。

魔法については、まだ少し早いらしい。……この世界の『スキル』は妙に年齢制限が好きなようだ。とにかく怪我でもしたら危ないの一点ばりで却下された。

その代わりに、実際には魔法を一切使わない魔法史を教えて貰う事になったんだ。


さて、そして冒頭のミラ先生の話に戻るとしよう。

ミラ先生は美人で賢くて優しくて真面目で、そしてとても色っぽい。そんな綺麗なお姉さんと密着してお勉強をするなんて状況《シチュエーション》は幼少期の大特典だって俺だってわかってるんだ。

だから、毎日二時間のお勉強タイムに遅刻したことなんて一度もないし、授業も真面目に受けているつもりだ。

だけど、どうしても集中が出来ない。二人きりで机に身を寄せ合って先生の説明を聞いているだけで頭がくらくらする。

ミラ先生はいつも良い匂いがするし、かがんだ時にローブに隠されたナイスな体つきがかすかに

見える様な気がするから、ついつい教科書より先生に目がいってしまう。

初めて先生の息が俺の髪にかかった時は衝撃で大きく椅子から転げ落ちて物凄く心配させてしまった。とにかく、露出もないのに刺激が強すぎる。

そういう訳で、授業の進行は遅々としていた。

先生から前回どんな事を学んだか聞かれても答えられなかった。

だんだん、あんなに美しいミラ先生の表情がこわばるようになってきた。思いつめた先生の表情にもそそられるものがあった。心なしかため息も多くなった。アンニュイな表情の先生も悪くない。

先生が無表情になり、授業の声が棒読みに近くなった。

……俺はやっと目が覚めた。

このままでは、ミラ先生が愛想を尽かすかもしれない。

俺は、ミラ先生との授業時間を死守する為に一日のうち二時間ほど自習する事にした。授業なんて頭に入ってないから、最初から全て独学だ。

隣国のベネット語は、自国語とやや似通っている文法だったから比較的入りやすかった。

魔法史も歴史っていうか神話みたいな内容だからすんなり理解できた。

一人での勉強はとても捗り、そのうち授業内容よりも自分の勉強の方が先に進んでしまった。

ミラ先生の表情が出会ったばかりの頃のキリリとした涼やかな表情に戻った。

俺はほっと胸を撫でおろした。

自習の時間を割くために、体力づくりのための運動や個人的にやっていた魔法の勉強時間がかなり削られたが、そんな事よりミラ先生との時間の方がはるかに大事だった。それに努力の結果もついてきて、授業のペースに余裕が出てきた。

良い事はさらに続き、雑談や授業内容以外の勉強の話をするようになった。勉強頑張って良かった。

ある日、俺は意を決してミラ先生にこっそり魔法を教えてもらえないか聞いてみた。

「魔法？……そうよね。男の子だもの。魔法、使ってみたいわよね？」

あの真面目なミラ先生のことだ。雇い主の俺の両親が駄目だっていってるんだから軽く一蹴されるだろうと思っていた。それなのにミラ先生は悪戯っぽく微笑んでこう言った。

この瞬間、俺は思った。

将来こんな素敵なギャップのあるセクシー美女と結婚するんだって。

くそ、俺がもっと早く生まれていれば……こんなにすぐ側に理想の女性がいるってのに。

「最近のレオン様の頑張りを見ていると、気持ちに応えてこっそり教えてあげたいのはやまやまなんだけど……まだちょっと難しいかな」

「え……？」

「うーん。正確には子供の頃は、体の中に魔力を溜められないの。魔法は、この世界の空気中に漂う魔素から取り込むんだけど、成長していくと……つまり体がこの世界に馴染んでくると、この魔素を魔力として体に溜めておけるようになるのよ。そして、その体内の魔力と外の魔素を合わせて魔法が発動出来る様になるの」

「本当に……？」

……年齢制限……

「……お父様とお母様は危ないからって言ってたわよね。たまに、魔素の濃い所で子供が遊び半分で魔法を使おうとして魔素が集まり過ぎて制御できずに爆発したり、事故が起きる事があるの。レオン様のご両親はきっとそこを心配なさっているのよ。この辺りは自然が豊かだから魔素もとても濃いもの」

「……」

……濃度が高い所であのゴミみたいな魔法しかだせないんですが。

「あっ大丈夫よ！　このお屋敷は全体的に結界が張られているから。魔素の濃度は低く抑えてあるはずよ。まぁそれもあって、多分魔法を教えても使えないんじゃないかしら」

「えっ本当に!?」

それって、魔法の適性が無いわけじゃないってことじゃん！

「そうよ。だからごめんなさい。力になれなくて」

ミラ先生は申し訳なさそうにかすかに微笑んだ。

「もう大丈夫です。無理を言ってごめんなさい。早く魔法を使ってみたくて我儘を言いました。教えてくれてどうもありがとうございます」

俺の頭の中は、屋敷の外に出て魔法の練習する事でいっぱいだった。

「……レオン様はとても賢い子ね。最初は、少し心配したけど。でも最近は本当に言葉も沢山覚えて。そうね。ベネット語はもう大分上達したし、珍しい南方の島の言葉を教えてあげましょう。私もいつか行ってみたくて勉強した言葉なんだけど、とても暖かくて素敵な所なんですって」

「南方の島……それはビュイック諸島の事でしょうか。僕も少しだけ本で読みました」

「その通りです！　レオン様本当に賢くなられましたね！」

俺はミラ先生に思い切り抱きしめられた。

鼻血は出なかったが、先生の胸に埋もれて息が止まりそうだった。

先生は……着痩せする方だった。

10　森に入る準備

ミラ先生に抱きしめられた記念に今日は絶対に風呂に入らないって決めた。

メアリにはいい顔をされないだろうし、下手したら怒られるかもしれないけど、今日は体調が優れないとかなんとか言って風呂は免除してもらおう。

あの感触を洗い流すなんてとんでもなく愚かな事だ。勿論、明日の授業の前にはちゃんと入るぜ？

ミラ先生には綺麗な体で会いたい。臭いなんて思われたら即死モノだ。

今日は本当に有意義な一日だぜ。

魔法について、次回いつ会えるか分からない神様《しょうじょ》に会うまでは知る事の出来ない事だと思っていたし、魔法のスキルに関して俺は潜在的に無能なんじゃないかって不安を解消する事が出来た。

剣術についてもきっと似た様な理由が、あるんだろう。

そう思える様になると、途端に希望が沸き上がる。


一日のスケジュールを終え、完全に自由時間になった俺は、夜メシまでの間に少し屋敷の外に出られないか視察をする事にした。

ミラ先生が言っていた結界というのが、この広い屋敷と庭までだとすればそこからちょっと出てみるくらい問題ないはずだ。

とはいえ、正門から堂々と出る事は敵わないだろう。

俺《レオン》は箱入りのお坊ちゃんだからな。絶対に止められる。この屋敷は、庭を全体的に覆う様に高い塀が巡らされている。この塀をよじ登るのはかなり難しい。

だが、塀の付近に生えている木に登ってそこから越えれば多分大丈夫、なはずだ。

人目に付かない、裏庭の方に回り、具合の良さそうな木を品定めする。丈夫そうな枝が塀の方に向かって伸びている木があった。

よし、これに決めた。さっそくよじ登る。

五歳の俺の体はとても軽く、するすると登る事が出来た。剣術の稽古でやってた柔軟のおかげで体を自由自在に動かせる。不安定な枝を渡るのも問題なく出来た。木から塀の上に上手く飛び移る事が出来たのだ。なんだ……結構やるじゃん、俺。

いよーし！

あ、あれ？　……塀が思っていたより高い気がする……あぶねっ。

ここから飛び降りるとなると……着地に失敗すれば骨折ぐらいはしそうだよな。

途方に暮れて塀の上に立ったまま外を見渡した。森が広がっている。屋敷の近くだからか魔物どころか生き物の姿は見えない。さわさわと風に揺れる葉がこすれる音ぐらいだ。

屋敷にもたまに小動物が紛れ込むぐらいだし、この森にはそんなに生き物はいないのかな。

それでもこれからの事を考えると……なんだか緊張するな。

よし。

俺はいったん木に飛び戻り、ボン爺のいる小屋に走って行った。ボン爺は、屋敷の中じゃなくてこの庭の隅っこに建てられた小さな小屋に一人寝泊まりしている。いや、小さいっていっても屋敷が比較対象だからなんだぜ？　前世の日本でいう一軒家くらいの大きさはある。

そのボン爺の住む小屋の隣には納屋と家畜小屋がある。俺専用の馬もここにいるんだ。馬の名前はアイリーン。牝馬でこげ茶色の美しい毛並み、まつ毛が長くて切れ長の大きなキラキラした目の美人馬だ。綺麗な目が印象的だったからアイリーンって名付けたんだ！

普段は他の家畜と一緒にボン爺が世話をしてくれているが、俺も毎日会いに行ってる。アイリーンが慣れてきたら少しずつ乗せて貰う予定だ。そしていつかコイツで遠乗りに出かけるんだ。アイリーンに声をかけ、優しく体を撫でてからボン爺を捜す。

ボン爺は納屋で道具の手入れをしているところだった。

「ボン爺！　こんにちは！　ねぇ、ロープちょうだい。長いやつ！」

「おっレオン坊ちゃん、ロープを何に使うんだい？」

ボン爺は日に焼けて色黒の細身の爺さんだ。顔は皺で笑うとくしゃくしゃになる。笑顔が魅力的な気さくな爺さんだ。

俺のわんぱくな遊びにもよく付き合ってくれる。

「木に縛ってさ、それを使って隣の木まで飛べるかやってみたいんだ」

嘘だけど。

「ほう？　面白い事を思いつきましたなあ。どれ、わしがやってやろう」

「いいよ。自分でやるんだ！」

「いや、坊ちゃんじゃあまだ力が足りんな。ロープの結び方も知らんだろうに」

「そうかな？　ここで教えてくれたら一人でもきっとできるよ？」

「そんなに簡単じゃないぞ。まっいいからわしに任せとけ」

本当は誰にも知られたくなかったけど、仕方ないよな。秘密に出来ないのは残念だけどボン爺にお目当ての木まで案内してロープを設置してもらう事になった。

「あそこ！　あの高いとこの枝に吊るしたいんだ」

「あんなところにか？　ふむ……まぁしっかりした枝だから大丈夫だろ」

年寄りなのに、ボン爺は身軽にひょいっと木に登ると、手慣れた様子でさくっとロープを括《くく》り付けてくれた。

「これでどうじゃろ」

まずはボン爺が安全確認のためにトライ。隣の木にいとも簡単に飛び移った。おおっすげぇ。

「すごい！　すごいよボン爺！　僕もやりたい！」

「いや、今日はまだだめじゃ。明日落っこちても大丈夫な様に地面を柔らかくするか不要なマットでも探して用意しておくからまた明日来なさい。もうすぐ夕飯の時間だしな。さっ帰った帰った！」

ボン爺に軽く追い返されたが、俺は内心ガッツポーズだ。ロープも無事に手に入れたし……決行は今夜だな。

俺は素直にボン爺に挨拶をするとそそくさと屋敷に戻った。

11　夜の森

夜になりみんなが寝静まった頃を見計らって、計画どおりに俺は屋敷の外に出る事にした。

夜中であっても使用人は起きているかもしれない。執事のロイ爺には……絶対に見つかりそうな気がする。

念のため俺は、本《カタログ》から『スキル』：『隠密』を選択し取得した。

『隠密』の必要ポイントは５０００Ｐ《ポイント》だ。所持ポイントは、３７２６２Ｐ《ポイント》。残ったポイントは３２２６２Ｐ《ポイント》。

この世界に来て初めて本《カタログ》から取得した『スキル』。そんなに安いポイントじゃないが、きっと役に立ってくれるはずだと期待して部屋を出た。

この屋敷は廊下も階段もふかふかな絨毯が敷いてあるから足音は立たないはずなのだが安心はできない。背後からいつロイ爺に声をかけられるかとヒヤヒヤしながらそろそろと静かに歩いた。

第二の関門となる厨房にはいつも誰かしらいるから、ここもすごく緊張した。まぁ見つかったら喉が渇いただの腹が減っただの言ってごまかすつもりだけどさ。

幸いにして誰にも会わずに厨房の勝手口を出た。正直、拍子抜けするほど簡単だった。

庭に出ると外は真っ暗だった。月明かりしかない。そういや夜中に外に出たのは初めてだ。

しょっちゅう庭に出ているから、だいたいの場所は把握出来るものの、ここでへたに転んでケガをするわけにはいかないよな。予定とは違うけど仕方ないな。目が慣れるまで勝手口の入り口にじっと座り込んでぼんやりと辺りを見渡す。

前世の感覚で気軽に外に出てきてしまったが夜の外がここまで暗いなんて思わなかったぜ。これじゃ裏庭まで行くのにも時間がかかりそうだよな……これは完全に計算外だ。

俺は「ログ」を唱えステータス画面を開いた。

レオン・テルジア（5）
職業：テルジア公爵の長男
『ステータス』
Lv：1　HP：8／8　MP：2／2
『スキル』
・火魔法Lv1　・水魔法Lv1　・風魔法Lv1　・土魔法Lv1
・隠密　・言語能力（ナリューシュ語）　・言語能力（ベネット語）
・算術Lv1　・礼儀Lv1
『ユニークスキル』
・繰り越し
『エクストラスキル』
・ポイント倍増（10）
『所持ポイント』
32262P《ポイント》

今日は魔法が使えるか試すだけのつもりだったからステータスの事までは考えていなかった。

だが、この暗闇の中にいると、塀の外に出た時に無事でいられるか自信が無い。

昔、神様《しょうじょ》に言われた『すぐ死ぬわよ』というフレーズが脳内を巡る。

ここで、少し『スキル』を獲得しておいた方が良さそうな気がしてきた。

本《カタログ》をパラパラめくる。あっ……これだ。

・**『スキル』：『暗視』　２０００Ｐ《ポイント》**

さっきまで気づかなかった暗闇への対応措置。……取ろう。

「うーん。これだけで大丈夫かな……」

屋敷を出る時に持ってきた道具は、前に親からプレゼントされた綺麗な装飾のついたナイフだけだ。裏庭に行く途中でボン爺からもらった棒も回収してお守り代わりに持っていくつもりだが……、はっきり言って今日は森の奥までは行くつもりはない。少しだけ離れたところで魔法を一発試してみるだけの予定なんだ。なんてったってこの暗闇……ぶっちゃけ怖ぇもん。

屋敷からちょっと数歩外に出るだけなら魔物にも遭遇しないと思う……しないはずだ。

残り所持ポイント：３０２６２Ｐ《ポイント》。次に使えそうな『スキル』を取ったら３００００を切る。

獲得するのに不自由な生活を送りながらも溜めた大切なポイントだから気軽に『スキル』を取る気になれないんだよなあ。

「……ま、とりあえずこれだけでいっか」

元日本人の悪い癖かもしれない。この世界でも甘やかされてのんびり育ったせいか危機管理意識が薄いのかもしれない。

かすかに、神様《しょうじょ》の『すぐ死ぬわよ』という声が聞こえた気がした。

12　夜の森2

スキル『暗視』を取得したとたんに周囲の暗闇が薄くなり、さっきまでの暗さが嘘みたいに見える様になった。

難なく裏庭に進み、午後にボン爺に取り付けてもらったロープのある目的の木の下に到着した。

スキル『隠密』の効果なのか木を登った時もあんま音が立たなかった気がする。

ロープを持って腕に巻き付け慎重に塀に飛び移った。うってかわって順調順調！　幸先良いな。

塀の上に立ち暗く広がる森を見渡す。夜の森はなんだか不気味だな。昼間は疼く冒険心からワクワクしていた癖に……少し怖くなってきた。

……やっぱり自室に引き返そうかな。……なんてな。このために『スキル』だって取ったんだ。

ここまできたら行くしかないだろ！

木に括り付けたロープを壁の外側まで引っ張って垂らしてみると、ロープの長さは塀の真ん中くらいまでしかなかった。うーん。地面まで足りなかったか。まっでもこれだけあれば大丈夫だろ。

俺は意を決してロープをつたい慎重に塀を降り始めた。生暖かい風を感じる。緊張に胸が高鳴ってくる。……ロープギリギリのところで地面を確認し、思い切って壁を蹴りロープから手を放してジャンプッ。

「っとと、っしゃ!?」着地成功!

と思った瞬間、「うおっ!?」足にぐにゃりとした感覚があった。

……なんだか嫌な予感がする。

……恐る恐る足下を見ると、地面にはぶっとい蛇が大量にいた。

俺が着地した地面はびっしりと蛇に埋め尽くされていたんだ。

「うっわぁぁあああああああああ!?」

びびって飛びのいたあとバランスを崩して尻もちをついた。

それでもなんとかすぐに立ち上がって更に後ろに思いっきり飛んだ。

恐怖から目を見開いて良く見れば、大人の男の腕くらいの蛇がグネグネウネウネしながらもぞもぞと動いている。ぬめぬめした軀を気持ち悪く光らせながら、俺の帰路《ロープ》周辺に大量にいる。ど……どうやって帰ればいいんだよ。

さっき思い切り踏んだから……いや、俺が塀をつたっている時点で狙われていたのかもしれない。

赤い目がチカチカと光り、大量の蛇の頭がウネウネと蜷局《とぐろ》を巻きながら俺を見ているのが分かった。

ナイフはズボンの尻ポケット。腰には棒を括り付けている。

俺はビビりながらも大量の蛇から目を離さずに、汗にまみれた震える手で尻ポケットのナイフを取ろうとまさぐった。

……ない。

……落としたんだ。

多分ナイフはあの蛇のグネグネの中のどこかだ。

やばい、やばい、やばい、やばい。

ス……スキル、スキルをとらなきゃ。

じりじりと蛇が俺に向かってきているのが分かる。竦《すく》む足を必死で叩きながら後ずさりする。

「はっはっ……あっあっちいけよ！」なんの効果もないなんて頭では分かっているのに棒を右手に持って必死に振り回し威嚇する。

スキル、ログ、蛇を倒すスキル、早くっはやくなにか……だめだパニックで頭が回らない!?

こ、こんな大量の蛇……神様《しょうじょ》の『死ぬわよ』という声がリフレインする。

いやだ、死にたくない、死ぬ、いやだ、死ぬ、……怖い……

大量の蛇はまるで狩りを楽しむかのように、ゆっくりと静かに獲物《おれ》を取り囲もうとぬめぬめと軀を光らせ絡み合い集団で近づいて来る。

もうだめだ……これで終わりなんだ……俺は、蛇に絞殺《しめころ》されるんだ。食われるんだ。

もう、絶望しかない。さっきからずっと迫りくる蛇の動きを凝視しているだけでジリジリと後ずさりをする事しかできていない。

涙と鼻水がドロドロにでてくる。視界がぼやけないように急いで目をこする。

「痛って…」くそっ…砂が入った。

俺は必死で左手に魔素を集め『火魔法Ｌｖ１』を蛇に向けて発動した。林檎くらいの大きさの炎が蛇に向かって放たれた。それは……初めて見るまともな火だった。

……だけどだめだ。小さい。こんなんじゃ小さすぎる。蛇なんか倒せるわけない。

涙がとまらない。

ＭＰは、もうないだろう。

炎に一瞬ひるみ、ザザザ……と退いた蛇の集団も、すぐにまた俺に向かってきている。

俺を諦める気はさらさらないらしい。……近い。さっきよりも距離が縮まっている。

「ヒイィッ…」唯一持っている武器とも呼べない棒を、苦し紛れに蛇に向かって振り回しながら、発動することのない『火魔法Ｌｖ１』を何度も何度も出そうとした。

囲まれた。終わりだ……

あと少し、あと一メートル……足が止まってしまった。

とうとう恐怖が達し、ションベンが垂れた。

じょろじょろと生暖かい水がズボンを足を濡らしていく。

大量の赤い目が俺を狙っているのが分かる。……終わりだ。終わりなんだ。もう……

「おいっ！　遊んでいいのは明日だって言っただろうがっ!?」

突然、ものすごい怒声とともに、俺の近くにいた蛇がまとめてぶった切られた。

『ピシャッ』とはね飛んだ血しぶきが生暖かく俺の頬を濡らした。慌てて袖で拭う。

直後に鼓膜に響く衝撃波の音が耳をつんざき、目の前の大量の蛇がどんどんぶつ切りになっていった。

いったい、何が起きてるんだ？　恐怖と驚きで言葉を出す事も出来ずにガクガクと震え、呆然と立ち竦む俺の目の前に……ボン爺が立っていた。

「バカ野郎っ!!　わしのいう事が聞けなかったのか!?」

そう怒鳴ると、ガシッと物凄い強さで両肩を摑まれた。

ボン爺の初めて見せる怒り顔はとても怖かった。どばっと涙が溢れ出し、またションベンが垂れた。

「なにか企んでやがるってのは分かってたんだ！　だがな！　わしが来なかったらお前、どうなってた!?」

ボン爺は俺の肩を強く摑んだまま、前後にゆすり、とにかく怒鳴った。

「ぁ……まほ、を、つ……って……」

「っは！　小便垂らしたガキが何いってやがる」

「あぅ、ぅあぁ……」

「バカがっお前はなぁ！　蛇の餌になるところだったんだ！　てめぇでてめぇを殺しに来たようなもんなんだ！」

「うあ……うぁあああああああああああああああ」

「もう二度と塀を越えようなんざ真似するな!?　分かったな!?」

「ぐぇっ…」

……その後どうやって塀のなかに戻ったのかは分からない。

土と汗と涙と鼻水と小便にドロドロにまみれた俺をボン爺は担ぎ上げ、気が付けばボン爺の小屋の前で降ろされた。……帰って、これたんだ。

がしっと強く腕を掴まれ家畜小屋の脇まで引っ張って連れてこられると、すぐに桶の水をぶっかけられ、その後服を脱がされてまた水をぶっかけられた。渡されたタオルで体を拭くと、今度は小屋の中に連れていかれた。

椅子に座らさせられてテーブルに置かれた手作りの様な武骨な木のコップには温かいスープが入っていた。

「飲め」

言われるがまま飲んだ。薄味の野菜のスープだった。

「……さっきは悪かった」

「っうぐ…」また涙が込み上げてきた。ごまかす様に慌てて下を向いてちびちびとスープを飲み続ける。

「貴族の坊ちゃんにあの言い方はなかったかな。……だがな、外の世界ってのはそんなに甘くないんだ。冒険、魔法、剣、魔物、憧れるのはわかるぜ？　わしだって何度も死にそうな目にあって……それでも長年冒険者をやってたんだ」

は？　ボン爺が、冒険者だった？……スープを持ったまま、顔をあげてボン爺の目を見る。

ボン爺はまだ硬い表情のままだったが、口調はいつもの感じで話し続けた。

「坊ちゃん、お前、さっき一度も謝らなかったな？」

「……!?　あっごめんなさ」

「いや…いい……謝らなかったから、いい」

ボン爺は、しばらく腕を組んで頭をひねりながらこう言った。

「……分かった。わしが教えてやろう……冒険者のイロハをな」

俺は話に付いていけず、ボン爺の顔をただ見ているだけだった。

13
命

その夜は、ボン爺の小屋に泊まらせてもらった。というか気づいたら眠ってしまっていたようだった。

起きたらソファーに寝かされていた。全裸だった。

慌てて掛けてあった毛布を引き寄せかぶった。

そういえば昨夜小屋に入った時もタオルだけだったな……

家の中には誰もいなかったので毛布をかぶったまま外に出てみると、ボン爺は家畜小屋で既に作業をしているところだった。

「起きたか」

ボン爺はちらりと俺を見ると、昨夜の事には一切触れず、今日の予定が終わったら来るように言うと、ひとまず屋敷に帰る様に促した。

厨房まで一緒に行き、ボン爺が料理長のサムに事情を話した。俺は寝ぼけて外に出てしまい、暗闇で戻り方が分からなくなり怖くなって小便を漏らし、転び、泣いていたところをボン爺が回収した、ということになった。

サムがメアリを呼びに人をやると、しばらくして血相を変えたメアリが来た。

ボン爺はメアリにも同じように事情を話すと、そのまま俺はメアリに優しく背を支えられながら部屋に戻った。

……小便のくだりだけは、言わないで欲しかった。

風呂に入れられ、新しく用意された服に着替えさせられ、何事もなかったかの様な平和な一日が始まった。

いつも通りじゃないのは俺だけだった。

少し目を瞑《つむ》れば、昨夜の大量の蛇の気持ちの悪い動きや赤い目が鮮明に浮かんでくる。

頭の中を、あの時感じた恐怖、焦燥感、絶望、そして大泣きした事なんかがぐるぐる駆け巡っている。

ミラ先生はいつもと違って黙りがちな俺を心配したが、少し体調が悪いだけだと伝えた。

先生に抱きつきたい、先生の大きな胸に顔を埋めて慰めて欲しい、と思った。だが俺はずっと俯いていただけで、少し早めに授業を終えた。大嫌いなマナーの授業も素直に受けた。

いつもは嫌みばかりをいうマナー教師のハンナは今日の無気力で言いなりな俺の事を絶賛した。

剣の稽古の時も、いつもなら剣を持たせてくれない事に不貞腐れながらやっていた柔軟と走り込みを、今日は言われる前に開始して黙々といつまでも走りつづけていた。

俺はボン爺を捜しに行った。ボン爺は裏庭にいた。昨日のロープを張ったあたりの地面を掘り起こして土をならしていた。

俺が近づくと、ボン爺はすぐに気がついて振り向いた。

「きたか」

正直、どんな顔をして会えば良いか分からなかった。

ボン爺はやる気なくだらんとした俺の腕を引いて歩きはじめ、小屋の中に入った。椅子に促され、テーブルに昨夜と同じスープの入った木のコップを置くと、俯いて黙り込んでいる俺に言った。

「昨日は、大変だったなぁ」

まるで、昨夜のことが夢で何もなかったかの様ないつものボン爺の口調だった。

「まぁ……わしはな、分かってたのよ。坊ちゃんが屋敷を抜け出そうとする事くらいはな」

ボン爺はニヤリと笑った。

昨日、裏庭の俺の指定した木の枝をみてピンときたらしい。そしてロープを吊るしてボン爺が飛んで見せたにも拘らず、ロープを触ろうともせずに物分かり良く屋敷に戻った事に。

ボン爺はロープに仕掛けをして、ロープが不自然に動いたらすぐに動ける様に準備していたのだと言った。

「昨日はな、わしがいなかったら確実に死んでた。確実に、だ。……だがな、何にしろ坊ちゃんは生きている。だからどうあれ良かったんだ」

「ボン爺……ごめんなさい」

か細い声で呟いた。

「いーや、坊ちゃん。今さら謝ったってなあ……わしは分かるぞ。お前はいつかまたやるだろ」

「そんなことない！」

あんなに怖い思いをしたんだ。もう頼まれたって外に出ようなんて思うもんか。

「いや、やる。それがいつになるかわからんが、坊ちゃんはまたやる。いつの日か、わしの目をごまくらかしてやるんだ。そんでな、今度こそ、死ぬんだ」

経験だ。とポツリと言った。

「坊ちゃん、お前はたった数時間前、死ぬ直前だった。恐ろしさで小便を漏らした。泣いた。そうだな?」

ボン爺は怠そうに天井を仰ぎ、肩の凝りをほぐす様に首を回した。

「だがな、ごめんなさいも二度とやらないとも、あの時に言わなかった。極限の状況だったのに、言わなかった。……だから分かるんだ。またやるってな」

俺は何も言えなかった。

……確かに。もう少し時間が経って……あの時の恐怖が薄れたら。

事前に『スキル』を取っていけば、何とかなるかもしれないと思うかもしれない。

俺の沈黙に、ボン爺は諦めたように一人うんうんとうなずいていた。

「だからな。……いつか。そのいつかのためにわしが教えてやる事にする。死なない為の訓練だ」

それからボン爺は、三つの約束を俺に課し、俺はそれを了承した。

・この訓練は屋敷の誰にも秘密にする事
・ボン爺にも仕事があるから毎日ではない事
・次にもし一人で屋敷の外に出たいと思ったら絶対にボン爺の許可を得る事

「よし。そんじゃちょっと、こっちに来い」

ボン爺に促されて、家畜小屋の裏にまわった。少し遅れてきたボン爺は、納屋から大きな麻袋を抱えてきた。

「ほれ、忘れもんだ」

ボン爺は麻袋を抱えたまま、ポケットからナイフを取り出して俺に渡した。俺が昨日落としたナイフだった。

「エモノを落とすなんざ愚の骨頂だ。使い方を知る。エモノが体の一部だと感じられるまで使い込まなきゃならん。…さ、構えろ」

ナイフの使い方を教えてくれるのだろうか。俺は装飾のついたナイフの鞘から、抜き身のナイフを取り出し、自分なりの持ち方で持った。

「じゃ、いくぞ」

ボン爺が抱えていた麻袋の口を開け、俺の足下めがけて地面に放り投げた。

「!? ヒィッ……!?」

麻袋の中から、昨日の夜、俺を襲った蛇が黒い軀を気味悪く光らせグネグネと出てきたのだ。

俺は情けない悲鳴をあげ、すぐにその場を飛びのいた。

「殺せ」

ボン爺が俺に命令する。

なっ……信じられない!? 昨日、あんなに怖い思いをしたのに、なんで、なんで!?!?

「おい、何をつっ立ってる! ナイフを使っても足で踏みつぶしてもいい。早くやれ!」

はぁっ!?

何を言ってるんだ? たった数時間前に俺を殺そうとした蛇だぞ!?

……ボン爺は厳しい目で黙って俺を見ているだけだ。さっさとやれと促すように腕を組んで見ているだけで、やり方を教えてくれる気も、アドバイスをくれる気も無いらしい。

俺は蛇を見た。昨日の夜に比べたら、動きが全然にぶい。目も良く見えていないのかそれぞれゆっくりとその場をのたくっている。どうやら日陰を探しているみたいだ。

……この蛇、もしかしたら夜行性なのか……？

ナイフの柄は短い。ナイフで切りかかって失敗し、巻き付かれたり噛まれたりしたら終わりだ。

俺はまず、動きの鈍い蛇の後ろに回り、少しずつ近づくと、蛇の頭を思い切り踏みつけた。

気持ち悪いぬめりと弾力、そして『クシャリ…』と潰れた感触が足の裏から伝わった。

反動で蛇の軀が激しくうねり、おれの足に巻き付こうとする前にもう一方の足で腹の辺りを思い切り踏みつけた。そしてその後は……完全に動かなくなるまで必死にナイフを刺した。

蛇の血が俺の手と顔にかかった。気持ち悪くて泣きそうになった。

俺は蛇が動かなくなっても蛇にナイフを刺し続けた。

「いいぞ。さぁ、こっちにこい」

ボン爺は水をいっぱいに溜めた桶を用意していてくれた。俺は念入りに手と顔を洗った。

手は綺麗になったが、ナイフから伝わる蛇の皮の厚さと、ぬめりとした感覚と、肉を刺す感触がずっと残っている。足の裏にも、靴づたいにあの蛇のうねり抵抗する感覚が残っている。

「……まぁ、上出来とは言えんが……良くやった方か」

ボン爺は蛇の残骸を片付けながら言った。

「よーく覚えとけ。これがな、『殺す』ってことなんだ」

14　閑話（ボン爺視点）

わしはボン。ただのボンだ。

本名なんて忘れちまった。ずっと愛称でボンと呼ばれてきたし、ある時からはわしからもボンとしか名乗らなくなった。

地図にすらない、もうなくなった小さな村で俺は生まれ育った。やんちゃなガキでいつもどっかしら怪我をこさえていたもんだ。

貧しい村で毎日の食料のためにしょっ中森や川で狩りをした。何もない時はその辺の草や虫の幼虫なんかだって食った。

ある時村に一人の冒険者が村にふらっと入ってきた。このあたりの洞窟に眠るお宝があるとか言っていた。その洞窟は、わしら村人にとっては祭壇みたいなもんだった。洞窟の奥にはデカくて綺麗な水晶があって、それを村の守り神として祀っとったんだ。

村長は冒険者に話をし、冒険者はそれを了承して帰って行った。

数日後、ゾロゾロと屈強な男どもが村に入ってきて無理やり洞窟から水晶を奪って行った。

抵抗した村長や他の大人達、わしの親父もこの時に殺された。

村に残ったのは、ほとんど女子供だけだった。

生きる為に今まで男衆がやっていた仕事は、残された皆で必死になってやらざるをえんかった。

わしはあの時の冒険者を怨んでいた。あいつが喋ったんだ、絶対に許さないと。

ある時、獲物が捕れずいつもよりも遠くの森に入った。そこにあの時の冒険者がいた。

死んでいた。

腕と腹を切られ、片足は離れた所にあった。動物や魔物じゃない、人間に殺された死体だった。

この時、あの時の盗賊連中と冒険者は別物だったんだろうと思った。

そして、わしは死んだら終わりなんだと、強くならなきゃいかんと思った。

わしが十二になるかって時に村に疫病がはやった。厄介なやつで少なかった村人がもっと減った。

わしの母親もこの時死んだ。

わしは残った数人の村人とともに、村を捨て旅に出た。街に行った者、漁師になるため海の村に向かった者、途中で死んだ奴もいる。わしは村の女数人と弟分のダニエルと一緒に近くの街に向かった。

女達は生活の為に娼婦になり、たまにわしらに少しばかりの小遣いをくれた。わしらはわしらで昼間は狩りや薬草摘み、夜は娼館や飲み屋付近をウロウロしてちょっとばかしの盗みを働いた。

娼館の管理はずさんだったらしく、村から一緒に来た女達はすぐに病気で死んじまった。

わしらは必死だった。落ちてるゴミにだって飛びついていた。

ある時わしがヘマをして足を打撲してしまった。

ダニエルは俺より五歳下の七歳だった。まだわしが狩りを教えたばかりだった。

ダニエルは一人でも獲物を捕ってくると言ったが、わしは足を引きずりながら罠の仕掛けを教え、しばらくはこの罠だけで狩りをしようと言った。

罠だけじゃ可食部の少ない獲物しか捕れんかった。わしもダニエルも毎日トカゲと野草を食べて過ごした。二人とも腹が減っていた。

ある日、ダニエルがふらっといなくなり泥まみれになって兎を持ってきた。ダニエルは仕掛けた罠で捕れたと嘘をついた。この辺じゃかなり森の奥に行かないと捕まえられない獲物だった。

わしは一人で森深くに入ったダニエルを怒った。明日から一緒に行くから二度と一人で行くなと言った。ダニエルは悔しそうに不貞腐れていた。

だが、その日はこなかった。

ダニエルは夜中、また森に狩りに入ったんだ。わしに一人前だと証明したかったんだろう。

ダニエルは何かしらの魔物に食われた。翌日、足を引きずりながら走り、ダニエルの残骸を見つけたのだ。

たった一人になってしまった。

まだまだガキだったわしは、生きる為に荒くれの冒険者達にひっついて荷物持ちや盗み、囮役なんかもやって何度も殺されそうになったもんだ。食事は奴らの残飯か、やっぱりトカゲか雑草だった。役に立たないガキを連れて行ってくれるだけでありがたかった。

腹を空かせながらも毎日必死にくらいつき、冒険者達の技を盗み見て過ごした。そいつらに殺されそうになったり捨てられたら、また次の冒険者の集団パーティを探してはあっちこっちを旅して歩いた。

そのうちわしも成長し、一人でも大物の魔物を殺せる様になった。あまり人が信じられなかったから基本的にはソロで動いた。一人でだいたい何でも出来る様になると、毎日が楽しくなった。

小さな村の近くに巣くった魔物を退治したり攫われた町娘を助けたりもした。感謝されるのは嬉しかった。

そんな風に放浪していたある時、わしはデカい国に入った。

夜居酒屋でビールを飲んでいると、その国の騎士団らしき連中が数人入ってきた。

どいつもこいつも青臭い若造どもで、妙に粋がっているのが鼻についた。

若造は酔っ払ってくると、みるからに冒険者のわしに近づいて来た。今度東の山に出たドラゴンの討伐に行くという話で、初めての遠征なのだと言った。

ガキみたいに目を光らせまるでピクニックにでも行くかの様な話しぶりに腹の中が煮えくり返ったが、実はわしの目的もそのドラゴンだった。だからわしは適当に話を聞きながら詳細の情報を得た。

翌日、道具を揃え東の山に向かった。中腹あたりで空気がやけに熱くなってきた。ドラゴンの巣が近いのかもしれん。

わしは魔法で風を出し、その風を纏いながら警戒して登って行った。

途中、あの時の居酒屋の若造がくたばっているのに出くわした。大きさ的にドラゴンの子供にでも引っかかれたであろう傷跡が腹にあった。かろうじて息はあったが内臓が抉られていた。もう駄目だろう。

ある程度の知恵を持った生き物なら大体そうだが、子供を殺すと親の怒りは尋常じゃない。

「ちっガキもいるのか」

厄介だと思いながら登る。最悪の場合、逃げる必要もある。帰路を意識しながら先に進んだ。

『グアアアアアアアアアアアアアアッ』

突然、鼓膜が割れそうな叫び声が聞こえた。そこらじゅうの木の葉が振動で揺れている。

すぐさま音の先を見れば、数十メートル上の方で巨大なドラゴンが叫び、口から火をまき散らしているのが見えた。

わしは静かに裏手に回りながら、ドラゴンへと向かい登っていった。

そこらじゅうに騎士達が焼け焦げて死んでいる。その近くには子供のドラゴンの死体も二匹、首を切り落とされて落ちていた。

一人の若者だけが、わしの目当てのドラゴンと対峙していた。あの距離じゃ、次に火《ブレス》を吐かれたら終わるだろう。

ドラゴンの大きさは十メートルくらいってとこか。そんなに大きくないな。

わしは、魔法で氷の槍を数本作ると、風魔法を使い槍の速度を加速させドラゴンに向かって投げた。鱗が硬く、背に何本かは刺さったが特にダメージはなさそうだった。

後ろからの攻撃にわしの存在にやっと気付いたドラゴンは咆哮をあげ怒り狂ってわしの方を向い

た。

「おいっ！　今だ!!　そいつの尻尾か羽を切り落とせ!!」

わしは、向こう側の若造に叫ぶと、もう数本氷の槍を出現させて怯みなく構え、さっきよりも速度を上げてドラゴンの目を狙った。

『グアアアアアアアアアアアアアアッ』

的中、どんなもんだ。

ドラゴンの苦し紛れのブレスなぞ効かん。氷の壁を張るとその場で踏み切り、そのまま風を起こして飛び上がり、巨大な氷柱を作る。上空から加速をつけドラゴンの脳天をめがけて思い切り叩き付けた。着地をしながら、ドラゴンの羽がなくなっている事を確認した。切り取られた羽が転がっている。決着がついたな。もう逃げられん。

若造の近くに着地し、

「よく切れる剣だな。おい、とどめをさすぞ」

わしは、風を良く切れるナイフの様に細かく執拗にドラゴンへ叩き付け、奴の注意をわしに向けさせ続けた。若者にはドラゴンの尻尾、足、腕を順に切り落とさせた。

最後は胴体だけになり身動きすらとれなくなったドラゴンを氷漬けにし、窒息させて殺した。

「助けて頂き、ありがとうございました。私はガルム・テルジア。ナリユーシュ国の騎士団にて第一隊長を務めております。王国きっての騎士団だというのに、御見苦しいところを……役立たずな情けない姿をお見せしました。お恥ずかしい」

「いや、全滅寸前でお前さんたった一人よくやってたんじゃないか。まぁドラゴンといっても小さい。あんなもんを殺したくらいで調子に乗らないってのは良いことだ。これから油断はするなよ」

それが、ガルムとの出会いだった。

ガルムはわしの事を師匠の様に慕ってきて、わしに師事を仰いだ。

わしはただの冒険者の端くれだと、もっとデカいドラゴンだったら誰を助けることもなくとっとと逃げただろうと言ったがそれでもまるで犬ころの様に慕ってきた。

ドラゴン退治の名誉は、全てガルムに譲ってやった。わしは有名人になるつもりなんざ毛頭なかったからな。その代わり、この国に滞在する間の宿代とメシ代をせびってやった。ガルムは騎士団長になったらしい。

その後、わしはこの国を離れたが定期的にわしの下に便りが届いた。なに、伝達用の虫がいるんだ。まぁ、たまにナリューシュ国の近くに寄ったときは飲んで近況を聞くくらいの仲だった。

何年かして、わしも年を取りそろそろ冒険家をやめるには潮時かと考えるようになった頃にガルムから便りがとどいた。ガルムの領地で、息子の面倒をみてくれないかとの依頼だった。

時期的にちょうど良かったのでわしは二つ返事で了承した。ガルムもだいぶ年を取っていた。

ま、当然だな。

ガルムの息子は、まだ赤ん坊だった。事情は聞いたが、わしには関係のないこった。屋敷で特にわしがやることはなかったから、庭師をして過ごす事にした。

屋敷も堅苦しくて住みたくないといったら、デカい庭の片隅に家を用意してくれた。ガルムには自由にしていて良いと言われていたが、赤ん坊も小さくやる事がなきゃ、体を動かしてないとなまっちまうからな。

執事をやってるロイってジジイもありゃ相当な曲もんだぜ。昔、何度か仕事でぶつかったことがあったっけな。あいつに付けられた傷も幾つか残っている。

まぁそれも昔の話だ。

むしろそんな昔話が出来る老いぼれ仲間ができて良かったってこった。

ロイは夜ふらっとわしの家に来て飲んで帰っていく、そんな間柄だ。

ガルムの息子、レオン坊ちゃんは貴族って割にはよくわしの所に遊びに来る。たまに坊ちゃんを見ていると死んだダニエルを思い出す。わしも年をとったからか、こう懐かれると可愛いもんだ。

チビのくせにやけに毎日庭先に出て来て棒切れを振り回しちゃ体を鍛えているし、冒険だのなんだの言って、出来もしない魔法の練習をやっては一人で落ち込んでいる。

貴族にしとくにはもったいないな。

最近は体も大きくなってきて木登りなんかもしょっちゅうやってる。木に登って危なっかしく屋敷の塀から外を見ていたと思ったら、しばらくしてわしのところにきてロープをくれだの言ってきやがった。

……クック……ありゃあなんか企んでるぜ？

まぁ、しょうがない。乗ってやるか。

15　鑑定

夜メシはまともに食べられなかった。あの殺した蛇の感触や、跳ね返って顔と手にべっとりとついた血が思い出されて吐きそうなくらいだった。

メアリは心配していたが、きっと俺がお漏らしの事でショックを受けているのだろうと思ったみたいだ。

「レオン様、大丈夫ですよ。屋敷でもほんの数人しか知りませんから。まだ小さいのですもの……よくある事ですわ」

心を抉るようなフォローを入れてくれた。小さいって何がだよ！　何だよ、あれ？　何がなんだろう……くそっ何なんだよ……

自分の手や足が気持ち悪くて長時間フロに入った後、ベッドの中でしばらくぼうっとしていた。

「ログ」とポツリとつぶやく。

レオン・テルジア（5）

職業：テルジア公爵の長男
『ステータス』
Ｌｖ：２　　ＨＰ：11／11　　ＭＰ：４／４
『スキル』
・火魔法Ｌｖ１　・水魔法Ｌｖ１　・風魔法Ｌｖ１　・土魔法Ｌｖ１
・隠密　・暗視　・言語能力（ナリューシュ語）　・言語能力（ベネット語）
・算術Ｌｖ１　・礼儀Ｌｖ１
『ユニークスキル』
・繰り越し
『エクストラスキル』
・ポイント倍増（10）
『所持ポイント』

３０３１９Ｐ《ポイント》

……レベルが上がってる。

なんで？　あの蛇の群れはボン爺が倒したのに。ポイントも、57Ｐ《ポイント》稼いでいる。

……今日はほぼ誰とも話してなかったよな？

俺は今日〝挨拶〟か〝お礼〟をした数を思い出す。それで稼いだポイントは、７Ｐ《ポイント》位だ。じゃあ、50P《ポイント》の正体はなんだ？

頭に浮かぶのは、今日ボン爺に言われて殺した蛇のことぐらいだ。レベルについても、ポイントについても。あの蛇一匹で50P《ポイント》なんだ。

『ポイント倍増（10）』のスキルの恩恵がなければ5P《ポイント》。

「……ショボいな」

そのショボい蛇に殺されそうになったんだけどさ。

それに……たった一匹を殺すだけでも大変だった。……なんだよ。魔物退治でポイント稼ぎなんて……夢のまた夢じゃないか。

レベルが上がった事には驚いたものの、正直あまり嬉しいと思えなかった。

だって、ボン爺がお膳立てして用意してくれた蛇だ。

動きも鈍臭かったし、もしかしたら弱らせてくれていたのかもしれない。

昨夜と今日で俺は自分の弱さをまざまざと知った。レベルとかスキルも必要なのは分かってる。

でも俺は……はっきり言って蛇を一匹殺すのにもビビるような甘ちゃんだった。

もうしばらく夜に外出する事なんてないだろう。『暗視』なんか取って無駄にしちゃったかな。

まぁ、『暗視』がなかったらあの大量の蛇の動きすら見えなくて、ボン爺が助けに来る前に死んでいたかもしれないのか。

『隠密』もさ、本当に役にたったのかな。蛇の動きがすぐに俺に向かわなかったのは、獲物《おれ》で遊んでいたのか、それともただ暗闇の中で俺の位置が把握出来なかったからなのか。

……いや。もし蛇が夜行性なんだとしたらそれはないか。そういや今日はメアリも厨房のみんなも、俺にすぐに気づかなくて驚いてたっけ。

でも、ボン爺は違ったぞ。ボン爺はすぐに俺に気が付いた。どうしてだろう。

「そうだ」

本《カタログ》をめくる。

『鑑定』
『鑑定Ｌｖ１』　１０００
『鑑定Ｌｖ２』　２０００
『鑑定Ｌｖ３』　４０００
『鑑定Ｌｖ４』　８０００
『鑑定Ｌｖ５』　１６０００
『鑑定Ｌｖ６』　３２０００
『鑑定Ｌｖ７』　６４０００
『鑑定Ｌｖ８』　１２８０００
『鑑定Ｌｖ９』　２５６０００
『鑑定Ｌｖ10（ＭＡＸ）』　５１２０００

ボン爺が放ったと思われる、あの蛇を大量に殺した衝撃波のようなもの。一瞬でぶつ切りにされた蛇の残骸。今日後ろから来た『隠密』スキルを持った俺にすぐに気づいたボン爺。

俺……ボン爺の強さの秘密が知りたいかも。

今更だけどさ、昨夜塀を飛び越える前に『暗視』と一緒に取っておけば、『鑑定』で蛇に気付けたのにな。『暗視』だけじゃ、地面がただボコボコしてる様にしか見えなかったんだ。

まさか一面が蛇だったなんて思うかよ。

『鑑定』のスキルの取りづらさは、スキルがレベル分けされてるマニュアルスキルだって事だ。

『隠密』や『暗視』はオートスキルのようでレベル表示がないのに対して分かりづらい。

ミラ先生から教えてもらった話を考慮に入れると、魔法と違うから、Lv1からでも、スキルレベルは上げやすいのかもしれない。

人のステータスを見ることが出来るのは、どのくらいのレベルなんだろうか。

「うむむ……」

よし、Lv3だ。とりあえずは3にしとこう。

俺は、4000P《ポイント》を使って『鑑定Lv3』を取得した。

スキルを取得したとたんに部屋の色々な物の説明が浮かんで見えてくる……のかと思ったら違った。

集中して対象を見ないと分からない。これが、オートスキルとの違いなのか。

俺はベッドに寝たまま、自室の本棚、机、ソファー、窓を一つ一つ見ていった。

……正直面白くない。

『本棚』『机』『ソファー』『窓』としか表示されない。

「失敗したかなぁ」

さっそく不安になってきた。

ま、明日だあした。明日メアリを鑑定しよう。


朝、起こしに来たメアリをさっそく鑑定してみる。メアリは俺にじろじろ見られて不思議そうだったけど。すまない。メアリの全てを見せてもらう！　今日はミラ先生のスリーサイズだって鑑定してやるぜ。

メアリの顔をみて集中すると文字が浮かんできた。

『メアリー・リーブス』（18）
職業：テルジア公爵家の使用人

えっ？　これだけ？

がっかりする。完全に失敗じゃん。ポイントケチったかな……

なんだかメアリが傷ついた表情をしていたので笑顔でごまかしつつ食堂へ行った。メアリには悪い事をしちゃったな。

せっかく取ったスキルだ。スキルレベルを上げる為にも諦めずにその後も鑑定を使ってみよう。

『麦パン』『野菜と鶏肉のスープ』『子羊のソテー』『野菜のサラダ』『バター』『オレアのジュース』『ミルク』『ホワグルの実のムース』『紅茶』『銀のナイフ』『銀のフォーク』『銀のスプーン』『銀のバターナイフ』『テーブルクロス』『テーブル』『椅子』『椅子』『椅子』『椅子』『椅子』……

……しょうもない。なんだこのスキル……はっきり言って退屈だぜ。

よし。次は人にしよう！

俺は使用人達をじろじろと見て回った。

厨房で面白い事が分かった。

『サム・マンセル』（45）
職業：テルジア公爵家の使用人、料理長

『マーサ・マンセル』（40）
職業：テルジア公爵家の使用人、料理人
サム・マンセルの妻

『クリス・マンセル』（20）

職業：テルジア公爵家の使用人、料理人
　サム・マンセルとマーサ・マンセルの息子
　ドーラ・カスラムの恋人

『ドーラ・カスラム』（17）
職業：テルジア公爵家の使用人、
　料理人クリス・マンセルの恋人

おいおいおいおい！

なんだよこいつら付きあってんの？　職場恋愛なんかしやがって。ドーラは十七歳、前世じゃ未成年だぞコノヤロウ！　これからどうやってこの二人と接していくか考えちゃうな。

なかなか『鑑定』は面白いな！

俺はにやにやしながらミラ先生の授業に臨んだ。

そこで俺は絶望に突き落とされる事となった。

『ミラ・マイヤー』（25）
職業：テルジア公爵家レオン・テルジアの家庭教師
　ドミニク・マイヤーの妻

はぁぁぁぁあああ??

ミラ先生が、人妻!?

「レオン様?……レオン様!?　大丈夫ですか?……まだ体調が悪いのかしら」

物凄く心配してくれるミラ先生には悪いが……俺はもう駄目かもしれない。

俺は耐えられず、授業を中断してもらい席を立つとトイレに行き、吐いた。吐くだけ吐いたらスッキリしてきた。

冷静になれ、俺。ミラ先生は二十五歳だ。俺とは二十歳も離れている。俺が十歳になったらミラ先生は三十歳。俺が二十歳になったらミラ先生は四十歳。俺が三十歳になったらミラ先生は五十歳。

ふぅ……落ち着いてきた。

二十五歳ならあんなに美人なんだし結婚してない方がおかしいぜ。

マイヤー家の娘さんで苗字がマイヤーだからとんだ勘違いをしてしまったようだ。

俺の記憶違いで、マイヤー家のお嫁さんってとこだったのかな……

「……はぁぁぁぁ」

ため息が出る。

ミラ先生のあの柔らかくて大きな胸……あれ人の物だったのかぁ。

「……はぁぁぁぁ」

いかんな。俺、頑張れ。

そうだ！　発想の転換だ。人妻のミラ先生。人妻、人妻、人妻……いい響きじゃないか!?

〝人妻のミラ先生と二人きりの授業〟

〝人妻のミラ先生と密室での二時間〟

よし、いける。大丈夫だ、俺。

俺は、ミラ先生の待つ授業へと戻った。

ミラ先生はとても心配していたが、調子が悪かったけどもう治ったから大丈夫だと伝え授業を再開した。

俺の個人的な自習によって、先生に教わるのは南国の『ダグロク』語だけになりつつある。授業はなるべく平常心を心掛けたかったから、算術を教えて欲しいとオーダー。

……数字をみると落ち着くってのは本当だな。このままいけば俺は学者になれそうだ。

黙々と集中していると授業は順調過ぎるほど進んでしまい少し時間が余ってしまった。

意を決して俺は聞いた。

「先生は……もしかして結婚されているのですか？」

「あら、レオン様がそんな質問されるなんて、驚いたわ。ええ。結婚してるわよ。ふふ…一人ね、小さな娘がいるの」

はにかむ様に笑っていうミラ先生は可愛くて蕩《とろ》けそう……じゃなくて、娘!?

……その情報は聞きたくなかった。

俺は第二の衝撃を受け、そのまま気を失いそうになったが何とか堪えた。

「そうなんですか。先生はとても綺麗なので……もしかしたら結婚してるのかなと思ったんです。でも苗字がマイヤーだったから……」

「まあっ……やだわ。ふふっ。綺麗だなんて……どうもありがとう。うちは、女系家族なの。だから旦那様には婿養子に入ってもらったのよ」

その手があったのか。くっそー……婿養子に入ったやつ、上手い事やりやがって……

16　剣の師匠

その後、勿論ボン爺も『鑑定』した。

『ボルガン・エームズ』（60）
職業：レオン・テルジアの護衛

ボルガン爺さんだからボン爺なのか。職業も他の使用人と違う。しかも庭師じゃないとか……謎過ぎる。……これ以上の秘密を探るにはもっと『鑑定』のレベルを上げないと。

ボン爺の訓練は、至ってシンプルで、しばらくは『蛇を殺す』それだけだった。ナイフをどう使うかよりも、蛇《てき》の急所やどうすればスムーズに殺せるかを自分で見つけるまで続けなくてはいけないんだ。

もう二度と見たくもないと思っていた蛇との対峙はとてもきつかった。ナイフが滑って上手く切れず、腕に巻き付かれた事もあった。蛇の頭を切ったら胴体が顔にへばりついて窒息しそうになった事もあった。いきなり飛びかかられてまた漏らしそうになった事もある。

最終的に、殺した蛇を捌いて焼いて食うところまでやった。半泣きになりながら皮を剥いで肉を切り、ボン爺が小屋から持ってきた謎の香辛料をかけて焼いた。悔しいほど旨かった。

それ以外は、時間があったら馬《アイリーン》の世話をするように言われている。

あとは、剣術の稽古をもっと真剣にやれとも言われた。

「剣はわしは使わんが……あれは対人の闘いには向いてるからな。わしが教えられるのは意思疎通の出来ないケモノどものことぐらいよ」

だから俺は、剣術の稽古の始まる時間よりももっと前から柔軟や走り込みをする事にした。毎回稽古の後はその場に倒れ、しばらく動けなくなるまで全力を出した。

剣の師匠は、かなり若い。若すぎるくらい元気いっぱいな感じの女の子だ。名前はディアーヌ。

『鑑定』の結果はこちら。

『ディアーヌ・ハルク』（14）

職業：剣士

メアリよりも若い。

赤毛でくせのある短い髪に、日焼けした肌が太陽の下キラリと光る女の子だ。

ディアーヌも可愛いっちゃ可愛いけど……胸もペタンコだし、いつもタンクトップに作業ズボンを着ているから少年の様な少女だ。ミラ先生のような大人な色気もないし、甘えたくなる様な落ち着いた雰囲気もない。

正直、剣の師匠といえば傷だらけの跡《くんしょう》の残る手練れな熟練戦士とか昔世界で活躍し、今では吟遊詩人にも詠われる伝説の老師みたいな人が来ると思っていたから拍子抜けだった。

親父《ちちうえ》は一体何を考えてこの少女を選んだんだという疑問しか持てなかった。俺は『剣の〝師匠〟』って依頼《オーダー》したはずなのにさ。よっぽどボン爺の方が師匠って感じだよ。

ディアーヌは前世でいえばクラスでもイケてる集団《グループ》にいそうな、とにかく前世の俺とは一生縁のない部類《タイプ》の女の子だったから、俺は少し苦手意識を持っている。

そんな若い女子に、『剣を持つなんて百年早い』だの『兎に角まずは身体を作れ』だの言われてもどうしてもやる気が起きなかったのは事実だった。

いつもディアーヌは胡坐《あぐら》をかいて退屈そうに欠伸《あくび》をしながら見ているだけだしな。

「よーし。ストップストップ！　最近はやっと真面目にやりはじめたわね！　良いことよ」

いつもの様に走っている途中でディアーヌが言った。

「レオ、こっちに来なさい！」

ディアーヌは大きな声で俺を呼びながらパンパンと手を叩いた。

「ちょっと、ここで片足で立って！　はいスタート！」

簡潔にそれだけ言って、俺は片足立ちをさせられた。すぐにぐらついて足をつくと、

「はい、駄目！　もう一回。まずは片足ずつ三十分、両足で一時間続けられるまでやるわよ」

さっそく挫けそうになった。

ディアーヌと出会って数カ月、ずっと柔軟と走り込みの毎日で、やっと次に進んだと思ったらこれかよ……

「レオ、やる気がないならまた走っててもいいのよ。永遠にね！」

く、悔しい。元十七歳の俺が十四歳の中二女子にこんな事を言われるなんて……屈辱だ。早くも心が折れそうだ。

……だけど、ボン爺と約束したからな。歯を食いしばって新しい特訓に耐える。精神を集中させ、目を閉じて体幹を意識する。

「はい。オッケー。良くできました！」

自分でも驚いたが、ほぼ一発で出来た。

「やるじゃない。全然できないかと思ってたわ……そうね、体幹は大丈夫かしらね……ねぇ、レオ。あなた早く剣の稽古がしたいんでしょう？」

「えっ？　うん……はい！」

「いいわよ。明日、剣を用意しておいてあげる。ただし、柔軟と走り込み、さっきの片足立ちは変わらずやるからね。剣を使う稽古はその後よ」
マ、マジかよ。……やっと剣を教えて貰えるの!?
「や…やったあっ！」

嬉し過ぎて思わずガッツポーズで飛び跳ねた。

「ちょっとちょっと、剣っていっても模造剣よ？　まだまだ赤ちゃんのレオには模造剣だってもったいないくらい。だけどお金は貰えるから、今日この後ひとっ走り街に買いに行ってくるわ」

「模造剣でもなんでもいいよっ…です。だって、やっと……やっと剣が振れるんだ!?」

「そんなに嬉しいの？　ふぅん……ねーぇ、レオ。あなた何か隠してる事があるんじゃないのかしら？　ねぇ、何かあったんでしょ？……すっごく怖い思いしたとか」

「え？」

一瞬体がビクッとなった。

何だこいつ……ディアーヌはにやにや笑っているが、目は確実に据わっている。

「レオ。あなた、私の事バカにしてるでしょう？　私がまだ若すぎるからってあからさまにがっかりしていたわよね？　ま、それでも言う事はちゃんとやって走ってたし？　私もそれでお金貰えるならいいかなって思ってたの」

なんだ、話が見えないぞ。なにが言いたい？

「あなた、ほんの数日前から急に人が変わったように真面目になったじゃない?……怪しいと思っていたの。ね、言いなさいよ。何があったの?」

「……なんでもないよ、です。……将来騎士団に入るのが夢で……」

「はいはい、嘘はいらないわ。あと私には敬語もいらないわよ。まったくもう。何かあったんでしょ? 死にそうになるほど怖いコト。それで、己の無力さを恥じて稽古に真面目になったって所かしら」

なんなんだよこいつ……なんで分かるんだ?

「もー……なんでわかるんだ? って顔したって、全部書いてあるわよ、顔に」

へっ? 顔?

……もしかしてディアーヌも『鑑定』持ってんのか? しかも俺より高いレベルのやつだぜそれ。

「はいはい。レオン君は分かりやす過ぎるのよ。そんな感じだと騎士団だって入れるかどうか怪しいものだわ。言いたくないならそれで良いけど、いつか教えてね?」

うわ、なんだ今の。呆れた顔からのウィンクとか……上級テクニックだ。

くそっ……こんなので。でもこんなギャップよりもミラ先生の方がよっぽど……

「まーとにかく明日からね。いつもレオが一人でやってる素振りもどきじゃない本物の素振りを教えてあげるわ。……この私が教えてあげるんだから、強くなりなさい」

そう言うと、ディアーヌは今日の稽古は終わりだと踵を返しスタスタと行ってしまった。

なんだ……男みたいなやつかと思ってたけど、結構可愛いとこあるのかもしれないな。

17　心構え

約束通り、翌日の剣の稽古の時間、ディアーヌは模造剣を俺にくれた。

俺はディアーヌの指示により、ディアーヌの前で何故か跪ずかされた。ディアーヌは恭しく剣を上に捧げ……

「レオン・テルジア。師匠ディアーヌ・ハルクにより貴殿に捧げよう」

と、大真面目に模造剣を俺の目の前に掲げてきた。

は、はあ？　ポカンとしながら模造剣を受け取ると、

「ちょっと。ダメダメ。『師匠、ディアーヌ・ハルク様、我が命《めい》として、しかとこの剣を承ります』って言いなさい」

ディアーヌに何度かダメ出しを受けつつ、無事に模造剣を受け取った。

途中から何かのギャグかと思ったけどどうやら大マジの様だった……ばかばかしい。

だってさ、模造剣だぜ？　しかもこれが、安そうなただの木刀っていうのがまた萎える。

昔ボン爺がくれた棒には持ち手に革まで付いてる事を考えるとさ、木刀《こっち》の方が剣っぽいよ？　だけど遥かに安っぽい。これなら、ボン爺にもっといいの作って貰った方がいいな。

そんな俺の態度に、すぐさま気付いたディアーヌは怒った。

「レオ、あなた剣の修行がしたいんじゃなかったの？　私はあなたのやる気を見込んでこの木刀を用意したの。そして、私はあなたの師匠。師匠と剣を馬鹿にしている様じゃこの先が思いやられるわ。そんな態度取られるんじゃ、やっぱり走ってるだけでいいわよ」

「ごめんなさい!!　すいません。ちょっと驚いただけです。やる気はあります。教えて下さい!!」

俺は跪ずいたまま木刀を奪われない様に抱きかかえて丸くなりそのままの姿で土下座した。

「……まあいいわ。早速やるわよ。立ちなさい！」

俺が木刀をだらりと持ったまま立ち上がると、ディアーヌは自分の腰に差してある剣を鞘から抜き取ると俺に向かって構えた。

「……もう少し下がって。……もう少し……後二メートル、その辺でいいわ」

剣を構えるディアーヌから十メートル程離れると、ディアーヌが叫んだ。

「レオ！　気合を入れなさい!?」

なんだなんだ。俺は困惑しながらも持っていた木刀をなんとなく構えて踏ん張った。

ディアーヌはスッと短く息を吸うと、剣を構え真っ直ぐ俺を見ると……そのまま振り下ろした。

直後、目の前の空気が割れた気がした。『ブワッ!!』と轟音が鳴り、鋭く刃のような風が俺に向かって飛んできた。本当に、ただの風が……刃の様に見えたんだ。

まずい。マジで切られるっ!?　木刀を持つ手に力を込めて構えたまま、襲い来る風の刃を迎えた。

木刀に当たる衝撃が凄い。抑えきれないっ……思いっ切りゴロゴロと後ろに転がった。

な……な……なんだ……？

「あちゃっ…距離が足りなかったかしら。ダメよレオン。このくらい耐えられないと。さっ早く起き上がって」

転がって変な体勢で呆然としていた俺だったが、ディアーヌの言葉に我に返ると、反射的に飛び上がった。ディアーヌが抜き身の剣を右手に持ったまま俺《こっち》に向かって歩いて来ている。

つま先から頭のてっぺんまで一気に鳥肌が立った。

こ、殺される……

「……ぷっ…ぷはははははっ。ちょっと、なに怯えてんの。バカね。いーい？　レオ、今のが『素振り』よ」

……俺はなんて最低なんだ。今までディアーヌをバカにしていたことが急に物凄く恥ずかしくなってきた。この人は、本物の〝剣士〟だ。

この後、ディアーヌは剣の持ち方、基本の構え、剣の振り方を教えてくれた。

「んー。まぁとにかく、最初はこの姿勢を覚えなさい。1ミリだってずれちゃダメよ。いつでもすぐにこの姿勢が出来るまでは先には進めない、分かった？」

この日はひたすら構えの姿勢だけで稽古の時間が終わった。

姿勢を維持するだけで、滝の様に汗が流れ、腕がつりそうになった。

稽古の終わりの合図が出た瞬間、俺は地面にぶっ倒れた。

剣の稽古が終わって、体が耐えきれずそのまま数時間昼寝をしてしまった。

起きたら夕方になる少し前だった。やべっもうこんな時間……飛び起きてボン爺を捜しに庭に出た。人を捜す時は『鑑定』が役に立つ。すぐに裏庭にいるボン爺を見つけることが出来た。

「ボン爺！　遅れてごめんなさい！」

「おぉ！　来たか。いや、わしもやることがあるからな。まあ、ちょうどいい。このロープを使って、わしが前やってみせたように飛んでみぃ」

ボン爺は、のんびりと返事をすると俺にこう言った。

俺が屋敷を抜け出した時のあのロープだ。あんなことがあったから、すぐにロープは撤去されるのかと思っていたのに……なぜかずっと枝に吊り下げられたままだったんだ。

……きっとボン爺はもう勝手に抜け出したりしないと、俺を信頼してくれているんだ。

胸が熱くなる。

言われた通りロープを握り、後ろに下がり助走をつけて思い切り踏み込んで…どりゃあああっ！

……隣の木の半分にもいかなかった。あ、あれ？　おかしいな……

「わははは。やっぱりまだこんなもんか。いいか、いつかわしがやったように本当に飛び移れるまで練習しなさい」

ボン爺は俺の為に本当に地面をならして柔らかくしてくれていた。

「ありがとう、ボン爺。分かった、やってみるよ！」

それから俺は、今日ディアーヌから木刀を貰った事や、ディアーヌの素振りが尋常じゃなかった事、しばらくは構えしか出来ないことなんかをとめどなく喋った。

「だけどさ、ボン爺。これみてよ。この木刀、なんだか安っぽくない？　ボン爺が作ってくれた方がもっと良いやつになりそうな気がするよ。ねぇ、ボン爺これのもっといいやつ作ってよ」

軽く俺がそう言うと、ボン爺は怒った。

「バカがっ！　お前はまだ何にも分かっちゃいねぇ。師匠に貰ったものをなおざりにするやつぁ、絶対に強くなれないんだ！　いいか、その話は二度とするな」

ボン爺の剣幕に俺は慄き、すぐに謝った。が、

「いいか、謝る相手が違う。とにかく、師匠と師匠から貰ったものは大切にしろってこった。……わしが昔やった棒だって、今でも大切にしてくれてるみたいにな」

ボン爺は、そういうと軽くウィンクをした。

皺《しわ》だらけの顔がくしゃくしゃになった。

18　今後の予定

数日経って、俺は久しぶりに自室で考え込んでいた。

剣の稽古は……相変わらずまだ構えの姿勢が出来ていないらしい。

「なかなか安定しないわね。やっぱり子供だから腕の力が弱いのかしら……いやそんなことないわ。私はあなたの年のときにはもう余裕も余裕に出来てたもの！」

悔しいが、はっきり言ってその通りだ。

ディアーヌから貰った木刀はボン爺特製の棒よりはるかに重い。疲れてくると腕が攣《つ》りそうになる。そうすると腕も震えるし腰も痛くなってくる。

俺は、朝メシ、昼メシ、夜メシの前と後そして寝る前に腕立てを百回自分に課した。それだってまだ休み休みやってるようなもんだし。

頑張らないとな。細腕のディアーヌが俺と同じ年には出来たっていうんだ。絶対に出来る様になってやる。

ボン爺の修行は微妙な変化があった。蛇を捌いて食った後は、今度は大きめのネズミになった。ネズミも充分気持ち悪い。蛇より素早くてそこら中うろちょろするし、ナイフを立てた時の血しぶきがひどいんだ。何か変な菌とかもってないよな？

まさか、これも食わないよな……という一抹の不安を抱えている。

それと、あのロープでの練習もまだうまくいっていない。まだ数日だからと言い訳にして良いものか……隣の木まで半分もいかないんだよ。

これならどうだとターザンみたいに木の上に登ってから飛んでみた結果、案外速度が速くて、ビビッてロープにしがみついたまま元の木に思い切り背中を強打した。

死ぬかと思った。でもこの方法なら助走をつけて飛ぶよりは結構いけるんだ。おそらくもう少しでコツが摑めるはずだ。

ミラ先生は相変わらず美しい。あのショックの後、俺は考えに考えてこの結論に至った。もしかして俺が花嫁候補として狙うべくはミラ先生の娘なのではないか、と。

いや。ちょっと待ってほしい。俺は決してロリコンという訳ではない。俺の好みとしてはどっちかってゆーと年上のお姉さんの方が好きだ。

だけど、俺《レオン》はまだ五歳だ。ここ数日のリサーチによると、ミラ先生の娘は二歳。つまり俺と三歳差であることが判明している。

三歳差といえば、厨房の料理人クリスとドーラの年の差と同じだ。つまり、恋愛対象に何の支障もない年齢だ、と。

ミラ先生の娘なら絶対に美人になる。しかもミラ先生が育ててるんだ、絶対に真面目で美人な女性になるに違いない。

この結論に至ってからは、心の痛みも多少やわらぎ、勉強もスムーズに捗っている。

マナー教師のハンナは相変わらずウザい。むしろウザさが日に日に増していやがる。

ハンナはいかついおばさんだし、ガミガミと頭ごなしに叱ってくるから苦手なんだ。

ミラ先生やディアーヌみたいに尊敬したり好きになれる気がしない。

そもそもマナーとかいきなり言われてもなあ……貴族には必要な事かもしれないけどさ、生まれてこのかた田舎屋敷で引きこもり状態の俺には必要性を全く感じないのだが。

なぜに父上はハンナなんかを派遣してきたのか……未だに謎である。

さてと、俺はベッドに寝ころびながら「ログ」を唱えた。

レオン・テルジア（5）
職業：テルジア公爵の長男
『ステータス』
Lv：3　HP：13／13　MP：6／6
『スキル』
・火魔法Lv1　・水魔法Lv1　・風魔法Lv1　・土魔法Lv1　・鑑定　Lv3
・隠密　・暗視　・言語能力（ナリューシュ語）　・言語能力（ベネット語）
・算術Lv5　・礼儀Lv3
『ユニークスキル』
・繰り越し
『エクストラスキル』
・ポイント倍増（10）
『所持ポイント』
26527P《ポイント》

今のところボン爺の修行だけでレベルが上がっている。

ボン爺の特訓はいわばレベル上げ接待のようだ。とても有り難い。しかし残念なことにネズミを殺した時の獲得ポイントは30P《ポイント》。『ポイント倍増（10）』の恩恵なしじゃたったの３P《ポイント》。

獲物を蛇に戻して欲しいと切実に思う。

そしてやたら厳しい『剣術Ｌｖ１』。まだ取れない。未だ取れない。

確かにまだ木刀持って構えてるだけだからなんだろうけどさ。

『算術』や『礼儀』のレベルは結構すぐ上がるみたいだ。

いらないスキルだけど『算術』だけは上がると嬉しい。なぜならそれは、ミラ先生と俺の……いわば、愛の結晶だから。

『鑑定』もなかなか厳しめ。暇さえあれば手あたり次第にそこらじゅうを鑑定してるんだけど、まだまだ足りないらしい。

カスみたいな魔法の練習も、未だめげずに毎日やってるんだぜ？　レベルが上がるとＭＰも増えるのは嬉しかったりする。

どうやら、各魔法のＬｖ１は消費ＭＰが２らしく、一回につき３発魔法を打てる。ＭＰの回復を待てば、大体一日に二回から三回、つまり６から９発魔法を打てる。このＭＰの回復は頻繁にステータスを確認しないといけないんだけど、メシを沢山食べるとそれなりに早く回復することが分かった。

だから俺は頻繁に厨房に出向きおやつを貰うようにしている。育ち盛りだしな。

で、俺は今後どういう方向にスキルを伸ばして行くべきか。最近ポイント消費が激しくて貯金が一方的に減っている気はするけど、多少補強した方が良さそうな気がするんだよ。特に剣の修行については。

本《カタログ》をパラパラめくる。

『身体強化Lv1』	**300**
『身体強化Lv2』	**1000**
『身体強化Lv3』	**2000**
『身体強化Lv4』	**4000**
『身体強化Lv5』	**8000**
『身体強化Lv6』	**16000**
『身体強化Lv7』	**32000**
『身体強化Lv8』	**64000**
『身体強化Lv9』	**128000**
『身体強化Lv10（MAX）』	**256000**

そろそろ欲しいよなー。このスキル。

最近、毎日の様に体を酷使しているからとても気になる。今のうちに取っておいてレベル上げしといた方が良いかもな。だけどこのスキルはレベルが上がりやすいのかそうじゃないのか……

う――――む。

顎に手を当てて熟考。……まぁ、分からないけど『鑑定』と同じでLv3からいってみるか！

2000P《ポイント》はイタイけど、まだイタくないぎりぎりのポイントだ。これで疲れ知らずになればめちゃくちゃ鍛えられるぜ！

ひゃっほう！

俺は『身体強化Lv3』を取得し、そのあとすぐに眠りについた。

19　身体強化

早朝。

俺はさっそく最近の日課である腕立て伏せを始める。

メアリは最初は『公爵家の御子息様がそんなお行儀の悪いことを……』と良い顔をしなかったが、『メアリ、ハンナみたいだよ？』と返してからは特に何も言わなくなった。呆れてはいるみたいだが、メアリもハンナとは一線を画したい思いがあるのかもしれない。

さて昨日『身体強化Lv3』を取得したからな。一体どうなるかお楽しみだ。

さっそくやってみよう。

いーち、にー、さーん、しー

あれ……？

はちじゅーにー、はちじゅーさーん

……あっけなく終わった。

なんでだ？　全然疲れない。腕も痛くない。汗一つかいてもいない。毎日苦しみながらやっていたのに。……なんだかこわい。

メアリが後ろで見ているからいつも通り百回でやめたけど……まだまだ出来るぞ？

朝メシの後いったん自室に戻りもう一度腕立て伏せを再開。……おかしい。五百回やっても疲れない。一体、俺の体はどうなってしまったんだ!?

鏡の前に立ち、おそるおそる服の袖を捲り自分の腕を確認してみる。ムキムキになっていたら、それはそれで嫌だ。

安心すべきか見た目はとくに変わっていなかった。

これが『身体強化Ｌｖ３』の効果だというのか。

だけど大丈夫かな。明日あたりとんでもなく筋肉痛がきたり……しないよな。

スキルの効果は剣術の稽古の時にみごとに発揮された。

木刀が軽い。軽すぎる。発泡スチロールみたいに軽い。

「ちょっとちょっとどうしたのー？　出来てるじゃない、構え」

木刀が軽くなり、構えの姿勢の維持に意識を集中させるだけで良くなったからなあ。

純粋に喜ぶディアーヌに罪悪感。

「よし、その構えのまま剣を上に垂直に上げていく様に……そうよ。そのまま一気に振ってみて！」

何となく嫌な予感がした俺は、かなり力を抜いて木刀を振り下ろした。『フォンッ』と小さく風を切る音がした。

「上出来!!　レオは才能があるかもしれないわよ。昨日まで構えすら出来ていなかったのに不思議だわ。何で？」

そんなの……『スキル』取ったからです、なんて言えるわけがない。

これまで自主的に腕立てを一日トータルで七百回やっていた事、それで筋肉痛が酷かったけど今日はたまたま筋肉痛がなかったからだとごまかした。昨日までの筋肉痛は本当だったたからなかなか信憑性のある嘘になったと思う。

「へー、自分でも努力してたのね。偉いわ。それにしても初振りにしては良かったわよ。このままだとすぐに上達しそうね。うーん……まずいわ。私も頑張らなきゃ！」

顎に手を当ててそう言うと、ディアーヌは勝手に自主トレを始めてしまった。

……俺への指導はいったいどこへ行ってしまったのか。

おいおい、ディアーヌさん。あんた一応師匠だろうに。これだからうら若い女子は……。

まさかの突然の放置に戸惑いながらも、俺はディアーヌに聞いた。

「あの、ディアーヌ、師匠？　僕はどうしたら……」

「……うっさい！　とりあえず素振り百回！　終わったら解散して、よし！」

そう言うとディアーヌは超高速で腕立てを続ける。……速えぇ。もう十分なんじゃね？

師匠《ディアーヌ》の面子を潰してしまったのではと、このスキルを取得した事を少し後悔。

チートには憧れてたけど、今回のは人の心を踏みにじっているような。

現状では『身体強化Ｌｖ３』はチート過ぎたかもしれない。

取るとしてもＬｖ１からにしておけば良かったかもな。

明日からディアーヌに気を使って手加減しながら素振りをするのも疲れるしなあ……。

自分の力で獲得したポイントなんだから『スキル』もある意味自分の力のはずなんだけど、達成感がない。昨夜までの気持ちとは裏腹に、こんな気持ちになるなんて思わなかった。

思わずスキルを取り消せるような『スキル』を探してみたけど残念ながらなかった。

その代わり『スキル交換』なるものを発見した。

名前からして持っているスキルと他のスキルが交換できるって事なのかもしれないけど、１００００Ｐ《ポイント》も必要らしい。どちらにしろ今の俺にはどうにも出来ないな。

……今ならきっとあのロープ飛びも簡単に出来そうな気がする。

なんだかそんな自分が怖くなり、気持ちを落ち着かせるために俺は馬《アイリーン》に会いに行った。アイリーンの綺麗な毛並みを撫でていると少しは心が落ち着いてくる。

納屋からボン爺が出てきた。ボン爺は今日は屋根の修繕を頼まれており忙しいらしい。

よってボン爺訓練は今日はなし。心なしかホッとする。

もしもネズミを瞬殺してしまったら……いや、それはないな。絶対ない。

俺はいまだに生き物を殺すって事に抵抗がある。

それに変な病原菌を持っていそうなネズミの血にビビって触るのすら出来ないって有様なんだ。

ボン爺は平気で手づかみしてるから大丈夫なのかもしれないけど、それはボン爺だから平気なだけで、まだこの世界に生まれて数年の俺には抵抗力がなくて変な病気になるかもしれない。

メアリとかドーラは厨房でもっと小さなネズミを見ただけできゃあきゃあ言ってるのを見た事があるから、愛される獣でないことだけは確かだ。

それにしても予防注射なんてこの世界で見たことも聞いたこともないしなあ。

この世界の衛生面がどの程度なのかいまいち分からん。


そうだ、こういうときこそ書庫に行こう！

動物についての生態を多少は知っておいた方が安心できる。絵付きの手ごろな図鑑みたいなのがあればいいんだけど。

書庫の前に到着し扉のノブに手をかけると、真後ろからロイ爺の声がした。

「おや、レオン様お久しぶりですな」

「うっわぁぁぁ！　もうっロイはいっつも突然なんだから！　一体いつの間にやって来たのさ？」

「ホッホッ。そうですかな？　大分前からこの辺りにおりましたぞ？」

「うっそだあ。誰もいなかったよ」

「それにしてもレオン様が書庫に足を運ぶのは久しぶりですな。魔法の本はもう宜しいのですか？」

「魔法は……出来たけど、出来るけど、出来ないんだよ。それより動物の図鑑を探しにきたんだ」

「ホッホッ。それはそれは。それでも毎日練習されているのは良い事です。日々の鍛錬はいつの日かきっと役に立ちましょう。そうそう、今日は図鑑でしたな。これなぞどうですかな？」

ロイ爺は相変わらずの見事な程の優雅な身のこなしで、魔法のように分厚い本を俺の目の前に出して見せた。

おっ重た……

「あ、ありがとう。ロイが選んでくれる本なら間違いなしだよ。じゃ、これ借りてくね。というか……いつの間にこの本見つけたの？」

「ホッホッ。この書庫の管理も私の仕事のひとつですからな」

ニコニコとした表情は一ミリたりとも変わらない。何だかごまかされた感じがするけど、まいいか。お目当ての本は手に入れたし。

やたら重い本を抱えてなんとか自室に戻り、ベッドに寝転がりながらさっそく開いて見ると、それは小動物の名称・生態・狩りの仕方・それぞれの持つ毒や病原菌などについて絵入りで書かれた図鑑だった。

まさに俺が求めていた情報が全て載っている。

「…………」

ロイ爺セレクトの本は、痒い所に手が届く感じでいつもとても有り難い。感謝はしている。

だけど……なんだかうすら寒い。

ロイ爺はストーカー並みに俺のことを知り過ぎている気がする。

俺はロイ爺をいまだに鑑定出来てないってのにさ。

ん？……鑑定？　もしかしてロイも持ってるのか……？

20　マナー教師

最近、深刻に悩んでいる事がある。この屋敷に投入された、マナー教師のハンナの事だ。

ハンナが来てからというもの、この屋敷での自由《フリーダム》な生活が脅かされている。

まずは、過度な挨拶の禁止。ポイント稼ぎの為に俺がなりふり構わず挨拶しまくっていたせいでハンナが来た時には、既に屋敷中が居酒屋並みに元気の良い声の絶えないナイスな空間になっていた。

ハンナは、早速うちの使用人全員（ロイ以外）を横一列に整列させ、長時間に及ぶ説教をした。

俺のポイントの稼ぎ頭が消えた。挨拶だけで調子の良い時は一日に50P《ポイント》は稼げていたんだ。蛇一匹分だ。なんてこった。

そして、屋敷《わがや》は暗黒の時代へと突入していった。

それからの俺は、話し方・歩き方・お茶の飲み方・食事作法・エスコートの仕方なんかをいちいちビシバシと指摘される日々を送っている。貴族の子としてはごく当たり前のマナーだからスマートに出来る様にならなくてはいけないらしい。それこそ息をするように。

これまでだって食事《メシ》の時は上品に食べていたつもりだったが全くなっていないんだと。廊下を走ることは当然ながら禁止された。

ま、ハンナが見てない時はやりたいようにやらせてもらっているけどな！

禁止、禁止、禁止、禁止……あぁ、昔が懐かしいなぁ……

週に一度はダンスの授業がある。これが最高に鬱だ。可愛い女の子が相手なら喜んで真面目に練習するが、いつも相手はハンナなんだぜ。太ったババア相手にダンスの練習なんて何が楽しいんだ。

ミラ先生が相手だったら、絶対に真面目にやるのに。

「レオン様には、テルジア公爵家に恥じない貴公子になって頂きますわ！」

「レオン様はもう五歳にもなられるのに、この程度の事……王都ではもっと小さい子でも出来る事ですよ」

「棒切れなんか振り回して……もう十分大人ですのに、このままでは王都で恥をかかれますよ！」

毎日チクチク嫌みを言われ続けているせいで、気を抜くと奴《ハンナ》から言われた事が脳内にこだまする。

うるせぇ！　王都なんか一生行くか！　俺はここが気に入ってるんだ！

とにかく、今のままだと俺の心が死んでしまう。

俺は隙あらばハンナを鑑定していた。

俺の持つ『鑑定Ｌｖ３』ではなぜか夫婦関係だけでなく恋人関係まで表示されるという、なんとも下世話な機能が付いている。

これでいつかハンナのスキャンダルを暴いてやる。

『ハンナ・アインシュベルグ』(60)
職業：レオン・テルジアのマナー教師

……しかしいつ見ても変わらないんだよなー、このオバサン。

クリスとドーラなんてなぁ、しょっ中くっついたり別れたりで大忙しなんだぞ！　鑑定が今一番仕事をしているのはあの二人なんだ。お陰で俺だって、あの二人には結構気を遣ってるんだ。

あーあ。ロイにだけは何も言わないから気があるのかと思ったのにさ。いや、その前にロイがハンナを好きになる事はないか。

それにしても、ただのマナー教師の癖になんでいつも偉そうなんだよ、あのババア。

日が経つにつれ、ポイント稼ぎが出来ない事に焦燥感も募る。

この間スキル取得に大幅にポイントを消費したから早く稼いで戻したいのに。

せっかく神様《しょうじょ》から貰ったチートをショボい挨拶なんかで稼いでいるのも情けなかったけど、このままじゃ本当にスキルを貰った意味がない。あの神様《しょうじょ》はこのスキルのせいで罰を受けているのに。

何とか、何とかしなくては。

こんな時、転生主人公は領地経営とかやるんだよなあ……だけどロイ爺が有能過ぎて俺の出る幕なんか欠片もない。そもそも俺、屋敷から出しても貰えないし。

はあ。現実はこんなもんかよ。

ボン爺の下に出向き、特訓相手を蛇に戻して欲しいと嘆願してみた。

しかし、ボン爺は白髪交じりのボサッと伸びた片眉を上げ、「いや。坊ちゃんに選択肢はないぞ」と一蹴された。

「いいか。忘れてはいかん。これは遊びでやってるんじゃない。まだこのネズミすらおっかなびっくりで一発で仕留められんじゃないか。たった一人でこのネズミ五百匹に囲まれたとき、お前さんよ、どうする?」

遊びじゃない……はっ！

なんでボン爺がこの特訓をしてくれているのかをすっかり忘れてしまっていた。

俺って奴は、ポイントに目が眩んで、弟子として師匠になんて恥ずかしい事を言ってしまったんだ。

あれも駄目、これも無理となりつつもそれでもポイント稼ぎは諦められん。

苦肉の策で、俺は馬《アイリーン》の世話に力を入れた。

〝ペットの世話〟ってのも善行ポイント対象になるんじゃないかな、と考えてね。

それにアイリーンとは早く仲良くなりたい。

レベルもちまちま上がってる事だし、いつかアイリーンと屋敷の外に出て、魔物退治をすればいいんだ。

そうすりゃポイントは稼げる。

21　閑話（ディアーヌ視点）

私の名前はディアーヌ・ハルク。

昔の名前は焼き捨てたわ。今はディアーヌ。ディアーヌとして生きていくの。

一生誰にも言えない事だけど、私の生まれは西のバルム大陸の内陸部に位置する小さな国、トゥール王国の末席の王女だった。兄弟は沢山いて、私は第一皇女だった。

当時の名前はエリル・ノア・トゥール。

トゥール王国は小国ながら別名『剣の国』と言われていたの。国を挙げて剣の鋳造や剣術が盛んで、世界中で『剣の道を進むならいつかトゥールへ』と云われる程に剣士達の憧れの国だった。

トゥール王国の王族は、代々『剣の力』をその血に受け継いでいた。私にもその力が流れているせいか、まだ歩ける様になる前から剣を抱いて離さなかったらしい。

男兄弟ばかりだったけど兄達はみんな末娘の私にとても優しかったし、幸せだった。

小さかった私は、兄達と一緒に遊びたい一心で剣を覚えた。

トゥールの血も関係しているのかもしれないけれど、すぐに『エリル様は最年少で達人の域に達した』とか、『トゥール史きっての天才』なんてもてはやされたの。私はそれに自尊心をくすぐられたし、もっと褒めて欲しくて更に剣に打ち込んでいったわ。

ある年、我がトゥール王国五百周年を迎え、各国を招いて大々的な舞踏会《パーティー》が開かれた。

トゥールは元々外交に熱心な方ではなかったから、自国でこんな舞踏会《パーティー》が開かれること自体が何百年ぶりかと言われていて、国民達もお祭り騒ぎだったわ。

私もまだ小さかったけれど舞踏会《パーティー》に出席したり、こっそりお忍びで城下町を見て廻ったり、とても楽しかったのを覚えている。

舞踏会《パーティー》は三日構成だった。

最終日、私ははしゃぎ疲れてしまい早々に眠る事になった。

本当は最後までいたかったのに、うとうとしていたところを侍女に見つかって私室まで連れていかれてしまったのだ。

あれは、何時ぐらいだったのだろう。私は体を揺さぶられる感覚で目を覚ました。目の前には第四皇子のアレックス兄様がそこにいた。アレク兄様は一番私と良く遊んでくれる面倒見の良い兄様だったの。兄様は、私が目を覚ますとすぐに優しく私の口を手で押さえ、兄様自身は指を一本口に当てて、私が声を出してしまわない様にジェスチャーで合図すると、耳元に囁いた。

「エリ、良く聞くんだ。少し悪い奴らがこの城に入り込んでしまったみたいでね……危ないから迎えに来た。私が付いてるから大丈夫。そして少し隠れよう」

私は他の兄達や父上や母上はどこにいるのか聞きたかったけれど……聞けなかった。

私の部屋には隠し通路があったらしい。アレク兄様が部屋に飾られた私の大きな肖像画の縁に触れると、肖像画が扉の様に開いて、通路が現れたのだ。私はアレク兄様にしがみついて暗くてジメジメした通路を通り……気が付くと王城より少し離れた森のあたりに出ていた。

そこには一台の馬車が止まっていた。

「ここまでは無事でよかった。さ、乗って！」

アレク兄様は、私を安心させるために終始優しく微笑んでくれていた。

森の中は暗く静かで、葉のガサガサする音、馬の蹄の音が妙に響いて恐ろしかった。

アレク兄様は終始、馬車の外の様子を気にしていて、幼い私にもただ事では無い事は分かったわ。

森の中をだいぶ進んだ頃だと思う。何の前触れもなく、突然馬車が止まった。

ずっと手を繋いでいたからか、アレク兄様の緊張が私にも伝わってきた。

「魔物か!?」

アレク兄様は、馬車の中から御者に向かって聞いた。月明かりに剣を持つ手に力が込められていたのが見えた。

「…………」

返事がなかった。

しばらくの静寂の後、アレク兄様は私に絶対にここから出ない様に言うと、剣を抜き馬車の外へ出た。その後すぐに、誰かの気味悪く笑う甲高い声とアレク兄様の怒鳴る声が聞こえ、剣を振る音、魔法が放たれる音が聞こえてきた。

すごく……すごく長く感じた。

恐ろしくてずっと縮こまりながら、アレク兄様の剣の音を聞きながら、神に祈った。

突然、馬車の扉が開いた。

と、同時に物凄い強さで私は馬車から引き摺り出され、私は何者かに首に剣を突きつけられた。

「ヒィーッヒイッヒイッ。まだ一匹いたぞォ～」

頭の上から変なイントネーションの奇妙な甲高い声が聞こえた。

「その少女を離せ！」

お兄様は私を〝妹〟だと言わなかった。

「イーヤダァ――ァァ。トゥールの血ィ……コロォオォオス！」

耳障りな、人間のものと思えない気味の悪い声だった。

「その少女は隣国の貴族の娘だ。トゥールとは関係ない！　離せ!!」

「……じゃあ、お前には死んで貰おう」

兄様の後方から気味の悪い低く暗い声が静かに聞こえたと思った瞬間、アレク兄様の首が飛んだ。

「ッ!?」

私が悲鳴を上げそうになったその瞬間、大量の煙弾が地面へとコロコロ転がり……付近には濃霧の様な煙幕が発生した。瞬時に、それは兄様が……間際にやってくれた事だと理解した。

服に隠し持っていたナイフを取り出し、私を押さえつけている背後の人間（?）に突き刺し、そのままそいつの首を狙って掻っ捌いた。

そして馬へと走り、馬車との綱を全て叩き切ると、一頭の馬に飛び乗り、必死で駆けた。いつさっきの気味の悪い連中に追いつかれるかと思うと、恐怖が全身を支配し、走り続けるしかなかった。

目の前でアレク兄様が殺された事、トゥールの血を憎む発言、人間離れした気味の悪い声、これらの事がグルグルと頭の中を駆け巡り……おそらく城はもう駄目なんだろうと思った。

城を出る前に、アレク兄様に持たされていた可愛らしいショルダーバッグの中にはギッシリとお金と宝石が入っていた。当面の逃亡費用を、もしアレク兄様に何かあった場合の備えとして持たせてくれていたのだ。私はこのお金のお陰で、逃げ続ける事が出来た。

立ち寄るのはなるべく人の多い大きな街にした。そしてすぐに立ち去った。パンと水と果物だけを買い、馬を走らせながら食事をした。

身体中が痛み、擦れた部分からは血が滲んでいたがそれ以上の恐怖が勝り駆け続けた。

バルム大陸最西端にある港町に着くと船に乗った。船代の相場が分からなかったのでいい値で支払ってしまい、損をしたかもしれない。

ここまで乗ってきた馬を売った。アレク兄様から受け取ったお金を無駄にはしたくなかった。

船内では港町の宿屋から拝借してきた汚い布を被り、ずっと眠っている振りをしていた。

夜中、誰もいない甲板でナイフを使い髪を切って海に捨てた。

幸いな事に、あの時の刺客は船にはいないようだった。

何日か経ち、アネリング大陸に着いた。故郷であるバルム大陸の言葉と大分違って戸惑ったが、港町だったので何とか言葉が通じ、換金する事が出来た。もちろん、怪しまれない様に少額を、だ。

私はあの汚い布を纏ったまま、港町で馬と服と辞書を買った。服は男物のみすぼらしいシャツとズボン。

早々に馬を走らせ、しばらくして入った森の中で着ていた服を焼いた。

トゥール王家では王族が新たに誕生すると、その子の体に祝福のマークで刺青《タトゥー》をする習わしがある。特殊な魔法によるもので、それでトゥール王家の人間だと証明する事が出来る。私は左肩にその刺青《タトゥー》があった。

私は洋服を燃やしながら近くにあった石を焼き、その赤く燃える石に自分の左肩を押し付け焼いた。他にトゥール王家を証明できる物は何も持っていない。

エリル・ノア・トゥールはこうして死んだ。

新しい名前が必要だ。私はその辺の店の看板なんかを見て参考にし、適当に名前を付けた。

ディアン・ハルクと。

ディアン・ハルクは、男の孤児で、放浪して生活をしている宿無し子だ。家族も、兄妹もいない。これが私の考えたディアン・ハルク。

私は、ディアンとして生きてゆく為に、一処《ひとところ》には落ち着かずに村や小さい街は避け、大きな街を転々とする生活を送った。定期的に馬も替えた。

宿では以前購入した辞書を参考に必要な言葉を覚えた。トゥール国の情報等はまだ避けていた。恐ろしくて聞きたくなかった。

ある時、どうしても剣が欲しくなった。剣の国に生まれた私は剣がないと落ち着かなかったのだ。赤い髪で剣を所有していると危険な気がしていたのだが、食糧を買いに出た時に見えた武器道具屋に置いてあった剣を気が付けば購入してしまっていた。

私は怖くなり、その街を夜には出た。ひたすら馬を走らせるとのどかな田舎道に出た。しばらく行くと、田舎にしては珍しい豊かそうな大きな街があった。私はそこに入り、二〜三日滞在する事にした。

ある日、路地を歩いていると小汚い男達が、子供を数人拉致しているのを見かけた。奴隷商だと思った。

私は密かに奴らの後をつけて行きアジトを見つけ、全員殺した。

アジトにはかなり多くの子供達が捕まっており、この子達をどうやって街に帰そうか思案していた所、私は一人の男に捕まった。背後には全く気配がなかった。

私はまだ子供だとはいえ、剣に関しては一流の腕があると自負していた。人の気配を察知する事も自分の気配を消す事も充分な訓練を受けている。それなのに。

男はかなりの手練れだ。あの時の刺客の仲間なのだろうか。血の気が引いた。ここで終わりなのかという考えが頭を過り、歯がガチガチと震えそうになるのを抑える事しか出来なかった。

結論からいえば、男は刺客の一味ではなかった。むしろ身なりのとても良い老紳士で、この御仁も、この付近の子供の誘拐について調べていたという事だった。

誤解も解けたところでほっとして早々に立ち去ろうとすると、老紳士が言った。

「もしや、トゥール国のエレナ皇女であられるのでは？」

私は固まった。

「エレナ皇女が考えておられるより貴国は深刻な情勢の様ですぞ。この大陸にて逃げ回っていてもいつ追い詰められるか分かりません。どうでしょう。然るべき時まで、私の働いている屋敷に身を置いてみては。なに、私の主人はこの私ですら雇って下さる様な方です。私から上手く伝えておきましょう」

この謎の老紳士の言う事は良く分からなかったが、その代わりとしてその屋敷の息子に剣を教えて欲しいと言った。

「なに、あなた様ほどの適任の師匠はおりませんからな」

老紳士の名前はロイ・ジャンというらしい。定期的にトゥール国の事件について教えて貰っている。正直、私が逃げられたのが奇跡に近いとさえ思える程悲惨な内容だ。

ロイの提案で、私はディアーヌ・ハルクとして生きる事になった。

ロイの事は良く分からない。味方なのか、敵なのか。

それでも、この屋敷は脳みそが溶けてしまうんじゃないかってくらい平和だ。

私の弟子にあたるレオン・テルジアは典型的な甘ったれ坊ちゃんで反吐《へど》が出そうだった。だから、ひたすら毎日の様に走らせた。

文句を言ってきた。余計に腹が立った。何も教えなければ諦めるだろうと思った。だけど、一応稽古の時間には必ず来るし、私が何も教えなくてもいつまでも不貞腐れ顔で走っていた。

ある日、私が来る前からレオが走り込みをしていた。

彼の流していた汗の量を考えると一時間ほど前だろうか。表情も思い詰めた顔をしている。

その日は特に何とも思わなかったが、それから毎日のように早く来ては黙々と走り続けていた。

何かあった、と思った。少しレオに興味を持った。私は初めてレオを呼んだ。

レオは口を割らなかったが、その態度は分かり易く、くすぶっていた気持ちが少し晴れる様な気がした。だから剣を教えてやる事にした。

私はいつもの様に布を巻き付けて頭を隠すと男装をして街に出向いた。

一番弟子《レオ》に剣を選んでやるのは思っていたよりも楽しかった。

初心者には最もシンプルな木刀が一番だ。

私は、自分が初めて師匠より剣を賜った事を思い出しながらうきうきと屋敷に戻った。

レオは、木刀を馬鹿にした様に受け取った。やっぱり剣を舐めていると思った。文化の違いもあるかもしれないけど、私にとっては剣を馬鹿にすることは許せないことだったから。

構えの姿勢すら出来ないまま幾日かが過ぎた。凡人ならこの程度なのかもしれないが、ついつい故郷の剣の国の人間と比べてしまうとどうしても退屈だった。

しかし、意外な事が起きた。ある日、突然レオが成長したのだ。

前日まではどうしても保つことの出来なかった構えが、出来るようになったのだ。

私は頭を強く殴られた様な衝撃を受けた。『成長』という言葉が頭の中を駆け巡った。

そうだ。人は成長するのだ。特に子供なら尚更。私もまだ若い。私もまだ成長出来るわ。

ロイからはレオに稽古をつける以外の時間は好きに使って良いと言われている。

今私が出来ることは強くなることだ。それ以外に道はない。トゥール家最後の人間として。

22　現状報告2

俺はレオン・テルジア（8）
そう。俺は八歳になったんだ！　身長も伸びた。相変わらずのやんちゃなイケメンボーイだ。
もう八歳、まだ八歳。
五歳で無謀にも屋敷を抜け出しヘビに殺されかけた俺はまだまだ屋敷の外に出ずヒキニートをやっている。だけどあれから二年半も経った。

思い返せばほとんど代わり映えのしない毎日だった様に思えるけど、それなりに成長する事は出来たと思う。
さあ、見てくれ俺のステータス！

レオン・テルジア（8）
職業：テルジア公爵の長男
『ステータス』　Lv：5　HP：21　MP：12
『スキル』
・剣術　Lv1　・火魔法　Lv3　・水魔法　Lv2　・風魔法　Lv2
・土魔法　Lv2　・鑑定　Lv4　・身体強化Lv3　・隠密　・暗視
・言語能力（ナリューシュ語）・言語能力（ベネット語）・言語能力（ダグロク語）
・算術　Lv5　・礼儀　Lv4
『ユニークスキル』
・繰り越し
『エクストラスキル』
・ポイント倍増（10）
『所持ポイント《ポイント》』
44879P

どうだ！　成長してるだろ？　『剣術』スキル、やっと……やっと取れたんだ。

個人的な努力の成果としては、魔法のレベルを上げた事なんだ。

ある時俺は思ったんだよ。この屋敷の魔素濃度は低いから、魔力を体に保てない子供《おれ》の体ではカスみたいな魔法しか出せない。だけど、カスでもゴミでも、出るもんは出る。だったら、イケてる発動方法を練習する事は可能なんだという事に！

当時の俺は両手でしか魔法の発動が出来なかった、というかしてなかった。だから試しに片手だけで魔法が発動出来るか試してみた。簡単に出来た。スキルはＬｖ１のままだった。

次は指先から魔法を発動する練習。これは少し時間がかかった。各魔法スキルがＬｖ２に上がった。

最後にモーションなしの魔法発動！　イケてる発動ランキング一位はやっぱりコレだろう。

出来るまですごく時間がかかった。

その間に、各手足の指で魔法が使える様になってしまった。成功したのはつい最近、二週間前だ。

しかもいまのところ火魔法のみ。

五歳のあの時の大量の蛇の事があるからか、無意識に火魔法の練習ばかりしていた様だ。

ちなみにスキルＬｖは３に上がった。魔法の威力も上がっている。

『火魔法Ｌｖ３』マッチ棒の火
『水魔法Ｌｖ２』コップ１／６の水（コップの大きさにより異なる）

『風魔法Ｌｖ２』小さな布（しかも軽い）を浮かせる風
『土魔法Ｌｖ２』俺の手の平１／４位の土
凄いだろ？　俺の魔法はＬｖ１の時には考えられないほど威力を増しているのだ。

ボン爺との特訓は複数の動物を相手にするというものに変わっていった。

ロイ爺セレクトの本を読む事で生態を学び、ボン爺の特訓で実践する。

繰り返す事でコツはだんだん掴んできたと思っている。敵が複数だともたもたしていられないからさ、急所を狙い定めて一気に仕留めるんだ。

ボン爺は毛皮の剝ぎ方から解体までを教えてくれた。正直グロいし汚れるから、いまだにやりたくない気持ちの方が強い。それでも冒険者に必要な技術ならばやるしかないよな。

裏庭にはボン爺特製の俺専用トレーニングコースが作られていった。綱登り、綱渡り、壁登り、ぬかるみを走る練習ができる、そんなコースだ。ま、いわば俺専用のＳＡＳＵＫＥってところだ。

ボン爺が忙しい時は、ここでいつも運動している。

馬《アイリーン》には去年から乗りはじめた。といってもまだ乗って良いのはボン爺が付いている時だけで、庭を歩き回るくらいだ。馬《アイリーン》の力は強いから『身体強化Ｌｖ３』があって良かった。

ディアーヌの剣の稽古は、今は型を教えて貰っている。俺の記念すべき初素振りの日から、ディアーヌは変わってしまった。ディアーヌ《ディアーヌ》は俺の稽古の時間以外はずっと自分の剣の修行をする様になった。最初は『身体強化Ｌｖ３』の俺にライバル心を燃やしたのかと思っていたんだけどさ、それは未熟な俺の思い違いだった。

そもそもディアーヌは、俺より遥かに強かった。ディアーヌの修行風景を見ていると次元が違う。ただの素振りなのに剣を振る度に空間も切られた様にずれて見えるんだ。しかもその一振り一振りには全く無駄が無く、芸術的で美しい。

ディアーヌの稽古はかなり厳しくて、要求も高い。今では『身体強化Ｌｖ３』をもってしても毎回へとへとになるレベルだ。

十七歳になったディアーヌは出会った頃よりも背が伸び、顔の輪郭もほっそりして大人の顔立ちになってきた。可愛いというよりは美人な顔立ちになってきている。ほんの少しだけ色気も出てきた様な気がする。

だけど、いつも何かを気負っているような雰囲気があって、ディアーヌは一体どこへ向かっているんだろうと心配になる。

ミラ先生は相変わらず美人で綺麗で優しくてエロい。むしろエロス的な面は年々増している。半年前にまさかの第二子誕生というセンセーショナルな事件が起きしばらく、いやかなり落ち込んだ記憶がある。第二子は男だったというのも実に悔しい。ミラ先生は俺のもんだ！

ハンナからは毎日の様に叱り飛ばされ現在に至る。

ロイ爺も相変わらず神出鬼没だ。三年も経つというのに鑑定が出来ない。隙がなさ過ぎるんだ。ロイ爺アサシン説の信憑性は俺の中で日に日に増している。

厨房のみんなも元気だ。そういえば、とうとうクリスとドーラが結婚したんだぜ。

俺は『鑑定』でずっと見守りつつも二人の顛末にはいつもハラハラもんだったから嬉しかったよ。長かったな……離婚とかしないといいな。

メアリは、やばい。なにがやばいかっていうと、もう二十一歳になるんだ。そしてまだ未婚なんだ。

俺は常に鑑定でチェックを入れているのだが、メアリは男っ気がなさ過ぎる。メアリは童顔だから、まだ十代にも見えるけどさ。

メアリにはずっと屋敷《ここ》にいてもらいたいけど、メアリの将来も心配になる。

これは俺の最近の悩みだ。


六歳になったばかりの時に黒猫の神様《しょうじょ》が来た。あれは夜、気が付いたら俺の部屋にいたんだ。

『よっ！　久しぶり』

神様《しょうじょ》は例のごとく軽くそう言うと、伸びをして少女の姿に戻った。あの、白い空間での美少女に。

神様はベッドにふわりと腰をかけると話しはじめた。

『昼間ちょっと見てたけど、前みたいにボッチじゃないのね。良い事よ。この世界に馴染んできたのね。それはそうと、これからしばらく会いに来られないと思うから死なない様に頑張りなさいね』

神様は忙しそうだった。

俺は神様に近況を報告した。神様は頷きながら聞いていた。長い髪が揺れて月明かりにキラキラ光った。

鑑定と身体強化取得のくだりで、神様が凄い事を教えてくれた。

『鑑定はLv5まで上げればステータス画面でスキルの詳細を見られる様になるわよ？』

ただ、スキルレベルを上げるのは簡単ではなく相当な努力を要するらしい。この事を教えて貰ってから、俺は目に入る物を片っ端から鑑定するようになり、半年ほど前にやっとLvが4になった。

元の美少女の姿の神様はやっぱりとても可愛かった。

この世界での神様の姿はずっと黒猫のままなのかと思っていたから、嬉しかったよ。

『さてと、じゃあ…そろそろ行こうかな。ヤマダ君も元気そうだし、成長の仕方もまともな感じで安心したわ。あー忙しっ！　この仕事が終わったらのんびりしたいわ』

神様は両腕を上げて思い切り伸びをした。

「神様、ごめん。俺にスキルをくれたから大変な思いをさせて。その、いまのところスキルもぜんぜん上手く使いこなせてないのに……」

『へっ？　そんなことで謝る必要ないわよ。二重加護とかはどこの神様もたまにやってる事だし。ヤマダ君はこれから転生しようって時に死ぬ事考えてたから、神様としては放っておけないでしょ。この世界で生き抜くにはスキルは必須だから、その補助を少しだけしただけよ。ヤマダ君は『繰り越し』を持ってるから相性最高の組み合わせでしょう？』

にひひと笑う神様のその言葉に、慈悲深さを感じてうっかり泣きそうになってしまった。

『ん？　どうした？　ヤマダ君は今の環境に合った状態で成長してるから大丈夫よ！　もし『エク

ストラスキル』をバンバン取られてたら色々な事が崩れてたかも。ヤマダ君の人生も、この国も。まっ、便利なスキルは今は我慢して、独り立ちしてからとりなさいな』

窓際に立つ神様の姿は本当に綺麗だった。

「……分かった、次また会えるのを楽しみにしてます」

『ん。じゃねっ！　あっそうだ、そろそろお兄さんと妹に会っておいてもいいいんじゃない？』

神様は黒猫の姿になると、窓から跳んで見えなくなった。

……兄と妹って、はて？

23　王都へ

やあ。みんな元気かい？

突然で悪いが、今俺は馬車の中にいる。先日、両親から手紙が来てナリューシュ王家主催のパーティーに俺が出席するという決定報告がなされたのだ。

その日からハンナの鬼の修行が始まった。俺には地獄でしかなかった。

普通のパーティーと違って王家主催となると全く気楽なものではなくなるらしい。そりゃそうだよな。前世で天皇陛下にお呼ばれされたと考えると一大事だ。

あの終始仏頂面のハンナが、慌てふためき毎日の様に頭を抱え、ため息をついていた。

ハンナの白髪が増えた。俺はそれなりに頑張ったが、ハンナの及第点は得られなかった。

最終的にハンナからは数枚の紙束を渡された。ハンナお手製の会話集、というか台本の様な物だった。この台本を頭に叩き込み、台本通りに話す。そしてこの台本にない会話の場合、笑ってごまかす作戦だ。このごまかし笑いの時の最も有効な笑顔の作り方まで叩き込まれた。

まぁ、最悪の場合はスキル『貴公子Ｌｖ３』でも取るさ。必要ポイントも１０００Ｐ《ポイント》だしな。

王都へ行くメンバーは、俺、メアリ、ハンナ、ボン爺の四人だ。

ボン爺はもともと俺《レオン》の護衛として雇われている。『鑑定』を取るまではただの庭師だとばっかり思っていたけど、それは屋敷だと特に護衛の仕事がなかったからなのだそうだ。

確かに三年前のあの夜、ボン爺は俺を助けてくれたよな。

あれ、ただの仕事だからってわけじゃないよな。そうだよな……ボン爺。

それにしても行きたくもないし、行く事もないと思っていた王都だったから、ボン爺が来てくれるのはとても嬉しい。心強いぜ。

メアリは俺に付いて当たり前だと思うけど、ハンナはここでも付いて来るというのか。俺的にはぶっちゃけいらないんだけど。この王都までの道中もハンナがうるさいのなんのって。

だけど、このマナーってやつは〝姿勢〟の良さが基本なんだ。『身体強化Ｌｖ３』はこんなところでも役に立った。ずっと同じ姿勢を続けていても疲れないからな。

あとは言葉な。〝貴族言葉〟ってやつは苦手だけど、外国語だと考える事にしたら少し楽になった。

ま、そうこじつけてミラ先生にも教えて貰ったんだ。ハンナがどんなにガミガミ言っても覚えられなかった事がミラ先生により一週間たらずでだいたい覚えられた。やっぱり教師が大事なんだよ。

さて、王都までの道のりは三日。実はこの退屈な旅も半分は過ぎた。あと一日半で王都に着く。

昨日、宿泊の為に寄った街では、思いきり探検したかったのに、ハンナに強制却下されてしまった。頼みの綱のボン爺はというと一人でふらっといなくなっちゃったし散々だったよ。

仕方ないから退屈しのぎに宿泊先の宿屋でこっそり魔法の練習をしたんだ。ここなら俺の屋敷よりも魔素が濃いかもしれないと思ってさ。試してみたのはやはり室内で害の少なそうな風魔法。

屋敷ではカスみたいな魔法しか出ないからいつも全力でぶっ放していたけど、ここでは何が起きるか分からない。というわけで俺は魔素を慎重に小指の先に集めて、そっと魔法を発動させてみた。

そしたらさ、部屋の中に小さい竜巻が作れたんだよ！

これはマジのマジで嬉しかった。

ボン爺が帰ってくるのを待ち構えて披露して見せたら皺だらけの顔をくしゃくしゃにして「やるじゃないか」と褒めてくれたよ。でもその後、危険だからと宿屋での魔法は禁止されてしまったんだ。

褒められたのは嬉しかったけど、やっぱり見せなきゃ良かったかな。

その代わりに、パーティーが無事に終わって屋敷に帰ったら馬《アイリーン》と屋敷の外に行く約束をした。魔法の練習もそこでさせてくれるらしい。

ちゃんと出来るって分かったいま、早くもっと魔法を使ってみたい。早く屋敷に帰りたいぜ。

話変わって、今回の旅は馬車2台構成なんだ。二人ずつ馬車に乗り込む態勢だ。

昨日は最悪な事にハンナと一緒の馬車だった。

馬車の中ですら姿勢キープに、台本の復習と気が狂いそうになる時間《とき》を過ごした。

今日は、俺のたっての願いでボン爺と俺、メアリとハンナに分かれた。しかもボン爺は、馬車にただ乗っているのが苦痛だからと護衛も兼ねて単独で馬に乗り、俺の乗っている馬車付近を並走している。よって、俺は一人だ。

寝転がっていても良し、居眠りしても良し。昨日と比べたら天と地ほどの差だ。

メアリとハンナは俺が馬車に一人になる事を心配したけど、乗り物酔いをするかもしれないから広いスペースがあった方が良いという理由で押し切って、みごと一人の時間をゲットした。

昨日、本当に途中で何回か吐いたし、嘘ではない。

馬車の揺れもまた独特でさ、慣れるまでには時間がかかりそうな気がする。

馬車はトコトコと順調に進んでいるようだ。俺は適当に座席に寝ころびながら、乗り物酔いに効くとボン爺から手渡された草の茎をかじっている。ほんのり苦く、青臭い、〝草〟って感じの味だ。

明日の夜には王都に着くんだよな。王都にある俺の屋敷ってどんな所なんだろう。

両親の事も考えた。そして、いつか神様が言っていた『兄』と『妹』の事も。

この数年両親が全く来なかったから、すっかり俺は自分に兄妹がいる事を忘れていた。

というかそもそも弟と妹だと思ってたんだ。兄なんて聞いてない。

この二人の存在について、屋敷のみんなに聞いてまわった。そして纏めた情報がこれだ。

・義兄　アンドレ・テルジア。現在十八歳。養子。
生まれながらにして何だかすんごい力を持っている。

神々しい程のイケメン。　現在王都

・妹　アイリス・テルジア。現在八歳。俺の双子の妹。
生まれながらにして何だかすんごい力を持っている。

母親譲りで超絶可愛い。　現在王都

正直、俺は落ち込んだ。何だよ、養子って……義兄って。卑怯じゃないか。

何のために俺が『長男』を選択したと思ってるんだよ。将来の為の保険だぞ！　剣の修行とか、魔法とか……もろもろ上手くいかなかったら家を継ぐという保険が、台無しになるじゃんか。

最近はハンナのせいで貴族貴族したのはあんまり肌に合わないと自覚しているから家督を継ぐっていう気持ちはだいぶ薄れていたんだけどさ。

そして、妹。っていうか双子だって!?　色々引っかかり過ぎて、理解不能だ。

可愛い妹が欲しいなと思った事はあるけど、双子だとなんか、なんかさ……腑に落ちない。

そして二人に共通する、『生まれながら持つすんごい力』ってなんだよ。

もうチート臭しかしないんだけど。

……やっぱり俺は要らない子供だったんだ。やっぱり王都なんか、行きたくないな。

24　王都へ2

二日目の宿泊先となる街に着いた。

馬車から街の外を覗いた感想は、夕方なのにまだ店もちらほらやっている様で、人の出入りも多く楽しそうだ。食堂や居酒屋らしき店では、明るい元気な声が馬車の中まで響いてきていた。

本日の宿屋の横に馬車を付け、降りて思いっきり伸びをすると、ボン爺の所へ走った。

「ボン爺！　街を見て歩きたいよ。連れてって！」

「残念ながら、駄目だ。わしも少し用事があってな。坊ちゃんを連れては歩けん。もう少し暗くなると物騒になるしな」

ボン爺からは良い返事がもらえなかった。俺の願いをあっさり断ると急ぎ足ですぐにどこかへ行ってしまったのだ。

せっかくの旅なんだし、連れて行ってくれるかと期待が大きかった分がっかりする。

宿屋に入るとすぐに部屋のベッドに勢いよく寝転んだ。なんだよ、少しくらい街を歩いたり店に入ったっていいじゃんか。しかも魔法の練習も禁止されちゃったし。

くっそー。

いらいらしているところへまさかのハンナが入ってきた。ここにきて再度マナーの勉強をするらしく、すぐさまハンナの一問一答が始まった。……地獄に次ぐ地獄だ。

正直なところ、俺は今回のパーティーでのやり過ごし方はもう決まっている。

まず『隠密』があるから存在感を薄くする事は可能だろ？　もし話しかけられたとしても、『鑑定』があるから貴族の名前を覚えてなくても挨拶くらいはできる。後は目立たない様に隅っこで時間を過ごせばパーティーは無事に終わるだろうっていう算段だ。

今まで、同年代はおろか見知った人としか接する機会のなかった田舎屋敷で育った俺がいきなり他人《あいて》（しかも貴族）と話すのはハードルが高すぎる。

俺の『隠密』の効果が効かないのは、ボン爺、ロイ爺、ディアーヌだけだ。

おそらく碌に鍛えてないであろうお貴族様に、俺の気配が分かるはずもないと踏んでいる。

というわけでハンナとのこの時間は本当に意味ないはずなんだけど、それをハンナに言う訳にもいかず……会話レッスンはみっちり一時間続いた。

そしてげっそりした所にメアリにより夜メシが運ばれてきた。

……打ちのめされ、食欲のない俺を心配するメアリにぶちぶちとハンナの愚痴を聞いてもらい、優しくなだめられながら早々に食事を終えると、今度こそ本当に一人にさせてもらった。

部屋のカーテンを開け、窓の外を見てみる。

外はだいぶ暗くなっていた。遠くの方の一部だけ明るいところは食堂などがあった所だと思う。それ以外は街灯がほんの少しだけあるだけだ。確かに物騒な感じはするな。人気《ひとけ》もないし。

ボン爺はどこに行ったんだろう。居酒屋で飲んでるのかな……だとしたらちょっと悔しい。俺だって、俺だって……異世界居酒屋、行ってみたい。

しばらくぼーっと外を見ていたが、暗くてほとんど何もみえないし、暗闇に紛れた殺人事件を目撃する事もなかったのでカーテンを閉じた。名探偵的な何かはこの街には必要ないらしい。

……やる事もないし筋トレでもするかな。

そういえばディアーヌからも素振りか柔軟はやっておく様に言われてたんだった。

ずっと馬車の移動で体もなまっているから体を疲れさせた方が良く眠れるだろう。

――知らぬ間にウトウトしていたようだ。ボン爺が帰ってきた。

「お、悪いな。起こしちまったか」

「ううん、大丈夫。……退屈で仕方なかったよ」

「そうだろうな。まぁなんだ、すまんな。今回の旅の目的を考えると王都に着くまでに怪我でもされたらたまらんからな。領地に戻ったら近くの街にでも連れてってやろう」

「えっ!?　帰りも街に出ちゃいけないの?」

「うむ。帰りもだいたい街に着く時間は夕方の予定だからな。お前さんの気持ちもよく分かるが、男子たる者ガマンも大事だ。これも修行だと思いなさい」

あからさまにがっかりする俺に、ボン爺は一つの包み紙をくれた。詫び代わりのお土産だそうだ。

中には透明なクリスタルの様な石の欠片だった。

「小さいし効果は薄いが、魔石といわれるものだ。ちょっとした怪我でもした時は、それを患部に当てて魔法を出す時みたいに力を込めればそれで治るだろう。お守り代わりみたいなもんだ」

なんだか嬉しくなった。

「ありがとう、ボン爺。嬉しいよ。大切にする！」

初めての旅だったから、俺は新しいイベントが起きないか期待していた部分はあった。

ゲームや小説ではこういう時は大抵新しい出会いとか冒険があるから、俺も可愛い街娘との出会いや魔物退治に遭遇する事があるんじゃないかって期待してたんだ。

だけど、拍子抜けするほど何も起きないし、旅先でも俺は箱入りのお坊ちゃんのままだった。

ボン爺の言いつけを守らず、勝手に街にこっそり出る事はできた。でもボン爺を裏切りたくなかった。

そんな弱っちい考えじゃ、物語の主人公みたいになれないかもしれないって思いと葛藤しながら、結局、俺は何も行動しなかった。でも、ボン爺から貰った魔石を見て、俺はそれで良かったと思った。

部屋に入ってきたボン爺が、俺を確認してかすかにホッとした顔をしていたのを見たし、お土産の魔石も俺の事を考えて買ってきてくれた物だと思えたからだ。

翌朝早く、馬車は出発した。今日も馬車では一人だ。

俺は大切にズボンのポケットにしまった魔石を時々出して日の光に当ててかざして見たり、ポケットに手を突っ込んで魔石を触ったりしながらのんびりと過ごした。この魔石ネックレスに加工してもらおうかな。

酔い止めの草を噛み、寝転がっているうちに眠ってしまった。目が覚めて、俺の馬車の近くにいるであろうボン爺に声をかけてみると、どうやらもうすぐ王都に到着するらしい。

あちゃー、寝過ぎた。

王都が近いと聞くと、途端に緊張感が増してきた。両親、パーティー、兄妹、不安要素があり過ぎる。……大丈夫かな、俺。

25 王都

王都に到着したのは予定より早く夕方になる前だった。

まだ日が高く、遠くに見える巨大な白い王城とそれを囲む城壁が見える。そこから広がる城下町と綺麗に整備された道が続いている。これまで通ってきた街との格差に驚いた。城下町は、景観にも気を遣っているのかオレンジ調のレンガで建物が統一されており、観光地の様だ。

王都の入り口から様々な店が並び、しばらく行くと大きな広場があった。ふきあがる噴水が綺麗だった。魔法が使われているのか水の色が少しずつ変わっていて、色とりどりの水しぶきが跳ねていた。

広場から先は民家が建ち並び、さらに進むと貴族の屋敷と思われる豪華な屋敷が並ぶ区域《エリア》に入った。テルジア公爵家の屋敷もその中にあった。俺の住むテルジア領にある屋敷ほどではないが、凄く大きな屋敷だった。

馬車から降りると、既に待機していた様で、大人数の使用人が出迎えた。

「レオン様、お帰りなさいませ」

一斉に俺に挨拶し礼をすると、そのままの姿勢で俺が通り過ぎるまでピクリとも動かなかった。その整列の間を通らなくてはいけないらしい。何だか怖い。

俺に付いて歩いているメアリかボン爺に助けを求めようとすると、両親の声が聞こえてきた。

「レオンはもう着いたのか!?」

「レオンが帰ってきたの!?」

おいおい、俺を呼んだのはそっちじゃねーのか?

俺はあれからずっと兄妹の件を根に持っている。俺の中ではもう、両親なんかただのＡＴＭだ。

両親が現れた。また何人もの使用人を引き連れている。俺がいた屋敷にいた使用人の数を既に凌駕しているのだが。

ねじ曲がった俺の気持ちに反して、両親はかつて領地に来た時の様な熱い抱擁をした。

「レオン！　大きくなったな。ロイやメアリーやハンナから良く話は聞いているぞ。なかなかやんちゃになったそうだな。うむ、やはり男の子はこうでないとな！」

「レオン、大きくなって。日焼けもしてとても元気そうで嬉しいわ。ずっと会えなくてごめんなさい。さあ、旅は疲れたでしょう。メアリー、久しぶりね。レオンの湯浴みと着替えをお願い」

「旦那様、奥方様お久しぶりでございます。……それではレオン様の御仕度に一度失礼させて頂きます」

「……」

メアリは、固まっている俺を見えない様に引っ張り、屋敷の一室へと連れていった。

……あの両親、やっぱ調子狂うよな。俺の事屋敷に放置しておいて、あの熱い出迎えは何なんだ。

「あれ、メアリ？　ここどこ？」

気が付けば、高そうなふっかふかの絨毯の上に立っていた。

天井には大きなシャンデリア、重厚感があり、金で刺繍でもされてんじゃないかって壁紙に、高そうな調度品の数々が並ぶ部屋で、俺はメアリに服を脱がされているところだった。ぎりぎりのところで最後の一枚だけは何とか守る事が出来た。

「この部屋は、王都でのレオン様の私室ですわ。さ、浴室はすでにお湯の用意がされています。……流石ですね。旦那様も奥方様も首を長くしてお待ちですから、急いで出てくださいね！」

俺の部屋……？　それにしては、豪華すぎるだろ。

考えが纏まらず、これまた豪華な浴室でぼんやりしていると、「レオン様？」と、やきもきしたメアリが俺の入浴を手伝おうと入って来ようとしたので速攻で洗い終えた。俺は女性に裸を見られて喜べるほどの成長はまだしていない。メアリよ、まだ未婚なんだしもっと恥じらわないと嫁の貰い手がなくなるぜ？

風呂から出た俺に用意されていた服は、ヒラッヒラのレースが何重にもなっている様な複雑怪奇なものだった。構造が分からな過ぎる。

大人しく服を着せてもらう間、メアリにぽろっと愚痴を吐いた。

「父上と母上は、僕の事が要らない子だから領地に置いていたはずなのに、何だかすごく僕を待っていたみたいだよね。メアリ、これからどうやって父上と母上に接したらいいのかな」

俺としては、ハンナの愚痴を聞いてもらう程度の気持ちだったのに、メアリは俺のシャツのボタンをかける手を止め、凄い勢いでバッと俺の顔を見た。

涙目だ。なんでだ？

「レオン様。旦那様も奥方様もレオン様を守る為にずっと領地へお隠しになっていたと……この間も皆で申したではないですか！　旦那様も奥方様もレオン様のお口からそのような発言がなされたらきっとひどく苦しまれます。レオン様はとてもご両親に愛されておいでなのです。ですから、今まで一緒にいられなかった分を存分に過ごして下さいませ！」

「わ、わかったよ。メアリ。なんだかごめん。ちょっと……兄様と妹の話だけしか頭に入ってなかったみたいだ」

「いえ、大切なご兄妹の事もあまりお話しできず申し訳ありませんでした。レオン様はお小さい時から我儘など言わずにいらっしゃいましたもの。私どもの方こそ、レオン様に甘えていたのですわ。

……そういえば光の神子様と月の神子様がレオン様に会う為に、この滞在中に帰って来られるそうですよ。良かったですね、レオン様！」

……おい、なんだよその渾名《ふたつな》は。

26　両親

メアリに連れられて俺が両親の待つ、これまた贅の限りを尽くした様な豪華な居間に入ると、両親とロイ爺がいた。ずいぶんと親しそうに話をしてたみたいだけど、仲良いのかな。

父上は屋敷の人払いをしてメアリとロイ爺以外の使用人を部屋から追い出した。父上は、俺の領地での生活ぶりを聞きたがった。

俺は、話してやったさ。剣の稽古、魔法の練習、馬《アイリーン》の話なんかをさ。ロイ爺との秘密の特訓はもちろん内緒だ。ちなみに隠しようがない裏庭の俺用のＳＡＳＵＫＥはメアリ達は俺の為の遊び場だと思っている。だけど一応、両親には裏庭の話もしなかった。庭を勝手に改造しまくってるなんて知れたらまずいもんな。

父上はとても聞き上手で、合間合間に「ほう！」「そりゃ凄い！」「大したもんだ！」と合いの手を入れてくるもんだから、すっかり調子に乗って軽い素振りから最近ディアーヌに教えて貰ったばかりの新しい型まで披露して見せた。魔法も披露したかったが、「今度、領地で」とやんわりと断られた。いや、領地だと魔法使えないんだけど……

母上は、俺にベッタリだ。俺に寄り添って、俺の髪を優しく撫でながら俺の話を聞いている。

剣や魔法については心配していたけど、その度に父上が、

「なーに！　私だってレオン位の歳の頃は同じだったさ！」

とフォローしてくれた。ずっと会っていなかったのに、なぜだかとても居心地が良かった。

脳筋になってないか心配されても嫌なので、勉強の話もした。ミラ先生のお陰で、２か国をマスターした事。算術の勉強も頑張っている事。魔法史はとっくに終わって、たまに国の歴史も学んでいる事。ポイントは、『ミラ先生のお陰』だというところだ。

この話は母上も「凄いわ、賢いのねレオン」と素直に喜んでくれた。

父上も母上も優しく微笑んでずっと俺の話を聞いてくれた。

「それで、……今日僕は初めて王都に来たのですが、手紙にあったパーティーは二日後ですよね。僕は、明日城下町に遊びに行っても良いですか？」

だいぶ空気が和んできたところで、俺は本題を思い切って切り出した。しかし、途端に両親は申し訳なさそうな顔になってしまった。

「すまない、レオン。遊びに行きたい気持ちは分かるのだが、明日はお前の準備で大忙しだ」

「そうなのですか。残念です。でも、もし準備が早く終わったら少しくらい時間が取れるのではないでしょうか」

「レオン……ごめんなさいね。パーティーが終わったら少しは出かけられると思うわ」

パーティーが終わったらか。それなら我慢するか。

「そうだ。明後日はパーティーの前にお前の兄と妹が帰ってくる予定なんだ。二人もパーティーに出席すると聞いているから、家族全員で行こう」

げ、まじかよ。

「兄上と妹が……。僕はまだ会った事がないのですが、大丈夫かな。緊張します」

「おお！　すまないレオン！　なんとしたことだ。お前に兄妹の話をしていなかったな。……少し難しい話になるが、聞いてくれるかね」

父上はそういうと、メアリとロイも外に出し、広い部屋に三人だけになった。

父上の話はこうだった。以前、太陽の神よりもたらされたと言われるほどの力を持った美しい子供が生まれた。その子供は少し複雑な出生だったらしく、国の命で当時まだ子供のいなかった俺の両親のもとに引き取られる事になった。それが、兄《アンドレ》である。

うちの両親に引き取られたとはいっても、生まれつきの力『光の加護』を受けている兄は王国直轄の大神殿なる場所で教育を受ける必要があったらしい。大神殿ってのは、このナリューシュ国の信仰している光の神、テレーズ神を奉っている所だ。テレーズ教は国教だから、各街にも教会があって、王都の大神殿はいわば総本山だ。

兄《アンドレ》は三歳くらいの時には完全に大神殿に引き取られ、滅多にこの屋敷に帰ってくる事はなくなったそうだ。しかも大神殿は、その内情について情報が漏れない様に徹底した秘密主義を貫いており、兄《アンドレ》が屋敷に帰って来ても、神殿の付き人が周りにいて詳しい話も聞けないでいるらしい。

そして、しばらくして双子の俺と妹のアイリスが産まれた。

まだ俺達二人が赤ん坊だった時に、妹《アイリス》にも光の加護の兆候があると神殿に認められ、現在は兄《アンドレ》と同じく神殿のとらわれ人となっているらしい。両親がなかなか王都を離れられないのは、この二人の事情によるものだった。

メアリからもさっき聞いたが、俺にも何かしらの力があるかもしれないと考えた両親が心配して領地に匿っていたという事だ。今回のパーティーの出席についても、王都でも数少ない俺《レオン》の存在を知る国王直々の命だそうで断れなかったことなんだと。

両親の心配する神殿云々という理由からのものではなく単純に、『そろそろお前の息子みせろや』という興味の方が大きいらしい。直接、俺レオンに挨拶をさせるような超目立つ行為はさせないからその代わりちょっと近くで見せてくれという、国王様にしてはささやかなお願いだったので、父上もこの話を飲んで俺を領地から呼び出したんだと。

ほ――――――――――――――――ん。

……なんだよ、『光の加護』って。

……なんだよ、『光の加護』って。

……なんだよ、『光の加護』って。

俺も……俺だって、『言語能力（ナリユーシュ語）』と『ポイント倍増（10）』持ってるんだぜ？

二つもだ。二つもチート持ってるんだ。二つとも神様から直接貰《しょうじょ》ったんだぜ？

あ、れ……？　神様……もしかして、兄《アンドレ》と妹《アイリス》にもっといい加護あげちゃってた？　違うよな？

奴らは自分でポイントを『光』とやらに全振りしただけだよな？

……『光の加護』なんてスキルあったっけ？　後で本調《カタログ》べなきゃ。

27　前日の準備

両親が予告した通り、翌日は朝から大忙しだった。

まず、明日のパーティーに備えた俺の衣装選び。どれもこれも同じヒラヒラにしか見えないが、母上の厳しい監修のもと、何度も着替えさせられた。

見知らぬ女中達《メイド》に服をはぎ取られては着せられ、またはぎ取られ……俺は着せ替え人形と化した。

だけど、なんでだろうな。面倒くさいとは思うけど、嫌な気持ちは全然起きない。

服を着るたびに、母親が俺の頭から足下まで体中をまさぐったり抱きしめたりしながら、もうこれでもかと褒めたたえてくれるのだ。

「レオン、素敵よ！　とても凜々しいわ。男の子らしくて、この藍色のジャケットもとても上品でレオンに似合うと思っていたの。でも、そうね。レオンの髪にはこっちの赤い服も似合うんじゃないかしら」

「やっぱり！　思った通りだわ。とても似合っているわよレオン！　まるで太陽のよう……。あぁ、でもこれでは目立ち過ぎてしまうかしら。そうね、やはり大人っぽく黒がいいかしら」

「素敵よレオン。もう立派な貴公子ね！　これならテルジア家として恥じない立派な大人の一員よ！　でも、やっぱり地味かしら？　まだ八歳ですものね。黒なら、もう少し大きくなったらいくらでも着られるもの」

「レオンの髪と元気な小麦の肌を引き立ててくれるのは、……これかしら！　レオン、これを着てみて。お母様にみせてちょうだい」

最終的に決まった衣装は、シャツのヒラヒラはさることながら、白いスーツっていうのかな。前世でも制服くらいしかちゃんとした服は持っていなかったから服の事は良く分からないけど、なんだかカッコイイ服で決着した。

その後もやはり母上監修の下、靴下や靴やハンカチなんかの小物類だとか、髪型だとかが入念に決められていった。

八歳ってさ、まだまだ成長期なんだけど、こんなに服を用意して大丈夫なんだろうか。この決まった服以外、一生着る事が無い気がするんだが。いや、そんな庶民の考えは公爵家たるもの論外なのだろう。

それにしても、母上は綺麗だな。銀色の髪がシャンデリアの明かりにキラキラ反射して、肌の色も陶器みたいに白くてきめ細かだし……一体何歳なんだろう。

「母上はなんでそんなに若くて美しいのですか。明日僕と一緒にいたら、きっとお姉様だと間違われてしまうかもしれませんね」

点数稼ぎでも何でもなく、つい純粋な気持ちでポロリとこぼすと、母上は気絶しそうなほど感動し、なんでもいいからプレゼントをくれるという話になってしまった。

前世だったら、パソコン、ゲーム、マンガ、ヲタグッズなど欲しいものはあり過ぎるが、この世界で田舎育ちの俺レオンが欲しいものなどなかなかない。街の屋台をぶらついて、食べ歩きがしたいとかそんな事しか思いつかない。しかもそれは領地に戻ればボン爺が叶えてくれそうだ。

そうだ。父上と母上の写真を貰おう。なんだか王都にきてみたら家族って案外いいなって気分になったし。でも、この世界で写真なんて見た事ないな。

俺は、自室の机に飾れるくらいの大きさの父上と母上が描かれた絵を貰う事にした。

想像通りかもしれないが、俺の要望は両親にとって千点満点以上の答えを叩きだしたらしい。両親の中では、素直で健気なレオン君像が完成された。両親の俺への激甘度が増大した。

後で、領地にバカでかい肖像画とかが届いたら嫌だな。


お茶を飲みくつろいでいると、昨日ぶりにまさかのハンナが登場した。えぇ。時間が余ったから遊びに行けると思ったのに。

今度は両親の立ち会いのもと、マナー講習が開かれた。マナー講習が始まると、父上と母上の表情が笑顔のままこわばった。

「レオン様！　『僕』じゃなくて『私』でしょう！　何度言ったら分かるのですか!?　はぁ……もう明日だというのに……、いいですか。明日は、極力、何も、話さない。分かりましたか!?」

「う、はい」

「レオン様、今『うん』と言いそうになりましたね⁉　いいですか。それが許されるのは領地とこの屋敷の中のみ！　いえ！　王都では屋敷の中ですら許されません。……笑顔と姿勢だけは大丈夫でしょう。そのままキープ‼　いいですか！　明日はくれぐれもお口は開かない事！　明日を乗り切る為に開かれている道はそれだけです！」

……このババア、すげぇ。なんで俺の両親の前で平常運転なんだ？

「レオン様⁉　返事は⁉」

「はいっ！」

「返事が元気すぎます！　もっと上品に‼」

「はい」

「ま、まぁ、ハンナ。レオンは子供なんだから元気が良くていいんじゃないか？」

「旦那様⁉　なりません。テルジア公爵家が恥をかく事になってては遅いのです。ひいてはテルジア家の今後の為！　未来の為⁉　レオン様を甘やかして良いのは領地だけになさってくださいまし⁉」

両親の前でまさかの恥をかかされた俺は、もの凄く落ち込んだ。なんだか父上まで落ち込んでいる様な気もする。

嵐のレッスンが終わり、疲れ切った俺と両親がぐったりとソファーに沈み込み静かにお茶を飲んでいた時、使用人が一報を入れた。

「旦那様、奥方様、弟君……レオン様、お休みのところ申し訳ありません。光の神子様と月の神子様のご予定ですが、明日《みようにち》に当屋敷へのご帰宅の予定のところ神殿の予定により、本日、夜のご訪問と変更になったそうです。急な変更になり、大変申し訳ありません。私共もすでに準備にとりかかっております」

こいつ、今……俺の名前出てこなかっただろ。とっさに使用人を鑑定しようとしたところで、父上が慌てた様子で使用人に返事をした。ふっ命びろいしたな。

「なんと。今夜だと？……急な変更はいつものことだが、今回はレオンがいるんだ。ゆっくり一日はいられると思ったのだが」

「今夜だなんて……きっとすぐにまた神殿へ行ってしまうのね。レオン、ごめんなさいね。お兄様と妹にずっと会っていなかったからゆっくり時間を取れるようにお願いしていたのに」

「……今夜、兄上と妹に会えるのですか。なんだか心の準備が……」

「なに、初めて会うからな。緊張はするかもしれんが、本物の兄妹なんだ。すぐに打ち解けるさ。私達もいる、大丈夫だよ。安心しなさい」

「そうよ、レオン。あなた達は私達の本当の兄妹なんだから。きっとすぐに仲良くなれるわ。大丈夫よ。安心してね」

母上は優しくおれの髪と頬をなでてくれた。

だけど、俺の心中は穏やかじゃない。いやいやいやいや、義兄でしょ!? アンドレが長男とかないよね？……そうなの？……じゃあせめて……せめて領地は俺に下さい。

28　閑話（ハンナ視点）

私はアインシュベルグ男爵家が三女。ハンナ・アインシュベルグだ。

私はもともとテルジア伯爵家が嫡男ガルム様付きの侍女だった。分かりやすくいえば、今のレオン様付きのメアリーの立ち位置だ。

ガルム様は、幼少期からとても元気なお子で、テルジア領の屋敷ではよくいたずらもしたし、私は毎日のようにガルム様を追いかけ回していた。

ガルム様は将来騎士団に入るという夢を持ち、毎日剣の稽古をしていた。剣の上達は抜きん出ていたようだが勉強の方はからきしだった。家庭教師をつけてもすぐに逃げ出すような子供だった。

だが、当時若かった私の言うことは比較的聞いていた。他の若い女中の言うことも素直に聞いているようだった。

ある時、私はガルム様のお父様にあたる前伯爵家当主のバルグ様へ、若い女性の家庭教師をつけた方が良いのではないかと助言した。バルグ様からの私への信頼があったのかその話は実現し、代々教師の家系で名高いマイヤー家の娘がガルム様付きの家庭教師となった。

私の予想は的中し、ガルム様は熱心に勉強に励む様になり学問にも明るくなった。これで、テルジア伯爵家も安泰だろうと胸をなでおろしたのを覚えている。

だが、ガルム様は体を動かす方が好きな様で、幼少期の夢を叶え王国直轄の騎士団へお入りになった。ガルム様は立派な騎士へと成長し、とても優秀であったらしい。ガルム様の噂を聞く度に、私はとても嬉しかった。

小隊長に出世されてまだ間もない頃に、危険な任務を与えられた。沢山の騎士達が犠牲になる、危険な任務だったそうだ。

私は毎日、神に無事を祈っていた。

ガルム様はドラゴンを単独で倒したという功績を持って無事に帰ってきた。誇らしい思いと、無事であった事への安心とで一人涙を流した。ガルム様はその功績を認められ騎士団長へと出世なされた。若くしての出世だった。

ガルム様は先のドラゴン討伐での反省から騎士団の態勢を見直し、被害を最小限に抑え成果を出す為に尽力されたと聞いている。騎士団長になってからというもの、多くの家から婚姻を打診されたが、ガルム様は全てに振り向きもしなかった。ガルム様の幼少期からお世話をしていた私は、ガルム様は将来どんな女泣かせになるのだろうかと心配していたので、その変わり様に信じられない思いだった。

ある年、天候が思わしくなく農作物が不足し、各地で飢饉が起きていた。国が対策に明けくれている最中《さなか》、南に隣接していた小国のヤーキ国がナリューシュ国に攻め入り戦争が起きた。

ガルム様率いる騎士団が出征した。私はまた心配で毎日神に祈る日々を送った。

結果として、ヤーキ国軍を倒し領土を拡大させるという、大きな功績を残した。しかもこの戦争では、少数の人員で戦死者が一人も出なかったという。

国王様によりガルム様は褒美を賜る事となった。ガルム様はナリューシュ国の第四皇女様との婚姻を望まれた。ガルム様は若かりし頃に王家主催の舞踏会にてリリア皇女様に一目惚れをされていたようだ。

これには私も驚いた。まさか皇女様を望まれるとは。

国王様は御婚姻を許された。そして、皇女様を降嫁されるという事により、王は公爵家の位までもを下賜された。

このニュースはまず、国中の貴族達を驚かせた。リリア様の評判はすでに国内に留まっておらず、それゆえ他国の王家に嫁ぐのではないかという噂がもとよりあった。

爵位についても、このナリューシュ王国には建国時から二つの公爵家が脈々と続いており、多くの貴族もそうだが、爵位は血筋により受け継がれてきたものだっだ。

この事から、王国史でも例の無い事であると、貴族の間では批判的な意見が飛びかっていた。だが、このニュースに国民達は大いに喜んだ。

ガルム様の英雄譚は国民の老若男女を問わず広まっており、『騎士様がお姫様を射止めた』という物語の様な出来事に皆が酔いしれ、国内各地でお二人の婚姻を祝してお祭りが開かれた程だ。天候不順による大飢饉と戦争により、暗く疲れきっていた国民達にとっては日の光が差し込む様な明るく心を潤す出来事となった。こうなると、反対派の貴族達も黙るしかなくなっていった。

国民に活気が戻り、ともすると滞りがちだった領地の民からの税収がスムーズに入る様になったからだ。

こうして、ガルム様とリリア皇女は結婚された。ほどなくして、リリア様はご懐妊された。御出産は、王国からの要請により大神殿の預かる事となった。

私は不思議に思った。いくら元皇女様とはいえ、降嫁されたにも拘わらずこの様な要請が入るという話は聞いたことがない。

こうなっては、私が立ち会うなど到底出来ない。私は少しばかりがっかりした。

リリア様の御出産がもう間近であろうというある日、空が眩いばかりに輝くという天変地異が起きた。後の噂によると、その日王都に近い村で光の子供が生まれたという。

しかし、光の子を抱いて帰ってきたのはリリア様だった。詳しい事は分からない。ただ、リリア様の本当のお子は死産だったと密かに聞いた。そして同時期に生まれた光の子をガルム旦那様とリリア奥様のお子として引き取る事になったらしい。光の子の本当の両親は、王国へ召し上げられたが、程なくして病だか事故だかでなくなったと噂に聞いた。

ただ、この事を知る者は決して口外はならないと厳重な箝口令がしかれたので多くの国民には知る由もない事だ。貴族でさえ知らぬ者も多いだろう。

その子供がアンドレ様だった。アンドレ様は神々しい程に美しい赤ん坊だった。

だがすぐに大神殿の預かるところとなり、リリア様はとても悲しみ臥せがちになってしまった。

幸いだったのはガルム様が献身的にリリア様に尽くされた事だろう。

ガルム様は公爵位を賜ったにも拘わらず、貴族政治の世界は複雑な様で、公爵様でありながらも軍事で各地を飛び回る事を余儀なくされていた。

そして十年程経ち、リリア様はまたご懐妊された。前回と同様にこの時も王国の要請が入り、出産は大神殿の下で行われた。

国教を否定する事は反逆罪となる為、口に出してはいけない事だが、私は神殿に疑いを持つ様になっていた。

リリア様は双子を御出産された。ガルム様とリリア様によく似た男児と女児で珠の様な可愛い赤ん坊だった。ガルム様はすっかり父親の顔になられとても可愛がられ、屋敷中も明るくなり、私も二人のお子様のお世話に張り切った。

そんな幸せは長く続かなかった。

定期的に屋敷へ出入りする様になっていた神殿の者達により、妹のアイリス様にも力を認め、アンドレ様と同じく大神殿へ入る事が決定されたのだ。旦那様もリリア奥様もこの決定に狂わんばかりに悲しんだ。そして、すぐさまレオン様を領地へと匿う事となった。

私もレオン様に付いて行きたかったが、その頃の私はこの屋敷で女中頭になっており簡単に身動きの取れない立場にいた。私は、信頼のおける女中数人を選び、まだ若いがしっかりしていて気立ての良いメアリーを主にレオン様のお世話係として送り出した。時々来る便りから、レオン様がご健康に育っている事は分かった。

神殿にとらわれたアンドレ様とまだお小さいアイリス様の事が気がかりで、旦那様と奥様の領地への訪問は数年に一度だったが、王都にお戻りになると『大分大きくなった』だの『よくお喋りをして可愛い』だの、お二人が嬉しそうに話してくれた。レオン様の近況を聞く事がとても楽しみだった。

レオン様が五歳になろうかという時、私は旦那様に呼ばれた。

『ハンナ、レオンは前に会った時よりも大きくなって、外で遊ぶのが楽しいらしい。そして今回とても驚いた事があった。レオンが、自ら家庭教師と剣の師匠を私に嘆願してきたんだ。……レオンは、私の子供の頃よりもずっとしっかりしているな。私はとても誇らしいよ。そこで私は考えたんだ。レオンに伸び伸びと成長して欲しい気持ちは変わらないが、そろそろ将来の為にマナーも学んでおいた方が良いと思う。こればかりはレオン一人では気づけまい。私からのプレゼントとしようと思う。そこでだ。ハンナ、私の時の様にレオンの面倒を見てやってくれるかい？』

その話を聞いて、子供の頃のガルム様と領地の風景を鮮明に思い出した。

『喜んでお受け致します。このハンナに任せて下さいまし』

私は張り切って、屋敷に向かった。

まだ赤ん坊の頃からお一人で領地で暮らしておられるレオン様。きっと寂しい思いをしているであろう。それなのに学問を学びたいと父君に自ら申し出るとは、五歳の子が出来る事ではない。きっとレオン様も特別なお力をお持ちの優秀なお方に違いないと馬車の中で思いを馳せた。

予想を大きく覆された。レオン様は、父君のガルム様の幼少期にとてもよく似ていた。その姿ももちろんだが、行動も、だ。

なんとレオン様は、厨房にある勝手口から屋敷に入ってきたのだ。それも泥だらけで。レオン様への心配など、屋敷に入ってすぐに撤回された。屋敷中の使用人皆が、町人の様に元気に声を張り上げて活気に満ち溢れていたのだ。公爵家とは思えないほどだった。いや、貴族の家でもこんなに賑やか過ぎる所はないだろう。私は訪問先を間違えたのだろうか。

眩暈がした。

メアリーを見ると、申し訳なさそうな表情をしていた。これは後で詳しく話を聞く必要があるわね。

メアリーも奉公に来た頃に比べてだいぶ成長していた。実をいうと私は、ガルム様のお世話に明け暮れてしまい、ついつい婚期を逃してしまった事を少しだけ後悔している。レオン様に振り回されるメアリーを見ていて胸が痛んだ。メアリーには同じ道を歩んで欲しくないものだわ。

レオン様は、マナーの授業をとても嫌がった。ガルム様の時と同じでこんな態度は経験済みだ。それに私はあの頃の若い娘ではない。私は怯む事なくレオン様へマナーを叩き込んだ。

確かに今まで一人で寂しい思いをしていたかもしれない。だからと言って皆で甘やかしたままでは、レオン様がこの先苦労されるのが目に見えている。私は、厳しくレオン様の躾を行うことにしたのだ。

ガルム様と違い、レオン様は勉強はとても順調の様だった。もうすでに自国語であるナリューシュ語だけではなく隣国のベネット語まで習得していた。算術もとても優秀だとミラから聞いている。学問だけでは、王都でも同年代の子供たちなど足下にも及ばない程の優秀さだ。……マイヤー家の家庭教師を付けるとは、ガルム様も賢くなられましたね。

剣術については、レオン様とそう年も変わらぬ少年だか少女だかが面倒を見ている。かつてのガルム様の時とは違って大した稽古はつけていないようだ。剣の教師については、ロイが手配したと聞き及んでいる。不審に思った私は、ロイに話を聞きに行った。

『おや、久しぶりですな。ハンナ。年をとっても相変わらずの剛腕ぶりだと聞き及んでおりますぞ』

『ロイ。久しぶりです。年をとったのはお互いさまでしょう。まったく貴方が仕切っているはずの屋敷がなぜこんな動物園の様になっているのです？』

『ホッホッ。なに、子供は小さいうちが最も成長するものです。その手助けをひとつふたつしたまでのことですよ。さて、本日の要件はディアーヌの事でしょうかな。なに、まだ子供だとはいえ剣の才能は見事ですぞ。先日、街の誘拐事件に一役買っていただいたもので腕を見込んでお願いしたまでのこと。この屋敷に、下手に国や神殿の息がかかった者を雇うよりも安心でしょう』

全く、相変わらずの鋭さね。ロイとは伯爵家時代からの仲だ。といっても、若い頃のロイはほとんど屋敷にいる事なんてなかったけれど。ロイは、伯爵家お抱えの諜報だった。

もともと、どこの馬の骨とも知らぬロイをある夜突然バルグ様が連れてきたのだ。最初は胡散臭くて、バルグ様が騙されているのではないかと思ったのだが、気が付けば幼少期のガルム様とも仲良くなって、今日までテルジア家に仕えている。だが、いまだに正体の見えない男だ。

レオン様は、領地で伸び伸びと育ちすぎた様だ。マナーの授業に対する態度は相変わらず悪い。

このままでは、レオン様は将来、窮屈で仕方のない貴族の世界で無事にやっていけるのだろうかと不安を覚えた。

そんな時、旦那様の便りにより、レオン様が王家主催のパーティーに出席するという連絡が来た。

私は倒れそうになった。このままでは絶対に失敗する。ただでさえ、新興の公爵家と足下を見られているものを……。レオン様のマナーはまだ村の子に毛が生えた程度だというのに。貴族として幼少期からきちんと教育を受けた子供など王都には沢山いる。

レオン様はもう八歳。王都に暮らす同い年の子らと並べられたら、終わりだ。

私は悩み、苦しんだ。

レオン様もパーティーの件を知ってからは以前よりは努力をされている。以前よりもずっと姿勢も良くなった。だが、まだ駄目だ。王都で恥ずかしくない貴族としてお披露目するには早すぎる。

無理だ。間に合わない。

私は苦肉の策で、とても自然に優雅さを醸し出し、貴族としての余裕を表現するような作り笑顔をレオン様に教え、マスターさせた。

これでなんとか、立っているだけ、座っているだけならば立派な貴公子だ。

……気が付けば、パーティーはもう明日と迫っている。無事に、無事に終わりますように。

私はかつてガルム様の無事を祈った時と同じように、レオン様の事を神に祈った。

29　兄と妹

兄《アンドレ》と妹《アイリス》が到着した様だ。両親と俺の待機する部屋まで、使用人たちのお迎えの声が響いている。絶対俺が来た時より声の数が多い。

父上も母上もそわそわしている。あれ、俺の時はホールまで会いに来てくれたのに、行かないんだ？

しばらくして、部屋の扉の外から使用人の声がした。

「旦那様、奥方様……レオン様。光の神子アンドレ様と月の神子アイリス様がご帰着されました」

こいつ……わざと俺の名前遅れて言ってるのか。

「よい。すぐに通しなさい」

父上がそう言うと、扉が厳かに開かれ、兄《アンドレ》と妹《アイリス》が登場した。

後ろから黒子の白い版、白子とでもいうのか？　いやそれじゃ食い物だな。まとにかく目の部分だけ網目状になっている全身を白い布で包んだ人達が付いてきた。

兄《アンドレ》は、人間ではなかった。

いや、言い方が悪いな。兄《アンドレ》は、とてもじゃないが普通の人間には見えなかった。

全身から金粉を撒き散らしてるのかそれとも自家発電でもしてるのか、周囲がぼんやりと光っているのだ。髪は柔らかな金髪で、肩辺りまでの長髪。身長は高いが線が細い。肌は絹の様な肌の白さに、顔出ちは柔らかい中性的な顔立ち。……紛《まご》う方なきイケメンだった。そして兄《アンドレ》は真っ白なローブを身に纏っており、本当に神様の様だった。

女性っぽいから女神様といわれても絶対に疑われないだろう。

あの神様《しょうじょ》よりも神様っぽさは上だ。

「か、みさま？」

つい、ぽつりと声が漏れた。兄は、それが聞こえたのか目を細めてかすかに微笑むと、

「初めまして。君がレオンだね。私はアンドレ。神様なんて恐れ多いさ。ずっと会ってみたかったんだ。やっと君と会えるときいて楽しみにしていた。会えて凄く嬉しいよ。さ、こっちはアイリス。聞いていると思うけど双子の、君の妹君だ。アイリス」

「初めまして。お兄様。お会いしとうございました」

妹は、兄の背後から一歩出ると、俺にそう挨拶をした。

妹《アイリス》は、兄《アンドレ》の様に、体を発光させてはいないがストレートの銀の長い髪は母上と同じでシャンデリアの光を複雑に反射させてキラキラと輝かせていた。

身長は、俺と同じくらいかな。顔立ちは、確かに俺に似ているが、目は俺よりも丸く女の子らしい。妹《アイリス》は確かに美少女だ。神様《しょうじょ》にひけをとってない、同じくらいの美少女だ。

妹は無表情だ。目が虚ろなのが少し気になる。夜だから眠いのかな。気さくに話しかけてくれた

兄に比べて、妹は塩対応だった。

「初めまして。わ、私はレオン。兄上と妹君の事は父上、母上より聞き及んでおりました。お会い出来て光栄にございます」

ハンナの特訓が少しは効いたかな。

「はは。いいよ、レオン。そんなにかしこまらないで欲しいな。私達は家族じゃないか。アイリスは緊張しているのかな。レオン、すまないね」

「いえそんな。私も同じですから」

兄の高対人スキルにより、俺は兄とはなかなかすぐに打ち解けた。

兄は領地の話を聞きたがった。近くに白子達《つきびと》がいるから、領地では庭で遊んだり勉強して過ごしていると当たり障りのない話をした。これは、兄《アンドレ》と妹《アイリス》が来ると分かってから急遽行った父上と母上との事前の打ち合わせによるものだ。それでも、兄は目を羨ましそうに輝かせて俺の話を聞いた。

「いいな、レオン。君が羨ましいよ。私は王都にいるとはいえ、子供の頃から神殿での隠遁生活をしているからね。私もいつか領地に行ってみたいよ」

兄は少し寂しそうに言った。

妹は相変わらず無口、無表情だ。

「領地は自然が多いですが、面白いところは特にありませんよ。私は今日初めてきた王都の豪華さに驚いています」

兄《アンドレ》も大変そうだな。何だか悪いな。俺、領地でかなりエンジョイしてて。

「兄様、神殿ではどんな事をなさっているのですか？」

これも両親との打ち合わせ、というか両親からの依頼による代理質問だ。

必殺！　田舎育ちの子供《おとうと》による、単純で純粋な質問攻撃。

「面白いことなんて何もないさ。一日中お祈り。お祈りから始まりお祈りに終わるのさ。この国、この世界の平和を思ってね。だけど、私達は本当に力になれているのか分からない。街の人達を見る機会も話す機会もないからね」

「一日中……ずっとお祈り？」

なんだそれ。

「そう、私やアイリスの持つ力は人々を幸せにする為の力なんだそうだ。だから毎日多くの人が幸せになる様に心を込めて祈っているよ。……でも、少しは家に帰ったりレオンに会う時間は私も欲しいと思っているよ」

兄《アンドレ》が心の内を話すと、後ろの白子《つきびと》達が妙にソワソワし始めた。妹《アイリス》は兄《アンドレ》のローブの端をギュッと握った。何かに気が付いたように父上と母上が話に入り、また当たり障りの会話が始まった。

うーん。

ここまでの会話からは、兄《アンドレ》も苦労人なんだなって気がする。妹《アイリス》もか。話が本当なら、俺がその立場だったら発狂もんだ。俺の方が全然楽しく暮らしているぞ。父上も母上もナイス判断だったな。ま、俺のは髪も肌の色も全然神々しくないし、どう頑張っても神殿とやらは見向きもしないだろうに。

しかし、神殿ってのは一体どんな機関なんだろうな。うさんくさい感じしかしないが。

時間にして一時間弱といったところで、早々に兄妹は時間切れの様だった。あっという間だった。

兄妹に会う前は、俺は五分と耐えられないだろうと思っていたのに意外だった。

最後に兄《アンドレ》に、神殿に行ったら会えるか聞いてみた。アンドレは嬉しそうな悲しそうな表情でほほ笑むと、「会えない」と言った。

「私達は、いつも神殿の奥で祈りを捧げているんだ。そこは神殿の者しか入る事が許されないから難しいかな。でも、もしレオンが来てくれたら、それだけで私達は嬉しいよ」

そう言うと、白子達《つきびと》に囲まれ二人は帰って行った。どうやら、玄関まで送ったりする事はできない決まりらしい。

馬車の音が聞こえなくなるまで、寂しそうな表情の両親と共に静かにその場に立ち尽くしていた。

思っていたのと違う。王都に来るまでは、兄妹はこの王都の屋敷で両親に甘やかされ贅沢して楽しく暮らしているに違いないと嫉妬していたのだ。領地での生活に不満はないけど、俺だけ田舎に追いやって幸せに暮らしているものだとばかり思っていた。まさか俺の方が恵まれていて、俺の方がよっぽど甘やかされていただなんて。

しかも兄《アンドレ》と妹《アイリス》の事情を目の当たりにしてしまった今は、それを素直に受け入れて喜ぶ事はできない。

……重い。……ちょっと重たいな、この兄妹。

あの二人が兄妹だと俺の八年が羽の様に軽い気がしてなんだかへこむ。

慣れない部屋の慣れない寝台の中で、何度も寝返りを打った。

眠れない。

……今日は、なんだかすごかったな。怒濤の様な一日だった。

容姿、性格、全てにおいて勝てる気が起きなかったけど、不思議と俺は兄《アンドレ》に嫌な気持ちも劣等感も抱かなかった。

妹《アイリス》は終始無表情で黙っていたので俺はまだどういう感情を持てば良いのか分からない。でも、妹《アイリス》とも話してみたかったたな。

次はいつ会えるんだろう。

………………あっそうだ。

スキルの事を思い出して、俺は「ログ」を唱え、本《カタログ》をパラパラめくった。

あった。エクストラスキルの項目に兄妹ヤヅらの加護を発見！

『光（聖）』：1000000000P《ポイント》

な、なんだって!?　いちおくポイントだと!?

これ取らせる気ないじゃん。取らせる気、絶対ないスキルじゃん。

ていうか、こんなチート持ってて神殿の言いなりとか、兄妹《あいつら》バカなんじゃないの!?

30　パーティー

あれから本当に目が覚めて眠れなくなった。眠れなくて、兄妹のスキルから、神殿の事、国の事を考えていったけど……分からない事だらけでやめた。

そのうち、パーティーの事を思い出して不安になってきた。父上によれば、兄《アンドレ》と妹《アイリス》も明日のパーティーに来るらしい。

あのイケメンと兄弟として参加するんだよな。そしてあの美少女と兄妹として参加するんだよな。

……今のままじゃまずいかな。少し俺を底上げしておこう。

俺は、静かに『貴公子Ｌｖ３』を取得した。


パーティー当日の朝が来た。

開宴は夕方なのだが、昨日と同じで朝から大忙しだ。今日はとにかくハンナが俺の側を離れない。

「お支度の前まで、直前まで頑張りますよ!?」

おぇぇぇ。吐きそう。

「旦那様と奥方様と昨日話をしまして、レオン様はダンスもなし。簡単な自己紹介のみで、後は旦那様か奥方様がなんとかしてくれます！　八歳ですから……、両親に付きっ切りでも、何とかなるでしょう。いいですか、旦那様と奥方様から離れない様に！　決して！　分かりましたね」

ハンナからの信頼がチリ紙より薄い。

夜のうちに、『貴公子Ｌｖ３』を取ってみたんだけど、ど、どうかな……？

うん……ハンナの様子をみる限り、どうやら変化はなさそうだ。

でも、ありがとうハンナ。今日は、絶対に両親とは離れないぜ！

時間はあっという間に過ぎた。風呂に入り、爽やかな柑橘系の匂いのする香水みたいのを塗り付けられ、昨日決めた服を着て、髪を整え……貴公子レオン様の完成だ！

俺は緊張する気持ちを抑えて、両親と共に馬車へと乗り込んだ。馬車では母上が俺の手をずっと握ってくれていた。

王都に向かう時に遠くに見えた王城は、近くで見るとやっぱりデカかった。白い外壁には汚れ一つ見当たらず、新築の様だ。これも魔法によるものなのだろうか。

もう日も落ちてきているというのに、辺りは幻想的に光が舞っておりとても綺麗だ。これも魔法なのか。魔法、すごいな。早く魔法の練習がしたい。

さらに近づくと、煌びやかなドレスを着た、いかにもなお貴族様達がぞろぞろいるのが見えた。

うむ。母上が一番綺麗だな。

馬車から降りると、係の人っぽいのが何人か寄ってきてそれぞれが声を張り上げた。

「テルジア閣下がご到着された！」

「テルジア閣下並びに奥方リリア様、御子息レオン様の御到着!!」

その辺にいた、貴族達が一斉に俺達の方を向いて礼をした。

どうしたどうした!?

驚いて顔を上げ、両親を見たが父上と母上はそれを全く気にしない様に優雅に歩いている。

父上がそっと俺の背中に手を当ててくれた。父上の手は温かく、大丈夫だと言われたような気がして俺も両親の真似をして歩いた。姿勢だけはハンナのお墨付きだからな！　両親について姿勢キープに優雅さを気持ち加えて歩いて行く。

おっと、笑顔笑顔。ハンナ直伝の胡散臭い笑顔もプラスっと。

両親の存在を認めると、貴族達がするすると端に寄ってくれるのでスムーズに進む。

パーティー会場と思われる広間に入った。

信じられねぇ。

王都の俺の屋敷も豪華だな幾ら使ってんだ？　と疑問に思えるほどだったがその比じゃない。とんでもなく豪華だ。体育館並みの広いスペースの壁一面が金。高い天井はステンドグラスで芸術的な模様や宗教画の様な絵が広がっている。床は大理石にダイヤでも鏤《ちりば》めてるのかってくらいピカピカしている。そして、そこかしこに並ぶテーブルには旨そうな食い物が美しく配膳されている。

……だけどこれ食べちゃ駄目なんだよな。

ハンナからは、いつボロが出るか分からないから飲食を禁止されている。

ひどい。こんなに旨そうな御馳走だなんて思わなかった。俺、これを食べられないのか。

一応、屋敷で軽食をつままされてきてはいるが、成長期の男子の胃袋を舐めないでもらいたい。

あぁ、よけいに腹がへってきた。くっそー。

そうだ！　俺は、脳内で無理やりハンナの言葉をミラ先生に言われたという設定にして妄想した。

『レオン様。レオン様はパーティーの間、お食事を我慢できますね？』

答えはイエス！　よし、頑張ろう！　ほんの数時間だ。

広間の中ほどまで来ると、デブで頭髪がやたらテカテカしたおっさんが父上に話しかけてきた。

「おぉ、テルジア閣下。随分とごゆっくり来られましたな。待ちくたびれましたぞ。リリア様、ご機嫌麗しゅう。今宵も星の光の様にお美しい。本日はお会いできて光栄にぞんじます」

「ドゥルム閣下、お早い参上でいつもながら敬服致します。私達も見習わなくてなりませんな」

「ドゥルム閣下、ご機嫌よう」

太って脂ぎった顔のおっさんがこっちを見ている。

「閣下、本日は我がテルジア家の次男を連れて参りました。レオンと申します」

きた。緊張するぜ。両親からも緊張が伝わるぜ。

「お初にお目にかかります。私はテルジア公爵家が次男、レオン・テルジアと申します。以後お見知りおきを。本日は、歴史にも名高い公爵様、ドゥルム閣下にお会いできて光栄に存じます」

言えた、言えたぞ俺！　『貴公子Ｌｖ３』のお陰なのか？　スラスラ言えたぞ！

「おお！　ご子息であられたか。そういえば、噂にはもう一人子供がおられるとは聞いておりましたな」

「息子、レオンは幼少期より病弱で療養の為に領地にて育てておりましたゆえ、此度、初めて王都へ呼び寄せたのです」

「そうであったか。それはそれは……しっかし、だいぶ元気そうなお子であられるな。療養の成果がでたのであろう」

「はい。レオンは肺の調子が思わしくなく、領地の自然の多い所で療養させておりましたゆえ」

「そうかそうか。光の神子様も月の神子様も神殿でのお勤めにお忙しくあられる。跡取りとなられるのが病弱のレオン様とは、これはこれは。さぞかしテルジア閣下も心配であろうな」

「いいえ、レオンには跡取りとなってくれれば嬉しい限りですが、やはり元気でいてもらえるだけで十分なのですよ」

「ほうほうほう。それはそれは欲のない事を仰るな。歴史にもない『例外中の例外』で賜った爵位をそのようにぞんざいに考えられますな。今はレオン様も健康そうであられるではないか」

なんだか、嫌みくさいおっさんだな。気持ち悪い声で回りくどい言い方しやがって。ドゥルム閣下は、俺の事を上から下までジロジロ品定めして満足した後、別の貴族に嫌みを言いに立ち去った。

父上も母上も何も言わない。それに合わせて俺も黙って姿勢と笑顔をキープする。色々言いたいけど今は我慢ってことだよな。親父、お袋、帰りの馬車で悪口大会しような！

その後も貴族数人とイヤミ交じりの挨拶を交わしていると、綺麗な鐘の音が聞こえた。国王陛下、王妃殿下の登場だ。

31　パーティー2

国王陛下、王妃殿下の登場だ。全員で一斉に礼をし、国王の合図でもとに戻る。

おおう、ハンナの言った通りだ！　国王は、六十代といったところか。明るい金髪で、鋭い眼光、遠目にみても威厳のある、ＴＨＥ国王といった感じだ。

王妃様は、それより若く見える。少し色素の薄い金髪で、優しく見えるがやはり目は鋭い感じがする。存在感すごい。たぶんだけど、絶対こわい。

国王陛下が『自由にするように』と一言いい軽く手を挙げると、広間中に美しい音楽が流れだした。生演奏だ。それに合わせてそろそろと動き出す貴族たち。

父上は、様子を見てそれとなく国王からあまり離れていないテーブルに移動した。母上と共に後をついて歩く。いまのところ、挨拶は完璧。後は黙って時を待つのみ。

国王様、王妃様の座る席の辺りには、貴族たちがぞろぞろと集まっている。みんな、挨拶をする為に並んでいるみたいだ。

「ふむ……潮時か。やはりこの場で国王に挨拶に行かないわけにはいかないな。やはりお前を少しだけ紹介しよう。レオン、先ほどの様に挨拶してくれれば良いからな」

父上は、俺の耳元でこっそりと言うと、俺たち家族はあの長い行列に参加するべく移動した。

みんな無駄に長いな……順番が来るのが遅い……待ちくたびれたぜ。


やっと俺達の番になった。

「ナリューシュ王様、デリア王妃、この度はお招きいただきましてありがとうございます。私、ガルムと妻リリア、次男のレオンにございます」

「おおきたか、挨拶など良いと申しておったのに。リリアよ、久しぶりだな。その子が病弱で療養中の息子か」

「国王陛下、女王陛下、この度はお招きいただきましてありがとうございます。お久しぶりでございます」

母上に背中をそっと撫でられた。合図だ。

「国王陛下、女王陛下、この度はお招きいただきましてありがとうございます。私は、テルジア公爵家が次男、レオン・テルジアと申します。お初にお目にかかれまして大変嬉しく思います」

はぁ、疲れた。でも終わった。俺の仕事は終わったんだ。

「レオンか。良い名だな。ガルムより病弱とは聞いていたがなかなか療養が効いている様でなによりである。テルジア領はよほど空気が良いと見える」

その後、また当たり障りのない作り話で父上が話を切り上げ、王様達から少し離れたテーブルへと戻った。遠くからこっそり見ると、国王女王両陛下への挨拶の行列はまだまだ続いていた。

しばらくして、また国王陛下が立ち上がり、軽く手を振ると音楽が変わった。これからは、ダンスタイムになるらしい。ハンナの忠告をよそに、少し気の抜けた俺たち家族は、そのダンスを見て楽しんだ。母上はなんだか踊りたそうだ。

「父上、私はこの端におりますゆえ、母上と一曲踊られてはいかがでしょうか。ぜひ、父上と母上のダンスが見てみたいのです」

俺ってばナイスアシスト。父上と母上は遠慮しながら、広間の中央に向かうと手を取り合い、踊り始めた。

うわぁ。綺麗だ。こうやってみると、ダンスも出来た方が良いかもな。

ぼんやりと見ていると、背中に衝撃があった。振り向くとどこぞの貴族のお嬢さんがぶつかったようだ。

「大丈夫ですか。お怪我はないでしょうか、お姫様」

俺はそう言うと、ぶつかった少女の顔を覗き込み、ハンナ直伝のごまかしスマイルで様子を見た。

ハンナ曰く、女子にはとにかくへりくだれ。そして名前が分からなければそれは全てお嬢様かお姫様と呼ぶように。そして、上級テクニックとしては何か美しい物に例え……これは無理だから却下されていたんだっけか。

少女は一瞬ぼけっとした表情をした後すぐに顔を赤らめ、「大丈夫です。私の方こそごめんなさい」というと去っていった。なんだか急いでいたな。トイレか？

曲が終わろうかという頃に、広間中に不思議な鈴の様な音がなった。

『大神殿より！　光の神子様、月の神子様が参りました！　国王陛下、王妃殿下に御目通り許されたく！』

誰かがバカでかい声を張り上げると、王様の返事も待たずに、兄《アンドレ》と妹《アイリス》が白いコートみたいな物を着た付き人に囲まれて登場した。

昨夜の白子《つきびと》よりはマシだけど、やっぱり何だか気味悪いな。

遠くから見る兄は静かに微笑んだ表情で輝きながら歩いている。その後ろを歩く妹はやっぱり無表情だ。

今日のパーティーを経験した俺には分かるぜアニキ！　その笑顔、愛想笑いなんだろ？　よく見りゃ胡散臭い感じがするぜ。昨日会って、兄妹の苦労を知らないままでこの光景を見たら、俺は嫉妬と劣等感に苛まれただろう。今は静かに応援出来る気がする。

兄と妹が国王と王妃の前に着くと静かに礼をした。何か話をしている様だが聞こえない。

兄と妹は再度王に礼をすると振り向き、なにごとかをつぶやき両手を広げると、広間全体に光の粒が舞い、春の様な暖かい風が優しく吹いた。その光景をみて、広間全体がわぁっと盛り上がった。同時に多くの貴族達が兄と妹を一目近くで見ようと押し寄せ、俺はもみくちゃにされた。気がつくと、ダンスを中断して反対側の方に認めていた両親を見失ってしまった。

やばっ！

俺は慌てて両親に待っているといったテーブルの辺りに戻ろうとしたが、ちょうど仕事を終えた兄と妹が帰る為にまた歩き出したところだったので、貴族達も同じ様に広間の外に向かって押し寄せていたので俺はその逆流に飲まれてしまった。

うわぁ、マジでハンナに殺される。やべやべっ。早く両親を見つけないと！

32 パーティー3

結局、人の流れに逆らえずに俺は広間の外まで押し出されてしまった。田舎育ちにこの人混みはつらい。人が多過ぎて、兄と妹の帰る姿は見えなかったし。

さてと。ボッチになってしまった俺だが……決して迷子になった訳ではない。兄と妹が帰り、まだ熱気はすごいが人の動きは落ち着いた。これからさっきの場所に戻れば良いだけだ。

俺は大股で踏み込むと気持ち早足で歩きだした。

「キャッ」

「おっと失礼。美しい姫、大丈夫ですか？」

「え、？……!?　あ、あの大丈夫ですわ」

「人が多くて危ないですね。こちらなら大丈夫ですよ。では、私は少し急ぎますゆえ」

「キャッ」

「おっと、失礼致しました。これは美しい姫君、怪我などございませんか」

「え……？　っ!?　だ、大丈夫ですわ。私こそ、助けて頂いてありがとうございます」

「このような美しい姫君が傷ついたりしては大変だ。どうぞ、この椅子にお座り下さい。では、私は少し急ぎますゆえ」

「キャッ」

「おっと失礼。これはこれはなんと美しい姫君。怪我などございませんか」


「キャッ」

「おっと失礼……」


「キャッ」

「おっと失礼……」


なんなんだ。さっきから歩けば歩くほどお嬢さん達にぶつかるのだが。

俺くらいの年からお姉さんまで色々だが、この国の貴族令嬢は周りが見えていないのだろうか。

それにしても『貴公子Ｌｖ３』はすげぇな。歯の浮くような言葉が自然《ナチュラル》にスラスラ出てくるぞ。

似た様な会話をひたすら続け、内心イラつきながら俺はなんとか先ほどのテーブルに戻った。

……いない。父上と母上がいない。辺りを見回したけど、良く目立つ母上の綺麗な銀髪を捜したけど、広間はさっきより人の数も多いし動きも大きい。

両親が俺を呼ぶ声がないか聞き耳を立てても、周りがザワついていて分からない。広間の真ん中はまたダンスが始まっているし。余計に捜しずらい。

父上も母上も俺を捜しているのかな。弱ったな、これじゃ本当に迷子じゃないか。ハンナに殺される……

そうだ、外に出よう！　出入り口は一つ。その辺で待っていれば、両親が帰る時につかまるはずだ。

俺はまた、扉に向かう事にした。

っと！

「あらっ……ごめんなさい」

今度はおばさんか。

「失礼致しました。美しい方、初めて来たパーティーで周りを良く見ていなかったようです。お怪我はございませんか？」

「あらあら、可愛い貴公子さん。大丈夫よ。私の方こそごめんなさいね」

「お怪我がなくて何よりでございます。私は、父上のところへ戻らねばなりませぬゆえ、失礼致します」

「あらあら、ふふふ。こんなに礼儀の正しい小さな貴公子様のお父様はどなたなのかしら」

「テルジア公爵にございます。それでは、急ぎますゆえ……」

俺は、満面の笑みでごまかして会話もそこそこに逃げ出した。

あぶねぇ、あっぶねぇ！　あのおばさん、話長そうだったもんなぁ！

あれ以上話していたら俺が迷子だってバレちまうぜ！

何とか無事に広間から出られた。むろん……何人もの貴族令嬢にぶつかりながらな。

広間を出ると、大きなバルコニーが広がっている。その真ん中にでかい階段があって、俺たち家族はここを上って来たんだ。

でも、ここも人が多いな。なんか若いカップルが何組もいちゃついている。

ここで待っていても邪魔かもな。居心地も悪いし。

階段の下も大きな広場になっていて、デカくて綺麗な噴水があった。王都の城下町にあった広場の噴水よりゴージャスだ。お城ってのはすごいな。あそこがいいかな。うむ。あの噴水の前で待とう。噴水に着くと、三人の少女達が噴水の方を向いていた。どうやら真ん中の子が一人泣いているようだ。なんだ、……イジメか？

前世で、不良達《ヤンキーども》に虐められていた記憶が蘇ってきた。虐めは絶対にダメだ。このレオン様は許さんぞ！　気合を入れて三人に近づいて行く。

「失礼。お姫様がた、どうなされたのです？」

少女達が振り返り、俺に気が付くと、泣いている真ん中の子以外の二人の顔が赤くなった。

なんだ、怒ってるのか？　お、俺は怖くないぞ？

「あの、ミーニャの……いえ、この子の大切な指輪が噴水の中に落ちてしまったのです」

「私達が、見せて欲しいと外して貰ったせいで……」

ふーん。なんだ。

「そうでしたか、それでは私が取って参りましょう。この辺りですか？」

噴水の水は綺麗で透明度も高い。あ、あれかぁ。なんだ見えるじゃん。

俺は上着を脱ぎ、ヒラヒラしたシャツを捲ると噴水に手を突っ込んだ。

げ、思ったより深いでやんの。八歳児の俺のリーチじゃ届かねぇ。

だが、ここでムリでしたじゃさすがに恥だ。恥さらしだ。俺は指先に軽く魔素を集めるように慎重に意識して、噴水の底の方に水を押し出す様に水魔法を発動させた。

思った通り、水圧で指輪が浮いてきたぞ！　よっほっ、よっ……よっと。

キャッチ、成功！　はー、良かったぁ。取れて。

水魔法の発動先を間違えてたら指輪が遠くに行ってしまうかもしれないから緊張したぜ。ボン爺の〝一撃必殺！〟の訓練の成果かな。

あの訓練はナイフだけど、集中力と獲物への狙いのつけ方は変わらないな。要は応用だ。応用力のある俺《レオン》。生き物相手より動かない指輪《モノ》相手なら楽勝、楽勝！

俺はにこやかに振り返ると、泣いていた少女に手渡した。

「何とか取れましたよ。この指輪でお間違いはないですか？」

「あ、あの……、ありがとうございます」

泣いていた少女が驚いたように指輪を受け取りながらお礼を言った。

「良かったわね！　ミーニャ！」

「良かったわね！　ミーニャ。あの、私達からも、お礼いたします。ありがとうございました」

うんうん、気分いいな。

「いいえ、大した事ではございません」

「宜しければ、お名前を教えて下さいませんか。後にお礼を……」

泣いていた少女も嬉しそうだ。拾得物のお礼はたしか一割……いやいやいや。

「いいえ、本当に礼などはー」

「やっと見つけた。そんな所で何をしている？」

後ろから甲高い子供の声がして振り向くと、俺と同じ位かもう少し年上の少年三人組がこっちに向かって歩いてきた。

「アンヌ、どうしたんだ？」

「サラ、捜したぞ？　おやっ！　ミーニャ嬢、どうされた？」

「ミーニャ！　どうしたんだ。涙なんか流して」

「ドミニク様……申し訳ありませんわ。あの、この方が……」

「え？　っ!?　うわっ、なんだお前、いつの間にこんな所にいたんだ？」

「本当だ…誰だ、お前？」

「なんだお前、驚かせるな！　いつからそこにいた？」

えっ？　最初からずっといたんだけど。

「あの、ドミニク様。この方が私のー」

「なに！　この者がミーニャを泣かせたのか!?」

一斉に振り向く少年三人。ドミニクとやらの目には怒りがこもっている。

えっ？　おーい。もしもし？

「ち、違いますわ。この方が」

「貴様！……見た事のない顔だな！　私の許嫁《フィアンセ》に何をした！　許さん！」

「どこの家の者だ!?　私の許嫁《フィアンセ》にも何かしようとしたのではないか!?」

「初めて見る顔だ。辺境の下位貴族の者か？　許嫁《フィアンセ》を侮辱した卑劣な行為、許されんぞ！」

えぇー。

「あの、私はー」

「レオン！　捜したのよ!?」

面倒くさい場面に、麗しの母上、登場！　あっ父上もいる！　ママン、パパンたすけてー!!

「レオン。捜したぞ。悪かったな。先ほどネルヴィア夫人からレオンの話を聞かれてな。やっと見つけた。おや、もう早速友人ができたのかい？」

「あら、良かったわね。レオン。心配していたけど、お友達ができていたなんて。でも、ごめんなさいね。私達はそろそろ帰りましょう」

おぉ！　ナイス！

「父上、母上、ご心配をおかけしました。それでは、皆様。私は帰りますゆえ、失礼致します」

なにやらポカンとした顔の少年少女をよそに、俺は父上を半ば促してそそくさと馬車へと向かった。こうして俺の初めてのパーティーは終わった。

33　家族で外出

パーティーが終わり一夜が明けた。迷子に指輪拾いに喧嘩を売られるという、よく分からないパーティーだったが、まぁ結果うまくやれたと思う。

俺を起こしに来たメアリに連れられて、両親と朝食を食べた。食後のお茶を飲んでいる時に父上が言った。

「レオン、昨日は頑張ったな。パーティーに行く前は……少し心配していたが、流石だな。立派だったぞ」

「そうよ、私も少しだけだけど心配していたの。それなのに、本当によく出来ました。ネルヴィア伯爵夫人から、大層褒められたわ。礼儀の正しい、もう立派な紳士だって。私もお父様もとても嬉しいわ」

おお！　嬉しいな。ネルヴィアってきっとあの時ぶつかったおばさんだな。

「ありがとうございます。きっとハンナのお陰です。……でも、僕が迷子になっちゃったの、きっと怒られちゃうな」

嫌な事思い出しちゃったぜ。

「ハッハ。大丈夫だぞ、レオン。私達があのくらいの事を言うものか。安心しなさい。レオンは良くやったんだ」

「そうよ。確かにはぐれてしまった時は本当に心配したけれど、すぐにまた会えたのだもの。もしも怒られるとしたら、私達の方よ。大丈夫よ、レオン。私達三人の秘密にしましょうね」

父上も母上も悪戯っぽく笑いながら優しく言ってくれた。

「良かった。ありがとうございます。父上、母上。……ハンナは怒ると怖いからさ」

「ハハハ。そうだな。ところで、今日は午後に少しだけ街に行ってみよう。昨夜リリアと話して決めたのだが、どうかな？」

「昨日頑張ったレオンにご褒美をあげないとね。レオンはもう少ししたら、領地に帰ってしまうでしょう。私も滅多に街の方へは行かないから、楽しみだわ。どうかしら、レオン」

「えっ！　本当ですか？　嬉しい！　行きたいです」

両親と同行って事はあんまり自由には出来ないな。でも、家族でお出かけってのも悪くない。

お出かけの準備で、俺はまた母上の着せ替え人形となった。今日はダークグリーンの上着に紺色のズボンだ。シャツは相変わらずのヒラヒラだ。

午後の予定が、俺があまりにもワクワクしていたから少し早めの出発となった。昼食は、城下町でも貴族専用の高級な店で取るらしい。

俺レオン初めての外食だ。三人で馬車に乗って出発！

昨日はパーティーへの緊張であまり喋れなかったけど、馬車の中では両親と色々話した。

街の店とは到底思えない高級な店で高級な料理を食べた後、馬車で街を見て回った。店にもいくつか入った。父上と母上セレクトの店だからどれもが高級な店ばかりだった。

どこでも店に入ると、何だか豪華な小部屋に通されてフッカフカのソファに座って品物を見た。完全なるＶＩＰ待遇である。

チョコレートの専門店では、幾つものチョコレートを目の前に用意されて自由に食べさせてくれた。舌にのせるととろける様に旨かった。父上も母上も紅茶を優雅に飲みながらにこにこしていた。

あんまり旨かったので領地のみんなにお土産にしたいと言ったら、店にある全ての種類を何ダースも買ってくれた。後で屋敷に届けてくれるらしい。いや、そんなに食い切れないと思うんだけど。

宝石店では、母上のネックレスを選んだ。綺麗な緑色の石にダイヤがちりばめられている物にした。母上はとても喜んですぐに付けてくれた。

「ありがとう、レオン。あなたからの初めてのプレゼント。とても綺麗。お母様はとても嬉しいわ」

「良かったな、リリア。白い肌によく似合っている。レオンはセンスが良いな。私に似たのかな」

父上も母上も喜んでいるのはいいんだけどさ。父上よ、あんたの財布で買ったんじゃないのか。

この店では、ミラ先生とメアリと、あと不本意だが一応ハンナにもそれぞれ小さな石の付いたネックレスを買った。ハンナにも世話になってるし、ちょっとした賄賂の意味もある。

父上も母上も、「レオンは使用人想いの立派な紳士」だと褒めてくれたけど、だからあんたらの財布だっての。

あ、そうだ。

「ねぇ、これをネックレスにできないかな」

俺はそう言ってポケットにあった透明の魔石を取り出した。

「おや、お坊っちゃま。これは……！　見事な聖クルニヤ石ですな」

「おや、聖クルニヤ石とは。レオン、どうしたんだい？」

「え？　高価な石なのですか。ボン爺が御守りにとくれたんです」

「そうか、ボンがくれたのか。レオン、その石はとても珍しい石なんだよ。後で私からもボンに礼をするとしよう」

「素敵な贈り物ね。その石は不思議な癒しの力があるの。大切な人の無事を想ってプレゼントされる貴重な物よ。だからレオンも大切になさいね。私からもお礼をしないと」

そうか、そんなに凄い物だったんだ。ボン爺の気持ちに胸がジンとくる。

俺は、明後日には領地に帰るから、間に合うように最優先で加工して貰える事になった。

ボン爺に何かお礼をしたいと思ったのだが、なかなか見つからない。ボン爺は普段質素な暮らしをしているから、城下町とはいえお貴族エリアの高級店が立ち並ぶ店では何をあげたらよいか分からないし見つからない。悩んでいると、父上がボン爺やロイ爺は無類の酒好きだと教えてくれた。

よし、それにしよう！　父上に選んでもらい、ボン爺とロイ爺のために立派な陶器に入った酒をお土産に買って、俺たちは屋敷に帰った。

屋敷に着いて馬車に戻るともう日が沈むところだった。もうそんな時間なのか、あっという間だったな。思ってたよりもなかなか楽しかったぜ！

大満足で屋敷に入るといつも静まりかえっている屋敷がなんだかざわついている。

メアリとハンナが慌てた表情で俺たちのところに向かってきた。

「旦那様、奥様、レオン様！　大変でございます！」

34
影響

「大変でございます！」

なんだなんだ、どうしたってんだ。

「ハンナ、メアリー、落ち着きなさい。一体どうしたんだ？」

両親も驚いた顔をしている。父上の穏やかな声にハンナはハッと我に返り、落ち着くように静かに息を吐くと話し出した。

「旦那様、奥様、レオン様、取り乱しまして申し訳ありません。旦那様方が出かけられた直後から、レオン様宛の贈り物やお手紙が、それは山の様に届きました。一体、これはどうした事かと屋敷中の皆で驚いております」

「なんと！　それは一体どういう事かね？」

今度は俺達が驚く方だった。俺達は、届いた贈り物と手紙をまとめて置いてあるという居間に急いで移動した。

本当だ。無駄に広い居間に、大小様々な贈り物の箱、どデカイ花束、綺麗なリボンの付いたドラゴンのカッコイイ銅像、そして山の様な手紙の数々があった。綺麗に整頓されて置かれていたが、床が見えないほどだ。

「これは……一体……？」

父上ですら言葉を失っている。母上は立っているのもやっとな程の驚きぶりだ。

父上が母上を支えながら、俺達は唯一スペースの空いているソファーに座った。

温かいお茶が用意され、いったん小休止。ふぅ。

少し落ち着いたところで、執事が巻物の様にやたら長い紙を取り出し、贈り物の送り主を読み上げていった。送り主は、国王陛下、王妃殿下から始まり、昨日のパーティーの参加者達だった。

ネルヴィア伯爵夫人からのもあった。指輪を拾ってあげた少女からのお礼もあった。これまたバカでかいクマのヌイグルミだった。手紙もあって、少女の両親からのお礼の手紙と少女の直筆の手紙の2通だ。どうやらあの指輪は婚約者からのプレゼントだったらしい。指輪少女の友人AとBからも贈り物と手紙があった。俺、あなた達には本当に何もしていないんですけど。

俺にケンカを売ってきたやつらからの謝罪の贈り物と手紙もあった。これも両親と本人からの2通ずつ。

〝許嫁《フィアンセ》に暴力をふるっていると勘違いしてしまって申し訳ない〟

〝テルジア公爵家の御子息とは露知らず、息子が大変失礼をした〟

という内容が、ひたすら書かれているらしい分厚い手紙だった。

あとは……大体俺にというよりも、俺のバックについている両親への媚びも大きそうな感じだ。

そして、手紙には貴族令嬢の親からの手紙も数多くあった。その内容のどれもこれもが、〝娘が転びそうになっていたところを突然現れた俺が助けてくれた〟という謝礼と、〝娘が俺の事を忘れられなくなっている〟というものばかりだった。えっ、あれは女の子達からぶつかってきたのばっかじゃん。しかも俺は目の前にいたのに。

あっ……そうか！　『隠密』のスキルのせいか！

あっ……そう。なんだ。みんな気がつかなかったってワケね、俺の存在に。

あのケンカ売ってきたやつらも何で最初俺に気がつかなかったのか合点がいったぞ！　そうか、貴族令嬢はそそっかしいのが多いと呆れていたけれど、あれ俺が悪かったのか…

え、えっと、まさか………ぶつかった令嬢達がやたらと顔を赤くしていたのは、俺に惚れちゃったってこと!?　俺のイケメンに、令嬢達が〝頬を赤らめてた〟ってこと!?

うわ、どうしよう、俺。こんなこと初めてだ。

俺が、モテているだと!?

いやまて、勘違いするな。

〝俺を忘れられない〟って、俺に惚れたって意味じゃないかもしれないだろ！

いや……でもさ、文脈的に俺に好意がある方の〝忘れられない〟だと思うんだけど。

でも思い出せよ。お前は中学校の時に俺の前に座ってたクラス一可愛かった美園《みその》さんが前から俺にプリントを回してくれただけで、俺に惚れてる？　って勘違いしたじゃないか！

一年後に、サッカー部のイケメンとずっと付き合ってたの知ってへこんだだろ？　お前はまた、同じ思いをしたいのか？

ここは貴族の世界なんだ。お世辞と嫌みの世界なんだぞ！　あの贈り物の山はあの時の美園《みその》さんのプリントと同じだ！　いやだ、俺は傷つきたくない！

俺レオンはその心に巣食う前世山田との葛藤で激しく動揺していた。そして勝手に落ち込んだ。

そんな俺のぐったりした姿を両親は不思議がった。

「どうしたの？　レオン。顔色が悪いわ。疲れたのかしら？」

「いえ、突然のこの贈り物の数々に驚いてしまって眩暈がしたというか……」

「そうか、いや、レオン。凄いじゃないか。たった一日で、いや一日も経っていないな。何通かは、レオンに婚約者がいるのかまで探る内容だぞ？　レオンが我がテルジア家の息子だと広まるのが早すぎるという懸念はあるが……まったく、我々と離れたのは少しの間だというのに、隅におけないな、レオン」

「そうよ、私達が知らない間に、レオンはとても勇敢で優しい子に育ってくれたのね。お母さまはとても嬉しいわ。レオン、贈り物を貰ったらきちんとお返しをするのよ」

この両親の反応を見ている限りでは、俺は、モテていると解釈して良さそうだ。

そうだよ、俺、イケメンだし!?　公爵家の息子だし!?　モテる要素しかないじゃないか!?

多くの手紙には、茶会やパーティーの招待状まであった。

だけど、俺は明後日には領地に向けて出発するからなぁ。茶会とかって、合コンみたいな感じなのかな。俺、オタクだし苛められてたし、合コンなんて縁が無いと思ってたからなぁ。

どうすっかな。帰る日、延ばすかな。

俺の新しい出会いへの期待を余所に、両親はかなり厳しい表情で、これらの招待状は全て欠席にするようにと執事にてきぱきと指示を出していた。

「こういった誘いは、まだ早いな。狙いが分からん」

「そうね、目立たない様に行ったつもりだったけれど、レオンがもうこんなに知られてしまったなんて少し怖いわ」

はぁ。

別に俺にも許嫁《フィアンセ》とかいてもいいと思うんだけど、ダメっすか。せめて文通とか出来る女の子の友達、欲しかったなあ。

……げ、限界だ。もうそろそろマジで出会いが欲しい!　異世界転生の醍醐味を俺にくれ!?　こんな過保護にされてたら、ＦＬＡＧすら生まれないぜ？

もう、俺は、八歳なんだ。幼馴染的な出会いのギリギリなんだＹＯＯＯＯ!!

なぜだ。異世界転生すると自動的に可愛い子が次々と登場するんじゃないのか⁉　そして俺は『やれやれ』とか言いながら俺を取り合う美少女たちにもみくちゃにされるんじゃないのかよ⁉

激しく落ち込む俺を、「大丈夫かレオン⁉」「ごめんなさい、大丈夫？」と両親が尋常じゃなく心配してしまったので俺は今回は涙を飲んで我慢する事にした。でも、次ってあるのかな。

プレゼントの品々は、執事や他の使用人がこれから仕分けして品定めするらしい。怪しい物がないか、悪意ある魔法がかかっていないか調べるらしい。そんな事が出来る執事達の有能さにも驚きだが、両親の神経質さにもビックリだぜ。

これまでに、兄《アンドレ》と妹《アイリス》の事でよっぽどの事があったのかもしれない。

招待を全て断る徹底ぶりも凄いしな。ま、俺をここまでに過保護にする何かはあるんだろう。

一段落ついたところで、俺はお土産の事を思い出してプレゼント開封に立ち会っていたメアリとハンナに今日買ったネックレスを渡した。

メアリはすごく喜んでくれた。少し目に涙がにじんでいる。大げさだなぁ。

ハンナは、終始いつも通りの仏頂面だったが、なんだか震えている。

「レ、レオン様……これを私に？」

「そうだよ。ハンナ。いつもぼ…………私がちゃんとしてないから困らせてごめん。ごめんなさい。色々教えてくれ、下さったから、昨日もなんとかやれたよ、ました。どうもありがとう……ございます」

やべ、気を抜いてたからか、昨日みたいにスラスラ言えなかった。俺の『貴公子Ｌｖ３』どうなってんだよ！

……やばい、マジでくるぞ。ハンナの怒り……

ハンナのカミナリが落ちるのを覚悟してギュッと目を閉じて身構えたが、何もなかった。

へ……あれ？　そっと目を開けると、ハンナは泣いていた。

仏頂面のままだったけど、ハンナが、あのハンナが泣いていたのだ。ハンナは、声も出さず、体を大きくふるわせてずっと涙を流していた。俺たちも驚きで何も言えず、ハンナが落ち着くまでずっとハンナを見ていた。

しばらくして落ち着いたらしいハンナが言った。ハンナの独擅場だった。

「レオン様、わ、私は、レオン様にどんなに嫌われてでも立派な恥ずかしくない貴公子になって頂こうとずっと……厳しくしてまいりました。本当に、私の様な年寄りの口のうるさい使用人など、嫌われていると思っていました。本当に、本当に昨日は無事にパーティーを乗り越えられるかと心配しておりました。それが、今日になって、このような贈り物の数々……。レオン様は立派な貴公子であられたのですね。……どんなに普段の授業で上手に出来ても……初めて本当の社交場に出ると緊張して失敗してしまう子がとても多いのに、レオン様は多くの貴族から賞賛されるほどしっかりとなさっておられたと知って、ハンナは、嬉しゅうございます。それに、本日も本当にお久しぶりに会われた旦那様と奥方様とのお出かけでいらしたのに、私の事まで考えて下さったなんて……、ハンナは、嬉しくて……もういつ天に召されても構いません！」

そう言い切ると、ハンナはまた涙を流した。父上と母上が、ハンナの肩を抱き、メアリも側で泣いていた。母上まで涙を流している。えっうそ……父上も!?

うわぁ。そんなつもりじゃなかったのに。

その日から、ハンナまで俺に激甘になった。まぁ、俺にとっては、良かったのか……な?

35 閑話（アンドレ視点）

私は、アンドレ・テルジア。私の出生は複雑であったと聞いている。

テルジア公爵家の養子であると、言葉を覚え始めた幼少の頃から神殿の使いに聞かされていた。

テルジア公爵夫妻の本当の子供ではない、だが私はテルジア公爵家の下に生まれるはずの子供だったと。

最初の頃はあまり意味が分かっていなかった。両親は私をとても愛してくれていたのだ。小さな私が喜ぶと二人もとても喜び、私が悲しんでいるといつまでも私を抱きしめてくれたからだ。

神殿の使いは、両親の事をガルム様、リリア様と呼ぶように言ったが、両親ともに父上、母上と呼ぶようにと頑なに譲らなかった。

だから私は、今でも二人を父上、母上と呼ぶ事が出来るし二人を本当の両親だと思っている。神殿は、おそらく私に両親を両親と認識させない様にしたかったのだろう。スムーズに神殿に取り込むよう、里心をつかせたくなかったのだろう。

最初は、週に一度だけ両親と共に神殿へ出向くだけだった。そこで絵本を読んでもらったり、お菓子をもらったりと私にとっては両親と出かける事の出来る楽しい日、それだけの認識だった。

しかし私が一人で歩けるようになると、今度は私一人で神殿へ出向く事になった。私は両親と離れるのが嫌で、毎回泣いた。神殿では、まだお菓子が出て神殿の使いに絵本を読んでもらうだけだったが、両親がいないと氷の中にいるような静まり返った空間が不気味で恐ろしく感じたのだ。

神殿の使いには誰一人として名前がなかった。皆が、〝私はテレーズ様の使い〟と名乗った。

小さな私には、それも恐ろしさの一つだった。

もう少し大きくなると、神殿へ行く事を嫌がる私に、使いの者達が言った。私が嫌がると両親が悲しむと、私が泣いたりしなければ両親が安心すると。

両親をとても愛していた私は、それを聞いてから泣く事も行きたくないと我儘を言うのもやめた。気持ちを抑えるのは幼い私にはとても難しい事だったが、それでも私が我慢すれば両親が安心すると信じてやめた。

しばらくして、使いの者が絵本を読んでくれる事はなくなった。その代わり、神殿の奥へと連れていかれた。神殿の奥へ進むほど、より一層冷ややかで、シンとしており孤独を感じて恐ろしかった。

美しい紫色の水晶で作られた、テレーズ神の美しい像と、同じ水晶で作られた四角い台座だけの部屋に、私は通された。そして、その四角い台の上に寝るように言われた。

言われた通り、黙って台の上に横になると、しばし部屋中に光が舞った。そして、不思議とその台の上にいると気持ちが落ち着き、気分が良くなった。私はそのまま眠りについてしまった。

しばらくして、係の者が迎えに来た。使いの者に抱えられて、台から降ろされるまで全く意識がなかった。

台から降りると体がふらついた。なんだかひどくだるさを感じ、一人では歩けずに使いの者に抱えてもらった。

その後、食事とお菓子とお茶を出され、回復するまでしばらく休憩して屋敷に帰った。

徐々に、屋敷へと帰る事がなくなった。台座に横になり、気が付くと意識がなくなり、そして使いの者に運ばれて食事をする。そして、回復すると、今度は使いの者に語学と歴史を学ばされた。

使いの者の説明は堅苦しく、つまらなかったので全く興味を持てなかった。そんな時間があるなら両親の下に帰りたかった。だが、きちんと学んでいると両親が喜ぶと何度も何度も説明されると頑張らざるをえなかった。

次に両親に会った時に、沢山褒めてもらいたいという気持ちのみで勉学に励んだ。

台の上に登る事が恐ろしくなった。いつも、気を失うし、ものすごく体が怠くなるからだ。

私が、台の上に登る事を拒む様になると、使いの者はその時間を短くしてくれる様になった。その代わり、今度は私に魔法を教えるようになった。私の内にある『光の力』を自ら外に出すという方法を教えてもらったのだ。

すぐに出来る様になった。私は、私の手から温かな光が出て、そして空間を舞うのを見てとても幻想的で綺麗だと思った。

本当に稀だが外出もした。行先は王城や、城下町の神殿が多かったが、自分の屋敷以外の外の世界を見ることが出来る唯一の機会だった。

出先で『光の力』を披露することが、私の仕事だった。光を出すと、皆がとても嬉しそうに幸せそうな表情をした。それを見ることは私の救いでもあった。両親以外で、私の存在は無ではないと言って貰えている気がしたからだ。

どのくらいの時が経ったのだろうか。神殿には時間の分かるものが無いため、私は今日がいつなのかが分からなかった。

だが、ある日。母上が神殿に来た事を知った。使いの者に教えて貰ったわけではない、使いの者がそんなことを教えてくれるはずがない。なぜか、感じたんだ。母上が近くにいると。

この時ばかりは私は我儘を言った。一歩も譲らず、むりやり母上に会いに行った。

知らないはずなのに母上のいる部屋には迷わずたどり着いた。私は母上に会えた事が嬉しくて、母上にすがって泣いた。母上も驚き、そしてとても喜んでくれた。母上は、お腹に子供がいるらしかった。

『あなたに弟か妹ができるのよ』

と母上は私の髪を優しく撫でながら言った。

正直に言うと、私は恐怖した。私は本当の母上の子供ではない、そして母上は本当の子供を身籠っている事に。私はとうとう忘れられてしまうのか、とその日から毎日の様に泣いた。

それでも、毎日母上に会いに行ったたし、母上の前でだけは泣かなかった。

母上の出産の時、私もその場にいた。使いの者が、母上を『光の力』で癒す様に言った。頼まれなくたってやるさ。

そして無事に、弟と妹が生まれたんだ。双子だった事は、私にとっては余計恐ろしい事だった。本当に私はテルジア公爵家にとって部外者なのだと感じた。

だが、母上は産後で疲れているだろうに私に言った。

『アンドレ、あなたの弟妹よ。あなたの本当の弟妹。仲良くしてね』

と。

何度も、何度も言ってくれた。

母上は出産後、しばらくして屋敷に帰った。私も帰りたいと言ったが、許されることはなかった。

また、しばらくの間、昔の生活に戻った。台の上に寝かされる時間も増えてきた。

死にたい、と思った。

そんな時に、父上と母上が神殿に来た。まだ赤ん坊の妹《アイリス》を連れて。私は、父上と母上が来たことをまた感覚で知ると、嬉しくてすぐに二人の下へ向かった。

父上と母上は何だか疲れ切った表情をしていた。それでも私を見るととても嬉しそうな顔をしてくれた。私はすごくホッとしたのを覚えている。

『アンドレ、随分と大きくなって。会えて嬉しいよ。実はな、お前の妹にもお前と同じ『力』があるというのだ。だから、これからはお前とともに、神殿にお仕えする事になったのだよ』

私は驚いた、と同時に嬉しくなった。

もう一人じゃない、孤独じゃない、という事に。今から思えば最低なのだが、本当に寂しかったんだ。

もう一人の弟は体が弱く、領地へと療養させたと聞いた。まだ赤ん坊なのに一人で離れた地で暮らす事になるらしい。

私は弟を気の毒だと思った。妹《アイリス》もまた、気の毒だった。私が既に神殿にいる事で、まだ赤ん坊の頃から神殿に預けられることが多かったのだ。

私はなるべく妹《アイリス》に寄り添い、寂しい思いをさせない様にした。妹《アイリス》も私にはとても懐いてくれて、私には笑いかけてくれた。私にとっての癒しだった。

こう考えると、兄妹の中で私だけが幼少期を両親と共に過ごせたのではないかと思う。

だから、私は最も恵まれていたのだろう。しかし、同時に疑問を持つことが増えた。あの台座に寝かされる事はもちろん、小さな妹《アイリス》にもそれをさせようとしたからだ。

私は抗議した。この場所はおかしい。あなたたちはおかしい。私と妹《アイリス》を解放するように、と。

神の使いの者達は言った。この国を守り、支えているのはこの神殿に眠るテレーズ神である。私達の『力』は神が授けてくれたものである。私達にはその神から借りた『力』を使う義務があるのだと。

私達が、祈りを捧げないという事はこの国の者として認められない。そして、その両親であるテルジア公爵家もこの国の者として認められない。神殿は、両親を人質にしたのだ。私が逆らえるはずがない。

私は、せめて両親の、二人の本当の子供である妹《アイリス》を守ろうと思った。妹《アイリス》の分も私は台座に横になった。意識のない日々が多くなった。

私が側にいてやれない事で、妹《アイリス》の表情も乏しくなり無口になっていった。だが、私はやるしかなかった。常に体がだるく、頭もぼんやりすることが増えていった。

ある時、弟のレオンが初めて王都に来るという話を聞いた。両親の嘆願と、私のたっての願いで、神殿も屋敷に帰る事を許可した。

ほんの短い時間しか与えてくれなかったが、私は嬉しかった。本当に久しぶりの我が屋敷は、なにも変わっていなかった。使用人達が少し年をとったかな、というくらいだ。

両親と弟レオンの待つ部屋に入ると、両親とともに小さな少年がいた。レオンだ。弟は、私を見て不思議そうに『神様？』と聞いた。

私は吹き出しそうになった。こんな不平不満の多い神様などいるものか。

弟レオンは病弱だと聞いていたので、色白の弱々しい子供かと想像していたが肌も明るく、元気そうに見えた。

私は領地での話を聞いた。寂しい思いをして育ったのではないだろうかと心配していた。

弟は、寂しかったという言葉をひと言も出さなかった。なんて健気で親思いの良い子なのだろうと思った。

領地はとても自然の豊かな所らしい。私もそんなところに行って、家族みんなで過ごしたいと思った。

短い滞在だったし、初めて会ったのに、レオンは私に次はいつ会えるかと聞いてくれた。とても嬉しかった。私を家族と認めてくれたのかと。

だが、現実はとても厳しい。私は、いつかこのまま神殿で永久に意識をなくしてしまうのではないかと思っている。

私のいなくなった後、神殿に妹《アイリス》一人を残すことになるのが心配だ。このままでは本当に危険だ。家族全員が無事で私達が神殿から抜け出す事が出来る日は来るのだろうか。

そう考えながら、私はまたあの台座の上に登った。

36　城下町

翌朝は、両親が慌ただしかった。どうやら兄妹が神殿を出て、北にある山脈の祠に向かう事になったらしい。北の山脈は、正体不明の魔物が住みついており、付近の村は全滅。まだ王都でもこの情報を知る人は少ないらしい。国民の多くに不安を与えないよう、極秘裏に魔物を退治しようとしたが、討伐に向かった者で帰ってきた人間は一人としていないという。

業を煮やした国王率いる大貴族達と大神殿の長との間で対策を考えた結果、兄妹の『力』を使いその魔物を山ごと封印しようという作戦を決めた様だった。

父上は抗議していたが、多くの貴族達が強く望んだ為、決定してしまった様だった。今朝、屋敷に国王のサイン入りの書状が届いたらしい。二人の出立予定は一月後。

父上と母上は、行くだけ無駄なのを承知で神殿へ嘆願に行くという事だった。俺も行きたいと言ったが、〝絶対に駄目だ〟と言われた。

その代わり、ボン爺が付き添う事を条件に今日も城下町へ行っても良いというとってもスペシャルな許可をもらった。やったぜ！

俺は、朝食後、両親を見送ると、さっそくボン爺と一緒に城下町へと向かった。

「よう、坊ちゃん久しぶりだなぁ。ずいぶんと大人しくしていたと聞いたぞ？」

「ボン爺こそ、あんまり見かけなかったけどどこにいたんだよ。父上と母上に会えたのは嬉しいけど、王都はやっぱり窮屈だよね。用も終わったし、早く領地に帰りたいよ」

ボン爺は昨日の貴族エリアじゃない庶民エリアに連れて行ってくれた。貴族エリアと違って建物もみすぼらしいし、人の着る服も粗末なものだ。だけど、よっぽどこっちの方が活気がある。人が明るくて楽しそうだ。俺にとってめぼしい物といえば、まずはとにかく食い物だ。

今日は本当のお忍びだから、メアリに質素な服にしてもらった。ボン爺も旅人みたいな格好をしているし、あまり貴族っぽくないはずだ。

領地に戻らないと出来ないかと思った食べ歩きが、早くもここ王都で実現した。異世界の街ときたらまずはこれだ。名物の謎の肉の串焼き！　クッソ硬かった。味も大味。ま、香辛料で何とか食べれるレベル。ヘビの方が旨い。

ボン爺にそう言うと、「言うようになったな」とニヤリと笑った。

次は紫色のバナナみたいな形の果物を食べた。店の前に人だかりが出来ててみんな店先で食べていたからアレは旨いと確信したんだ。味は、すごく甘めのトマトって感じかな。ま、口の中がサッパリしたぜ。

色がしょっ中変わる氷のお菓子も食べた。街の広場の噴水と同じ要領で、食べても体に害のない、軽い魔法がかかってるんだと。添加物みたいな魔法だな。味は、甘い氷ってだけな見かけ倒しの商品だ。

後は、ボン爺おすすめの蒸し焼きにした魚、お好み焼きに似た味のスープ、細長い紐みたいなものをカラッと揚げたものを食べた。ボン爺が勧めてくれた物はどれも旨かった。

魚はハーブで包まれて蒸しただけのシンプルな物だ。身は柔らかいのに歯ごたえもあって素朴で旨い。スープも最初は色は澄んでるしのど越しはさらっとしてるのに濃いめのお好み焼き味というギャップに妙な違和感があったけど、慣れれば味も濃くて旨かった。素朴味の魚との相性が良い。細長い紐みたいなやつはカリカリしてて食べるとホックリ柔らかくほのかに甘い。一番旨かった。

全部食べた後に、ボン爺から紐の正体がデカミミズだと聞いてぶっ倒れそうになった。ボン爺は楽しそうに笑っていた。

買うつもりはなかったが、武器屋にも入った。ナイフ、剣、斧、弓、槍、投げ道具、爆竹、煙弾、小爆弾、手袋に鉤爪が付いているようなものや、鎖の付いた鉛の弾などが狭い店内に雑然と置かれていた。どれもこれもワクワクするな。

冷やかしのつもりだった癖に、俺は良い事を思い付いた。『鑑定』を使って見たら掘り出し物が見つかるかもしれない！

俺の『鑑定Ｌｖ４』は人に対してはさらに詳しい家族構成が見られる様になっていた。子供が何人いるとか、その程度だけどさ、微妙な人間関係も分かる様にはなったんだ。

下世話な機能である事には変わりないものの、昨日は人混みに酔ってほとんど『鑑定』を使えなかったけど、あのムカつくドゥルムの野郎の愛人関係は把握してやったぜ。

そういや、昨日『鑑定』使えば両親を見つけられたかもな。ま、今更か。

とにかくまだ相手のステータスも見れないし『鑑定』はそこまで使えないスキルだ。ところがどっこい。この『鑑定Ｌｖ４』は、コト物に関しては比較的真面目なのだ。家具や食器などの材質まで教えてくれる様になっている。

俺は意識を集中して品定めを始めた。お目当ては剣だ。ディアーヌへの土産をまだ買ってないからな。

『剣：鉛』『剣：銅』『剣：銀』『剣：ガン鉱石』『剣：ザダタ水晶』『剣：ブラックドラゴンの牙』

……剣だけでも色々あるな、鉱石や水晶やドラゴンの牙が材質になるとバカに値段の数字が跳ね上がっている。頭がクラクラしてきた。

うん？　なんだこれ。

『剣：トゥール古代石、バルザレッティ作』

かなり錆び付いて朽ちた感じの黒い刃の剣が片隅に飾られていた。これだけ材質と一緒に『バルザレッティ作』と製作者の名まで表示されている。

金額は、百十ナリュ金貨だ。昨日の母上のネックレスが二百五十ナリュ金貨、ミラ先生達へのネックレスが九十ナリュ金貨だった。

俺は一ナリュ金貨＝一万円と踏んでいる。さっきの食い物がだいたい二ナリュ銅貨〜十五ナリュ銅貨だったから……、この錆び付いたボロい剣が日本円換算で約百十万円。高いな。なんでこんな高いんだ？

俺は店主に声をかけた。ガタイの良いプロレスラーの様なヒゲおやじだ。

「あの、このボロボロの剣はなぜ百十ナリュ金貨もするのですか？」

「うん？　ああ、それなぁ。剣の柄に宝石が付いとるんだ。他に価値はないんだが、宝石だけ外そうとしてもどうやっても取れんから、そのまま売ってる。だが、宝石はまぁまぁ価値のある魔石だから、悪くはないぞ？　石だけ外せれば儲けモンだ。坊ちゃん、どうだい？　あんた、なかなかいいトコの坊ちゃんだろ？」

確かに柄の部分に赤い石が付いている。ディアーヌの髪の色みたいだ。だけど、外れないいんだろ？　じゃ意味ないいじゃないか。

子供ガキに不用品売りつけようとしてるんだろうが、俺は騙されないぞ。

しかし、ボン爺が俺に耳打ちした。

「坊ちゃん、コイツはとんでもない値打ちモンだ。買おう。刃の部分はわしが領地に帰ったら叩き直してやる。剣の嬢ちゃんへのいい土産になるぞ?」

「でも、高いよ? ボン爺お金あるの?」

「なに、金なんかガルムからたんまりとせしめてあるわ。掘り出しモンは迷わずに買え。鉄則だ」

ボン爺の言う事は信用できる。俺は、ボロい剣を買うことにした。

その他に俺は、忍者が使うクナイのような物を数十個、爆竹を数十個、煙弾を数十個買った。

クナイは材質がドラゴンの牙で一つ二十ナリュ金貨。二十万円と考えると高いが、同じ材質の剣が千ナリュ金貨もするんだ。金銭感覚がおかしくなっている気もするが、お得な感じがするだろ?

爆竹と煙弾は領地に帰ったら遊びに使うんだ。クナイと煙弾で忍者ごっこだ。爆弾も欲しかったけど、ボン爺に止められた。

「そんなもん、欲しけりゃもっといいモンをわしが作ってやる」

だそうだ。

クナイは、ロイ爺にも何個かあげよう。アサシンぽいし。

37　城下町2

武器屋の次は、薬草や魔法薬を扱う店に行きたいとボン爺にせがんだ。ボン爺は、そういう類の店はだいたい裏通りにあって、昼間でも物騒だからと行くのをしぶった。

かまうもんか。だってボン爺が一緒にいるんだぜ？　今行かなかったらいつ行くっていうんだよ。

嫌がるボン爺を急かして歩いていると、後ろから人がぶつかってきた。……なんか、パーティーの既視感《デジャブ》が……今度は大丈夫だ。もう分かってるんだ。さあ、来い！　俺の恋パートよ！

俺が渾身の貴公子スマイルで爽やかに振り返ると、やたら身なりの良い少年がいた。俺より少し背が高いから、年上だろうか。なんだ、男かよ。くそ。

俺は即座に表情をもどすと、軽く頭を下げ、目礼をして歩き出そうとした。

「お、おい！　貴様、無礼であるぞ！　この私にぶつかっておいて謝罪もないというのか!?」

なんだコイツ。

「……これは失礼を致しました。それでは、少し急ぎますゆえ」

半身ほど振り返り、軽く頭を下げて謝罪し、また歩きだそうとすると、

「きっ貴様！　無礼！　無礼である！　この私が誰か分からぬのか！　私は我がナリューシュ王国第八皇子、ヨハン皇子であるぞ!!」

は？

途端にその辺にいた人たちが、ざわめきだした。そしてどこに紛れていたのか、護衛と思われる人たちが出てきて、ソイツを回収しようとした。

あ、皇子ってのは本当なのか……。でも、コイツは絶対にバカ皇子だな。

「やめろやめろ！　離せっ！　離さぬと極刑である!!」

皇子が護衛とやいのやいの騒いでいる間、町人たちが小さな声で、

「また来たのか、あのボンクラ皇子」

「しっ、今はあまり言うな。聞こえたら面倒だぞ」

「いつもいつも騒がしいわねぇ」

とヒソヒソしていた。

あっそう、良く来てるんだ。そして、町人たちにもバレてるんだ。面倒くさい、行こう。ボン爺も同意見だったらしく、俺達はアイコンタクトで裏通りに移動した。

バカの声は良く響くな。


裏通り手前で、ボン爺は俺に上着を脱ぐように言った。言われた通り脱ぐと、ボン爺は俺から上着を受け取り、ボン爺が着ているマントの中に隠し持っていた袋に入れた。

その代わりに古くさいマントを出し、それを着ろと渡された。ところどころが破れていたり、汚れ具合が丁度良い。サイズまでピッタリ。子供用だ。ボン爺になぜ子供用のマントを持っているのか聞くと、弟の形見だとポツリと言った。後はボン爺が俺の髪をクシャクシャにして、冒険者風のレオンにしてくれた。

裏通りは昼間でも薄暗くてジメジメしている。ボン爺が心配していたのも確かに、という感じだ。

確かに、一人では歩きたくないな。

お目当ての薬草と魔法薬の店は、裏通りを半ば行ったところだった。みすぼらしい、汚い店構え

だ。看板も朽ちてきているし、窓ガラスは汚れすぎて中が見えない。扉の中から変な色の煙が漏れ出ている。

入ってみると、何だか饐《す》えたような、変な臭いがした。

店内なのに視界もぼやけるほど煙ったい。下手すりゃ火事にでもなるんじゃないか。

店には、色んな色の液体の入った古臭い瓶や、何かの目玉の入った瓶、何かの手が入った瓶、蛇が丸ごと入った瓶、虫を乾燥させたもの、草を乾燥させたもの、謎の模様の入った布などが店内の壁という壁にびっしりと置かれていた。ホコリも乗ってるし、クモの巣も張っている。

『鑑定』を使って見たが、なぜか何も表示されなかった。

この店、気持ち悪いな。汚いから触りたくないし、臭いし出よう。ボン爺を促して店を出ようとすると、店の奥からしわがれた老婆の声がした。

「ボン、その子は孫かい？」

「ま、そんなようなもんだ」

「そうかい……、ヒャッヒャッ。その子に上の棚の水色の瓶を持たせな。……それじゃない！　その隣の棚だ！　そうだ、それを十は持たせていけ。あとは、そうさね、ドリクの草を五十だ」

ボン爺は無言で面倒そうに言われた通りに品物を取っていく。ボン爺はこの声の主と知り合いなのかな。

「そんじゃ、七十ナリュ金貨だ」

えっ!?　この埃が付いた瓶と草が七十万だと!?　高すぎないか？

驚く俺をよそに、ボン爺は言われるがままに金を懐から出すと店の奥に向けてポイッと投げた。投げられた金貨はすぐさま空中でかき消えた。

「ヒッヒ。まいど。坊や、二年後にまた王都に来る時まで大事にしとくんだよ。そんで忘れずに持ってくるんだ、いいね?」

老婆の声がそう言うと、ボン爺は無言で俺の腕を引っ張り店を出た。

店を出てすぐに振り返ると、さっきまであった店は姿を消し、ただの民家になっていた。『鑑定』をしても、『○○の家』とただの民家であると表示されただけだった。

ボン爺にどういう事か聞こうと見上げると、ボン爺の肩が小刻みに震えていた。色黒の顔が不健康に青黒い。ボン爺は焦点の定まらない表情で呆然と立ち尽くし、額から大量の汗を流していた。

しばらくすると、ボン爺は突然俺の腕を引っ張って無言で歩き出した。そして、三軒先の向かいにあった古びた店の扉を開けて入った。古汚い小さな居酒屋だった。

店内は薄暗く、人はまばらだが、酒を飲み眠っている小汚い男が数名いるだけだった。ボン爺は、周りに人のいない奥の席に向かうと俺を座らせてボン爺も座った。

「ワルカンのショットを三つとオレリアの果実水だ」

ボン爺はぞんざいに店員に注文し、すぐに運ばれてきた酒を一気にあおった。腹の底から息を吐くと、その後すぐに別の酒を注文して飲み始めた。ボン爺の突然の変わり様に驚いて黙って見ていると、ボン爺が低い小さな声で言った。

「坊ちゃんよ、今からわしが話す間、どんなに疑問が起きても何も口をはさむな。いいな?」

何も言えず、俺は頭を前後に振って肯定を伝えると、ボン爺は酒を一口飲んでから話し始めた。

先ほどの魔法薬の店はボン爺にとって古い馴染みで、どこの街だろうが神出鬼没で現れ消える。

店主の老婆の声以外知らず姿を見たことはないが、ボン爺が若い頃から老婆の声だったからおそらくかなり古くからの時代の魔女なのだろう。

そして、気まぐれに客の将来の予言をする事がある。その予言は良くも悪くも必ず当たる。

今回、魔女が俺の為に指定した物と二年後に王都に来るという話はかなり悪い予言になる。

魔法薬は、瀕死の状態の人間に使用する。魔女の指定した数は十。必要量は大体大人で五つ程になる。

ドリクの草は、心神喪失の状態になった人間に煎じて飲ませる薬草だ。魔女の指定した数は五十。数カ月分に当たる量だ。

そして二年後に俺が王都に来る時に必要だという言葉。これらを総合すると、三つの事が分かる。

・二年後に王都にいる誰か……おそらく両親か兄妹のうち二人が死ぬ可能性が高い。
・そして何人かが廃人状態に陥るという事。
・その時まで俺は、おそらくあの店にも魔女にも会えないという事。

二年後に事件が起きるのか誰かが病気になるのかまでは分からないが、絶対に誰かが死ぬか、死に近い状態に陥る。それを回避できるかどうかは二年後の俺の手腕によるものだ。

鳥肌が立った。なんでだよ。さっきまでずっと平和だったじゃないか。なんでいきなり暗い話になるんだよ。…………嫌だ。

俺、色々考えて今世は、『明るくだらだら田舎貴族ライフと時々冒険者ライフ』を満喫する計画《プラン》だったんだぞ。

ジュースの入ったコップを握りしめ、下を向いて黙り込む俺にボン爺は言った。

「とりあえず、領地に帰ったら本格的にお前を鍛える」

38　城下町3

ボン爺も俺もずっと黙り込んでいた。

店が薄暗くて良かった。青天の霹靂《へきれき》とでもいうのか、突然降りかかった俺の家族の暗い未来を知ってしまい苦しくて泣きそうになっていた。

さっきまで能天気に城下町を探索していたのがずっと昔の事のように懐かしく思えるほどだった。

……店の外が騒がしい。さっきまでの裏道は、街の表側と違って暗くてジメジメしてそして静かだったのに。

バタバタと人が走り回る足音と「待て！」だの「捕まえろ！」だの物騒な声が聞こえる。ボン爺も気付いているようだ。

「ねぇ！　ボン爺、外に出てみようよ！」

「バカ野郎。ああいう騒ぎはやり過ごすに限る。どうせ面倒事だ」

「いやだよ！　誰かが死んだりしたらどうするの!?　ボン爺は強いじゃないか！　もし誰かを見殺しにしたら、すごく後悔するよ！」

……先に言っておこう。俺はこんなセリフを吐くような真っ当な人間ではない。ましてや物騒な物事に首をつっこむなんて考えられない。

前世は運悪く不良達《ヤンキーども》の餌食になったが、殴られない様に必死にパシリストを目指していたんだ。こんな薄暗い裏道から聞こえる明らかにヤバそうな物音と声だ。絶対碌な事がない。ボン爺の言う通り、ここで素知らぬ振りをしてやり過ごすのが賢明だというのは頭でははっきり分かっている。

それなのに、俺の中に眠る謎の正義感がそうさせたのか、その時は、自分でもなぜこんな事を言ったのか意味が分からなかった。そうだな……あれは、本能だったと言った方が近い。

その時の俺は、どうしても外に出なくてはいけないという確信に近い何かに突き動かされたのだ。

俺はボン爺が持っていた酒の入ったコップを奪い取ると腕を引っ張り背中を押し、面倒臭そうに顔を顰めるボン爺を促して店を出た。

外はなんともカオスな光景だった。狭い路地を五人位の俺より小さい子供が逃げ回り、それを汚いおっさんが二人で追いかけていたのだ。なんだ？　食い逃げか？

子供達はまだ小さく、すぐにおっさんに捕まっていく。

「まったく、油断も隙もねぇ。ガキだと思って油断したな」

「まぁ、すぐ捕まって良かったぜ。おい数は足りているか？」

「うん？　おいっ。一人足りねぇ！　しかもモルグ族のガキがいねぇ！」

「バカ野郎！　大切な商品だぞ！　モルグ族はあの中じゃ一等高いんだ」

おっと……こいつは物騒な話だ。

多分、このおっさん達って奴隷を売買するタイプの人種なんじゃないか？

…………

突然ですまない。実は、いま現在の話なのだが……俺の後ろのボン爺のマントの中に一人の子供を匿っている。俺達が店から出ようと扉を開けた時に、子供が一人飛び込んで来たのだ。

そして、ボン爺にぶつかったところを即座にボン爺が長いマントの中に隠してしまったのだ。

正直、食い逃げくらいだったら何かの縁だし俺は金持ちだし代わりに払ってやろうかなくらいの事を考えていた。でもこのおっさん達『商品』とかいってたよな……この逃げ回っていた子供達、奴隷だったのか。奴隷なんて初めて見る。本当にいたんだ。俺より少し年下の子供ばかりだったぞ。

今まで領地で箱入り暮らしだったから知らなかったけど、この世界は魔物だけじゃなくて、人間も危険なんだ。だったら尚更、いま隠している子供を出すわけにいかないな。

おっさん二人は、次々と捕まえた子供達を手際よく縄で縛った後、まだ諦める気持ちは無いらしく裏道を隅々まで捜したが見つけることは出来なかったようだ。

そりゃ、ここにいるんだから、見つかるはずないんだけど。

おっさん達はその場に居合わせた俺達にも疑いをかけてきた。

当然っちゃ当然かもしれないが、旅人風の老人と子供の二人連れの様相は完全に甘く見られたようで、虫けらを見る様な見下した目で俺達にナイフを向けるとドスの利いた声で詰問してきた。

だが、ボン爺は素知らぬ顔で「見ていない」と言った。即座におっさん達はボン爺の首にナイフを突きつけて「マントの中を見せろ」と強要し、無理やりマントを開けてきた。

……あれ？　いなくね!?

正直さ、もうこうなったら乱闘は必至かなとまで思ったよ。それなのにさ……一体どんな手品を使ったのか、ボン爺のマントの中にいたはずの子供はいなかったんだ。

おっさん達は舌打ちをすると、俺達がいた店の中をドタドタと捜し回ったあげく「もしかしたら大通りに逃げたかもしれない」とかぶつくさ言いながら去っていった。

しばらくして、ボン爺は何事も無かった様にしれっと歩き出した。

「ボン爺！　待ってよ。今のさ……」

「無駄口を叩くな。ちょっと付いてこい」

そう言ってさっさと歩いて行ってしまった。俺は呆然としながらも小走りで付いていった。

ボン爺は表通りと裏通りの境にある古くさい宿屋に入って行った。そして部屋を取り、中に入った。俺も続いて中に入った。

部屋の鍵を閉めると、ボン爺はマントの中に持っていた袋の中からさっき匿った子供を取り出した。ええっ!?

「ボン爺、その袋……」

「うん？　こりゃ魔法道具《マジツクアイテム》の一種だ。便利だぞ？　貴重なもんだから、わしが死ぬまではお前にはやらん」

「ま、魔法道具《マジツクアイテム》だって!?　ひ、人もはいるの!?」

「おい、今はその話じゃないだろ。とりあえず、成り行きで一人助けてしまったがどうするかの」

袋から取り出された子供は、汚い布を頭からかぶっていた。しかも、どうやら漏らしたらしい。子供が袋から出たとたんに部屋になんともなアンモニア臭が立ち込めた。

「ありゃ、やっちまったか。坊ちゃんちょっと待っとれ。そこの風呂場でこの子を流してくる」

そう言って、ボン爺が子供の被っていた布をはがした途端、出てきた。アレが。出たんだよ。アレが！　マジで!?

俺は驚愕で言葉を失った。子供は、五歳くらいの女児だった。栄養が足りていないのか、ガリガリだ。それに、腕や足には縄の跡もあって痛々しかった。

だけど、それじゃなくて、そうじゃなくて、あったんだよ。

女の子の頭に白くてフワフワな『ウ　サ　ミ　ミ』が　!?

俺は目を開けたまま、軽く意識を失っていたらしい。ボン爺が扉を開けっぱなしの風呂場で、ウサミミ娘の頭から水をぶっかけているのをじっと見ていた。水をかぶる度に頭に生えた耳がピョコピョコ動いた。

ＨＯＮＭＯＮＯだ!!

部屋にはまだ、アンモニア臭が残っていた。俺は思い切り深呼吸して部屋の空気を吸い込んだ。

ボン爺は洗い終わると袋から布をだして、裸でずぶ濡れのウサミミ娘に投げた。

急いで布をかぶるウサミミ娘。俺は、ただ黙って終始ガン見していただけだった。

ボン爺は、平坦で穏やかな口調でウサミミ娘に話しかけた。

「おい、大丈夫か？　お前さん大変だったなぁ」

ウサミミ娘は小刻みに耳をふるふるしながら小さな声で「たすけてくれてありがとう」と言った。

その後、ボン爺に優しく促されて、ぽつりぽつりと話し出した。住んでいた村に突然悪い奴らが来て捕まった。いつもは縄で手足を縛られているが、明日商品として売り出される子供だけ縄の跡を付けない様にゆるく縛られていた。だから脱走のチャンスだと思い、みんなで縄をはずして逃げたけど、結局このうさぎっ子以外は捕まってしまったのだという。

「おねがいですっ！　ほかのみんなもたすけてくださいっ！」

小さなウサミミ娘が上目づかいの涙目でボン爺と俺に懇願した。そんなの、当然じゃないか!?

「もちろんー」

「いや、それは残念ながら無理だ」

「「なんで!?」」

俺とウサミミの声がかぶった。

ボン爺によると、先ほどの路地裏での騒ぎがあったから、あの奴隷商人たちはおそらくもうこの街を出てしまっているだろう。それに奴隷商人というのはこの世界ではかなり多いらしく、今から

だと特定が難しいということらしい。

「そんなぁ……」

ウサミミがペタンとしょげた。大きな目にみるみる涙がたまっていき、真っ白な頬をつたってボロボロとこぼれ落ちていく。

胸が苦しい。この子は怖い思いをしていたはずなのに泣いてなかった。一人助かっても喜びもせず曇った表情のままだった。それなのに他の子供達を助けられないと知った途端に泣き出してしまったのだ。……なんて優しい良い子なんだ。

「まぁ、でもあんただけでも助かって良かったじゃないか。さて、これからどうしたもんk」

「ボン爺！　この子を領地に連れて帰ろう!!」

後のボン爺の話によると、この時、俺の目はとても真っ直ぐで純粋に澄んだ綺麗な瞳をしていたらしい。

39　メイ

ウサミミの女の子の名前はメイといった。

鑑定の結果。

『メイ』（4）
職業：奴隷

四歳か、こんなに小さいのに職業：奴隷か。

家族構成が出ないから孤児なのだろうか。切ないな。俺が領地でたくさん遊んであげるからな！

メイは真っ白でふわふわなうさぎの耳が頭から生えている女の子だ。ウサギの獣人だ。この世界に生まれて、いつか会いたいと夢見ていた獣人ケモナーだ。まさかこんな早く会えるなんて！

瞳の色は赤とピンクの中間色で宝石の様にキラキラしている。顔の面積に対してかなり目が大きく鼻と口は小さい。アイドル顔の黄金比を見事に兼ね備えている。

そしてついつい守ってあげたくなる、そんな雰囲気もバッチリ備えている。合格だ！

メイの髪の色は耳の毛と同じで白く、肩下まである髪は柔らかくふわふわと風に揺れている。肌の色も白いが、まだ子供で体温が高いせいかピンクがかっている。背中やお腹のところどころに、綿毛のように白いもふ毛が生えていた。

現在、ボン爺は俺とメイを置いて、メイの服を調達に行っている。

メイを領地に連れて行くにしても、やはり一度両親の許可を貰わなくてはいけないとボン爺が譲らなかったのだ。過保護の父上と母上の下に突然メイを連れて行って反対されたくない。

この宿屋に一晩匿って、明日回収しようという案は華麗にスルーされた挙句、「戻るまでここで

待っていないとお前をハンナの下に預ける」とまで言われて黙った。

メイはずっとボロ布を纏ってベッドの上にうずくまっている。俺の両親の前でさすがにボロ布はマズイよな。俺は元アイドルヲタとして、メイの服は俺が決めたかった。ボン爺のセンスは分からないがどうせ野暮ったい服を買ってくるに決まってる。

違う。

そうじゃない。

俺の一押しのアイドルの私服は、一つ一つは可愛いのに、なぜかコーディネートにそれを全て取り込んじゃった♡というところに意味がある。

頑張ってお洒落しているはずなのに、トータルではちょいダサになってしまう所が大事なんだ！

俺なら出来る。俺なら、それを再現出来るのに。

ボン爺は、奴らはもう街の外に出たと言ったくせに、外の様子が分からないからという理由でメイをここに置いていくと主張した。そして俺はメイを一人にしないようにする為、お留守番になっている。

だが、メイと二人きりになってみるとそれも悪くないとやっと気がついた。

というわけで、俺は現在、風魔法でメイの髪を乾かしている。柔らかい髪が風にフワフワと舞って触りたくなる。

メイは最初、俺がメイの全裸をガン見していた件で多少の警戒をしていたが、俺もメイとそう年も変わらない子供だし、俺がただ驚いていただけという良解釈をしてくれたようだ。

それにずぶ濡れだったのがよほど気持ち悪かったのか、魔法の風を出して乾かし始めると、意図が伝わった様で静かに風にあたり今は無防備にも俺に背を向けて完全に身を委ねている。ちゃんと魔法が発動するか心配したが、問題なく出来た。領地の屋敷を出てからというもの、失敗知らずだ。俺ってやつは、やっぱ天才なのかもしれないな。

俺は貴公子スマイルを意識してメイに話しかけた。

「そういえば、モグル族って、みんなメイみたいなの？　ケモナ……じゃなくて、メイみたいな子は初めてみたよ」

「うん。もっとみなみの小さなしまにすんでいたの。そこにはたくさんいるよ。だってただのニンゲンのほうがすくないもの」

南の島って、もしかして……。

「それって、ビュイック諸島のこと？」

「えっ？　うん。しってるの？　えっと」

「あ、俺はレオン。レオンでもレオでも、にーにでもいいよ？　好きに呼んでくれ」

「レオンっていうの？　にーに？　って？」

「それは、お兄さんって意味だよ。……メイより俺のほうが年上だしね」

「ふーん。じゃ、にーに！　にーには、メイのしま、しってるの？」

「言葉も知ってるよ。習ったんだ　ベニャリガン（こんにちは）、メイ！」

「わあぁっ！　ベニャリガン、にーに！」

人と人を繋ぐのは言葉だな。俺とメイは仲良しになった。メイの故郷の言葉、『ダグロク語』を通して。ミラ先生に、感謝。


ボン爺が帰ってきた。

ボン爺が買って来たメイの服は、簡素な青色のワンピースとフードのついた上着だ。

あーあ……せめて髪か目の色に合わせて白か赤のワンピースにすれば良かったのに。

俺とボン爺に早くも心を許したメイは、被っていた布を自らバッとはがして堂々と着替えた。嬉しいけど、ちょっと気を許し過ぎな気もする。にーには心配だ。

暑いかもしれんが、とボン爺はメイに上着も着せてフードを被せた。

今日はこれ以上ぶらつくと何があるか分からないから、まだ日も高いけど屋敷に帰る事にした。


屋敷では、既に両親は屋敷に帰って来ていた。ずいぶんと疲れ切った顔をしている。

疲れている両親には悪いけど、メイのことも隠していても仕方ない。

俺はメイと手を繋ぎボン爺を引き連れて、両親の近くへ行った。

「ただいま帰りました。父上、母上」

「おお、思ったより早かったな。楽しかったか？……その子は？」

「レオン、お帰りなさい、あら……？」

「父上、母上、この子はメイです！　街で奴隷商に捕まっていたところを助けました。身寄りがない様なので、僕と共に領地へ連れていこうと思います！」

俺は真っ直ぐに両親の目を見て言った。

「なんとも、急な話だな。……すまないが、ボン。詳しく聞かせてくれないか？」

ボン爺は簡潔に、街であった事の説明をしてくれた。

「そうか、この国にも、奴隷商が増えたな。レオンも無事で良かった。ところで、その奴隷商はどうした？」

「なーに、ちっとばかし罠も仕掛けておいたし衛兵にも伝えてある。今ごろは全員捕まってるだろう、あとはお前さんとこの部下にでも何とかしてもらうさ」

「えっ!?」

俺達、メイ以外は全員見逃したんじゃなかったの？

俺が驚いてボン爺を見上げると、ボン爺がニヤリと笑った。

「あの現場を見て、このわしが見逃すと思うか？　子供達は全員無事に決まってるだろうが」

ドヤ顔だ。

「坊ちゃんがいると面倒だったからな、悪者退治はお前さんにはまだ早い」

そう言って笑った。メイは意味が分からないらしくぽかんとしている。

「メイ！　つかまった子供みんな無事なんだって！　良かったな！」

俺がメイに教えてあげると、「ほんと？　うれしいっ」と言ってにっこり笑った。初めて見せるメイの笑顔だ。なんて邪気のない可愛らしさなんだ。

「おや、もうそんなに仲良しになったのかい。だがレオン。急な事でおどろいてしまってな……すまないが領地に連れていくというのは、少し考えさせてくれないか？」

「レオン、あなたは小さいからまだ分からないと思うけど……奴隷というのは、あまり良くない制度なのよ？」

は？　なに言ってるんだこの人達？

「メイは奴隷じゃありませんっ！　僕の友達（嫁候補）です！　困っている友達（嫁候補）を助けるのは悪い事じゃありません！　友達（嫁候補）だから、ずっと一緒にいるんだ!!」

俺は側にいたメイをしっかりと抱きしめた。メイの体は熱く、柔らかかった。

「おお……すまない。レオン。私はお前の事を勘違いしていたようだ。そうだな、後でもう少しボンから話を聞くとしよう」

「レオン、ごめんなさい。そうよ。あなたにはずっとお友達もいなかったものね……」

この後の話し合いで、領地レオンチームのボン、メアリ、ハンナが俺に味方してくれた。

なぜかハンナが他の誰よりも熱心に説得してくれたおかげで明日の出発にメイも一緒に行ける事になったんだ。

40　領地へ

昨夜はメイと一緒に寝た。俺の部屋のでっかいベッドの真ん中でくっついて。

メイはベッドに入るまで、今日起きたあれこれや屋敷の豪華さにすっかり興奮していたものの、ふかふかの柔らかい布団に包《くる》まれた途端に寝息を立てはじめぐっすりと眠ってしまった。

メイの体は温かくて柔らかくて耳はモフモフでまるでぬいぐるみのようだ。

そして寝顔からも分かる顔面潜在能力の高さ。幼女の今ですらこんなに可愛いんだ。

これは将来が楽しみで仕方ない。

メイは俺の身体に腕を巻きつけて抱きつくように眠っていた。体温が高くてあったかい。そして柔らかい。メイは懐っこくて可愛いな。我慢できなくてついそっとメイの耳や髪を撫でるとくすぐったそうにもぞもぞ動いて寝返りを打った。

……もし妹《アイリス》と一緒に育ったら、妹《アイリス》とも仲良くなれたのかな。

今日は、王都を出発する日だ。両親と朝食を食べるのも今日が最後だ。別れの朝はいつもと違い、重苦しい空気。俺との別れを悲しむ母上を見ていると辛い。少しでも離れるのを惜しむかのように母上が俺の髪や頬を撫でている。

父上から昨日の話を聞くと、やはり両親の願いは空しく兄《アンドレ》と妹《アイリス》の決定は覆せなかったらしい。

……でもさ、家族がやばいのは二年後だろ？　二人の出発は一カ月後だから、今回は無事だと思うんだけど。

今回、ハンナは王都に残る事となった。

「一緒に付いて行きたい気持ちはございますが、レオン様なら、もう大丈夫でしょう。メアリーもいますし。この状況ですから、今は旦那様と奥様にお仕えしなくてはなりません。また、お会い出来る日を楽しみに……心待ちにしております」

うん、……二年後にきっと会うよ。

それにしても、これから一体何が起きるってんだ。メイとの運命的な出会いに浮かれてたけど、二年のカウントダウンはもう始まってるんだよなぁ。父上も妙に思い詰めた顔してるし。

領地に早く戻りたい気持ちとこの場に残りたい気持ちに激しく揺さぶられた。

それでも、両親は俺《レオン》を領地に保護していたいらしい。

馬車に既に乗り込んでいるメアリ達をしばらく待たせる事になってしまったが、俺達家族は長いこと熱い抱擁をして別れた。

二年後までは元気でいて欲しい。あの予言が外れて、二年後も元気でいて欲しい。

帰りの馬車は三台態勢だ。俺とメイ、メアリ、領地の皆へのお土産用の三台だ。

ボン爺は行きと変わらず、馬に単独で乗って俺の馬車を警護している。メイはおとなしくちょこんと俺の隣に座っていたが、すぐに俺の膝にコロンと頭を乗せると、ごろごろと甘えだした。

うーん。ただただ可愛い。すごく癒される。ありがとうメイ。

両親との別れや暗い予言につい感傷的になっていたけど、メイの無邪気さに救われる。

「ねぇ！　にーに、りょうちはどんなところ？」

「メイもひろいおにわであそんでぃい？」

「にーにきいて！　さっきね、メイはメアリのおてつだいをするやくそくしたんだよ！」

メイは、馬車の中ですっかりはしゃいでいた。小さな体で狭い馬車の中を転がるように喜びを表現しているのがとても可愛かった。

ボン爺との最初の約束では、帰りも街の中は出歩かないという事だったがメイの服を買う必要があった。

ボン爺は「俺が買ってくる」といったが、とんでもない！　まだ日の高い夕方に最初の宿泊予定の街に着くと、俺達は店に駆け込んだ。なぜかメアリも参戦した。

どうやら俺が両親と食事をし別れを惜しんでいる間に、面倒を見ていたメアリまでもがメイの虜になっていたようだ。

ボン爺がメイと手を繋いで店の端っこで待っている間、俺とメアリは真剣にメイの服を選んだ。

俺が選んだ服はことごとく却下されていき、メアリによる無難な可愛い服が選ばれていった。

「なぜそんなにひらひらした物ばかり選ぶのです？　一つ一つは良いとしても、合わせたらおかしくなりますわ」

「それがいいんだよ！　これも、いいな」

「そんなに淡い赤色の服ばかり、こんなリボンだらけの服、町の女の子でも着ませんよ」

「メイなら似合う。メイは出来る子だから」

「レオン様は……もう少しセンスを磨かれないといけませんね」

違うのに。メアリも分かってないな。……今なら、母上の気持ちが少し分かる。

宿屋に着いてすぐに俺とメアリは、メイのファッションショーを開催しようとした。だが、メイは「ぃやっ！」といって下着姿で逃げ回った。

どうやら、メイの種族、モルグ族は普段からだいたい裸に近い格好で生活をしているらしい。

つまり、そもそも服を着る事が嫌いなのだ。

……俺に気を許して、あられもない姿を見せていたわけではなかったのだ。

くそっ！　早くビュイック諸島に行ってみたいぜ！

ついでにいうと、メイはお風呂も嫌いだった。俺はメイと一緒にお風呂に入ろうと何度も試みたが、メイは逃げるし、俺のしつこく誘う姿を見てメアリからは冷ややかな目で見られるしで諦めざるをえなかった。


そんなこんなで、帰路も何の問題もなく領地へ着いた。屋敷のみんなが、嬉しそうに出迎えてくれた。ディアーヌだけは、かなり冷たい対応だった。

ほんの数分前まで一人修行をしていたようで、ディアーヌは汗だくだった。

「レオ、あなた。私の言った事を守っていなかったようね！」

むしろ怒っていた。えっ？　なんでばれたんだろう……

「さっさと着替えてらっしゃい。走り込みよ！　全くもう、一からやり直しじゃない！」

見送りに来ていたみんなが、笑顔のまま静かに屋敷に戻っていった。

ボン爺もしれっと踵を返すと自分の小屋に帰って行った。誰も、助けてくれなかった。

俺は、長旅からの久しぶりの帰郷だというのに、走った。

自分《ディアーヌ》から言ったくせに着替える時間など与えてはもらえなかった。

その場で着ていた服を脱いで、下着姿で走った。師匠《ディアーヌ》の許可が下りる事はなくずっと走らされた。

ディアーヌからは「遅い！」「手を抜くな！」と厳しい声が続いた。

なぜか、メイも一緒に走った。

メイはとても楽しそうに、走る俺の周りをぴょんぴょん飛び跳ねて踊るように満面の笑みで走っていた。『身体強化Ｌｖ３』の俺が息が切れてきてもメイは終始元気いっぱいだった。そのうち、メイについていくのがやっとになった。

「あら、あなた、モルグ族の子ね、レオよりあなたの方が鍛えがいがありそうだわ！」

俺は年下のメイに負けた。

「レオ、少しは分かった？　少しでもサボると体はすぐに鈍《なま》るのよ。凡人は特にね！　明日からはしばらくの間、走り込みと柔軟に戻すわ」

ぐぬぬ……しかし何も言い返せない。数日修行をしていないだけで体力は確かに落ちていたんだ。

ディアーヌにボロクソに言われてもなおへばっているだけの俺とは反対に、メイはまだまだ遊び足りなそうに倒れて息を整えている俺を、耳をぴょこぴょこさせながらしゃがみ込んで見つめていた。

しばらくして迎えに来たボン爺に手を引かれてメイは小屋へ行ってしまった。この領地では、ボン爺がメイの面倒をみるらしい。ボン爺は、倒れている俺に「明日から厳しくやるぞ」と冷たく言うとメイを連れて去っていったのだ。

くっそー。メイは俺の自室《へや》じゃないのかよ！

何とか起き上がって屋敷に入ると、使用人のみんなが今度こそ出迎えてくれた。離れたところで涼しげに微笑んでいるロイ爺以外のみんなが汗だくで汚い俺をなんのそのと思い切り抱きしめてくれた。

その日は、俺の好物ばかりの御馳走が用意されていた。

41　第三の師匠

その日の夜遅く、寝たフリをしていた俺はベッドから起き出してロイ爺を捜しに廊下に出た。

ロイ爺の凄い能力の一つは、ロイ爺に会いたいと思って捜していると必ず現れるところだ。

会いたくない時も現れるけどさ。主に背後から。

だから今はなんとなく分かる。三年前、蛇に襲われたあの日、ロイ爺はわざと俺を見逃したんだ。

多分、一度、俺に怖い思いをさせようとしたんじゃないかと思っている。

良く考えればロイ爺はボン爺と仲良しだもんな。

「おや、レオン様。私に何か用ですかな」

ほら来た。

「やあ、ロイ！　ロイに買ったお土産を渡したかったんだ」

「それはそれは。このロイは嬉しいですぞ。さて、お土産とは何ですかな？」

「……あのさ、みんなには秘密なんだよ。だからここじゃちょっと」

「ホッホッ。秘密とは、何とも芳しい響きですな。どれ、レオン様のお部屋にでも行きましょうか」

「うん、そうだね……待って！　そうだ、ロイの部屋がいいな！　ロイの部屋ってどこにあるの？」

「ほう？　良いですぞ。私の部屋もここから近いですからな」

俺氏、長年の謎の一つが解ける！

ロイ爺はすたすたと廊下を数歩行くとただの壁の前で振り返り、にこりと微笑み指を口に当てた。

「レオン様、秘密ですぞ？」

そう言うと、ただの壁の前に扉が現れた。な、なんだ？

「ホッホ。驚きましたかな？　簡単なまやかしです」

ロイ爺の部屋はとても簡素なものだった。ベッドとソファー、小さなテーブルに机、本と酒の瓶が置かれた棚。無駄な物は一切ない。それなのに、どこにあったか、俺がソファーに座るとすぐに目の前にはティーセットが登場し、気付けば俺の前に温かい紅茶の入ったカップが置かれていた。

「えっ？　なにいまの、どうやって出したの？」

「ホッホッホッ。ただのまやかしですぞ。さて、それでも紅茶は本物。本日レオン様が皆にくれた王都の美味しい紅茶です。では、私にくれる秘密のお土産とはなんでしょうかな？」

「……そうだった」

これ以上聞いたところでどうせまたはぐらかされるだけだ。本題に行こう。

俺は持っていた包みを膝の上で開けた。

「じゃじゃーん！　これだよ!!」

そう、クナイだ。

「ほう、これは。なかなか良い材質ですな。ブラックドラゴンとは。このように高価なものを私に下さるのですか？」

「さすがロイは良く分かるね！　王都の武器屋で見つけたんだ。ロイに似合うと思ってさ。ねぇ、ロイ、良かったらやって見せてよ！」

「ほうほう？……良いですぞ？　でも確かこれは秘密のはず。昼間ではマズイですなあ。では、今からお見せするというのはどうですかな」

ロイ爺はにこりと微笑むと、すぐに踵《きびす》を返し俺を連れて外に出た。

……三年ぶりの夜の外。旅疲れと数時間前までディアーヌにひたすらしごかれた疲れからかなり眠かったはずなのに、不思議と目は冴えていた。秘密だらけで神出鬼没、無駄話は一切しないし用が済んだらすぐ消える、そんなロイ爺が俺に部屋を見せてくれるわ話にも乗ってくれるわ……こんな事は初めてだ。

真っ暗な庭を、ロイ爺が歩くと俺たちの周りだけ明るくなった。これもまやかし、いや魔法か。『暗視』を持ってるけど、周囲を淡く照らすこの明かりは暗闇が軽くトラウマになっていた俺にとってありがたい。

ロイ爺は、現在俺のSASUKEとなっている、過去の曰く付きの裏庭に足を運んだ。

「さて、あの木にしましょうか」

ロイ爺は一つの木を指差した。

「幹を傷つけたりしては、後でボンに嫌みの一つも言われましょう」

ロイ爺は、目当ての木の側《そば》まで歩いていくと、

「レオン様、今からこの枝とこの枝を落とします。良く見ていて下さい」

指差しながら俺に的となる枝を教えると、今度は木からどんどん離れて裏庭の端にまで歩いて行った。ざっと二百メートルは離れている。ロイ爺は優雅に歩いているだけに見えたのに、あっという間に移動していた。これも、魔法《まやかし》……いや、多分あれはスキルだな。

ロイ爺は立ち止まると、俺に向かってクナイを持ったまま手を振った。

　これから投げるという合図だろう。

　一瞬だった。ロイ爺は軽くひょいっとクナイを投げただけなのに、そう見えたのに、たった一つのクナイで全ての枝を突き落とした。

　どうやってやったのか分からない。クナイの軌道さえ見えなかった。音も立たなかった。枝を落としたクナイは木の幹に突き刺さってもいないし、地面にも落ちていなかった。

「どうでしたか？」

「うっわぁぁあぁあっ！……いつのまにっ！　だから驚かさないでってば！」

　気が付けば、俺の背後にいるロイ爺。

「ホッホ。なかなかうまく落とせましたかな？」

　ロイ爺の手にはさっき投げたはずのクナイがあった。

「す、すごいよ！　すご過ぎて良く分からなかったよ！　っていうかロイ……そのクナイなんで持ってるの!?　おかしくない？」

「ホッホッホッ。……おや、なぜ私の手元にあるのでしょう？　まやかしですかな？」

「もう！　ごまかさないでよ!?　ねえ、魔法使ったの？　僕にも教えてよ!!」

「それは困りましたな。教えるのはやぶさかではありませんが、なにせこのプレゼントは私と坊ちゃんだけの〝秘密〟ですからなぁ。私がレオン様に教えられるのは今日の様な夜中になってしまいましょう」

「いいよ！　教えてくれるなら夜中でもいいから教えて！　僕、強くならないといけなくなったんだ」

42　閑話（ロイ視点）

私は、ロイ・ジャン。年齢は五十七。ナリューシュ王国テルジア家お抱えの執事をしている。

だがそれは表向きの仕事になる。私の本来の仕事は主に諜報に暗殺であり、王城や敵対貴族の屋根裏や隠し通路に地下道などが仕事場だった。

だがそれも遥か昔の話。現在は領地を担当、領主のガルムに代わり領地管理や息子の警護観察と大した仕事はしていない。退屈な日々を送っている。

私の出生については不明だが、生まれも育ちも陽の当たらない所だったとでも言っておこう。なに、育った家が裏稼業のアジトだったというだけだ。物心がつけばその辺に幾らでも落ちているナイフ等の武器を手に闇夜に遊び、昼間は暗く黴《カビ》臭い部屋で眠る生活を送っていた。

貴族の華やかな暮らしなぞには縁もないゴロツキと、娼婦の饐えた臭いとキツイ香水の香りの噎《む》せ返るボロ家で、鼠と同等の扱いで幼少期を過ごした。父親も母親もこの中の誰かか、或いはもういないかだろう。

飢えていた私は落ちたパンの欠片を拾い、奴らが飲んだ葡萄酒の瓶を割っては舐めとった。早々に鼠とのパン屑の取り合いが面倒になり、家中の鼠を殺し近くの森で焼いていた。

おそらくその結果、劣悪な環境でまともな食事も与えられなかった割には大した病も患わずに生き延びてしまった。死んだ方がマシともいえる場所だったにも拘らず。そうなると私は奴らに食扶持《くいぶち》として認められ、裏稼業を仕込まれるようになっていった。

屋根裏や狭い路地、木の上や身隠れし難い場所は、身軽に動けて力も必要とせずに殺せる、子供の私の仕事場となった。上手く殺せばパンにありつける、それだけの感覚しか無かったから簡単な仕事だと思っていた。

大分経ってから母は既に死んでいる事を知り、私に仕事を教えた父と呼べる者もその後すぐに死んだ。死に様は見ていない。仲間が証拠を消すために死体を焼いた、と聞いただけだ。

死んだら終わり、こういった連中はそれだけの安い命しか持っていない。裏稼業の人間など人の生き死にに頓着なぞしないものだ。

当然、私も自分の命に興味がなかった。依頼を受ける。証拠を残さず達成する。金を貰う。毎日がゲームの様なものだった。

ある時、私に初めて人の心が生まれた。その頃の私は一人家を出て、転々と放浪しながら食い繋ぐ生活を送っていた。

どんな小さな町でも村でも私の様な人間に依頼をしてくる奴はいる。その時も下らん理由で殺しの依頼があった。

しかし私は、あろう事か殺しの標的《ターゲット》の女性に惚れてしまったのだ。見目《みめ》は絶世の美女というほどではなかったが、日中昇る太陽のようなオレンジ色の髪をした、笑顔が印象的な女性だった。そんなたわいのない理由だった。

私は、依頼主を殺して裏稼業から足を洗った。ターゲットだった女性とは一度も会う事の無いまま立ちさった。太陽の光が似合う彼女に暗く黴《カビ》臭い私など近づく気にもならなかった。

遠くで元気に生きてくれているだけでいい。それ程にも純粋な恋情《れんじょう》だったのだ。

しかし、彼女はその数年後には流行り病で亡くなったという情報を得た。病で死ぬと知っていたなら私の手で楽にさせてやりたかった。私なら、死んだ事にすら気付く事もなく痛みも苦しみも伴わせず殺せたのだから。

惚れた女性が死ぬと、枷がなくなった私は裏稼業に戻った。裏稼業から足を洗っていた間に身につけた知識や技術で、私は貴族お抱えの闇人となった。貴族は金払いが良かった。

将来の事は考えていなかったものの、また気まぐれで辞めたくなった時に金は多くあればあるほどいい。一人の人間に長く雇われるのは性に合わず、私は様々な国を跨いでは数多くの貴族の下を渡り歩いた。

ナリユーシュ王国のドゥルム公の下にいた時に、前テルジア伯の奥方の暗殺の依頼があった。ドゥルム公は典型的な腐敗した貴族で、気に入らなければすぐに暗殺の依頼をしてくる様な人間だった。確か、奥方がドゥルムの誘いを断わったという理由だった。

私は金さえ貰えれば何も感じることは無い。一人女を殺すだけで、今日はもう酒でも飲めると気楽に目的の屋敷に忍び込んだ。

ターゲットの奥方、ヤハナ夫人を見て気が変わった。私のかつて惚れた女性に似ていたからだ。

私はドゥルムを裏切った。そもそも奴は私の姿など知らないのだから簡単に消える事が出来る。

そしてその足で、前テルジア伯であるバルグの下へ行くといとも簡単に雇われた。平気で変わり身のする私を、バルグは気にも留めていなかった。バルグの下での私の仕事といえば、孤児の保護だの奴隷商の捕縛だの、息子のガルムの護衛だの、生温いものばかりだった。

だが、金は貰えたし楽な仕事だったから不満は無かった。暇な時や退屈した時は、バルグを敵視するドゥルムや他の貴族の闇人を適当に消してやった。暇つぶしも兼ねた、私なりのバルグへのサービスだった。

息子のガルムは、ヤハナ夫人に良く似ていた。だから、ガルムが私に懐いても嫌な気は起きなかった。ガルムは、正義感の強い真っ直ぐな子供だった。それは、生温《なまぬる》い貴族に育ったという事だ。

だから、ガルムはあまり世渡りの上手い方ではなく苦労していたようだ。

約十年ほど前に、私はそのガルムの息子の護衛を任された。ガルムの息子は赤ん坊ながら父親に似ていて、それは私にとってはヤハナ夫人、そしてあの女性に似ているという事だった。私の人生は、あの時の女性に囚われたままだという事だろう。

ガルムの息子、レオンは良く庭でひとり遊んでいた。日焼けをしてソバカスがあり、稀にボンに構われて楽しそうに笑う笑顔が、あの女性とヤハナ夫人を思い起こさせた。

より興味を持ったのは、レオンの持つ能力についてである。……私には不思議な力があり、たいていの人間の素性が分かる。レオンは、赤ん坊の頃から言葉が分かるようだった。

ガルムの子供は、何かと力を持っている。ガルムの、というよりは妻のリリア姫によるものだろう。

ナリューシュ王家には時に不思議な力を持つ子供が生まれると聞いている。リリア姫にも、かなり弱いが『光』の力がある。本当の息子と呼べるかは定かではないが、アンドレとアイリスにはリリア姫と同じ『光』の力がある。

だが、レオンが持つのは『言葉』と、『繰り越し』という力だった。『繰り越し』の力の内容まではまだ分からないが、きっと何かあるのだろう。

私は密かに日々、レオンを観察していた。レオンは努力家で、思いついたらすぐ行動する子供だ。赤ん坊の時から少ない使用人しかいないため、レオンはたいてい一人で遊んでいたが、その割にはなかなか面白い事を思い付く。

ある時、私は興味本位でレオンに手を貸してみた。レオンはそれを独自解釈しながら吸収していった。なぜだかとても愉快だった。

気が付くと、レオンは『隠密』や『暗視』という、私の様な裏稼業の者が身に着ける技を手にしていた。貴族の息子のくせに。ガルムより面白かった。

その後レオンは『鑑定』という能力を身に着けたようだ。これに気が付いた時、『鑑定』とは私の持つ能力に似ている物なのかもしれないと思った。

私は、他人からは私の素性は見えない様に工夫している。だが、似たような力を持っている輩はレオンが初めてだった。

だから、レオンの前ではより慎重に気配を消すことにした。レオンが私を視ようと躍起になって私を捜す姿はとても面白かったし、私もスリルがあって楽しかった。

あの女性は若くして死んだから結婚もしていなかったし子供もいなかった。もしあの女性に子供がいたら、それが私との間の子供だったらレオンの様な子供に育ったのだろうか。そう考えるようになった。

ボンやハンナは出会った頃からいつまでも私を胡散臭く見ているが、それでいい。私にとってもレオンは息子や孫のようだと思っている。それは私だけが知っていれば良い事なのだ。

43　修行開始

俺の予想通りというか予想以上というべきか、ロイ爺はやっぱり普通の人間じゃなかった。半分ノリであのクナイを渡した結果、まさかロイ爺が本当にアサシン的な……俺の想像していた以上の技を使うなんて思いもしなかったぜ。

いったいこの屋敷はどうなってるんだ!?　まさかみんな強いとか、ないよな?　そんなこと。

ロイ爺の使った技には確かに少し魔法が使われていたらしい。

ただ、まずは魔法を使わず……っていうか俺はそもそもこの屋敷ではまだまともに魔法は使えないからさ、単純に投げ技の練習をする事になったんだ。

「魔法は、私の見る限りでは基礎はもう充分でしょう。それよりも、狙いを定めて当てる事の方が大事です」

つまり、一撃必殺か。なんだかボン爺と似たような事を言うな。

ロイ爺は練習用の的代わりとしてどこからか藁で出来た人形《ひとがた》を持ってきた。

「さ、状況に合わせて各所を確実に狙えるようにいたしましょう。まずは面積の広い胴体から。ま、つまり狙いは心臓ですな」

「う、うん」

ロイ爺は終始穏やかに微笑みいつもの調子でさらりと言ったが、俺は引いた。怖ぇよ！

ロイ爺に教えられるがままに俺は人形《ひとがた》の心臓を狙い、投げた。

的との距離はだいたい二十メートル。かなり距離がある。

クナイの照準を人形《ひとがた》の胴体に向けて何度か調整し、力いっぱい投げた。腹の辺りに刺さった。

「ほう、初めての遠投にしてはしっかりと的に刺さりましたな。見事です。ですが、これでは人も魔物も殺せません。むしろこれでは顔を覚えられて恨みを買ってしまいますぞ。一思いに息の根を止めて差し上げなければ」

「ロイ爺……」

…………

だんだん投げ方のコツが分かってきたぞ。

距離があるからボン爺の特訓である近距離戦よりは難しいけど、これなら血も浴びないで殺せるからいいな！　っていやいやいやいや。まずい、俺までロイ爺化するところだった。違う違う、殺すのは魔物！　今使ってるのが人形《ひとがた》なだけだから！

この夜は、心臓に十回中十回当てられたら終了ということに。どうやら俺にはなかなか才能があるらしく、コツを掴んだらすぐに出来てしまった。俺すげえ！　いや、ボン爺のおかげだよな。

これからの夜中の修行用に、ロイ爺は俺の部屋の窓の外側にこっそりロープを張ってくれた。

「明日から、これを使って行き来しなさい。これも修行ですからな。ホッホッ……幾分か楽しくなりますな。ではお休みなさい」

ロープの昇り下りは、ボン爺特製のSASUKEで何度もやっているから問題ない。

むしろ夜中に、屋敷の中を通って外に出る方が緊張するから助かるぜ。

意外と体は疲れていたらしく、ベッドに倒れこむとすぐに意識がふっとんだ。

……嫌な夢を見た。メイが俺よりも強い剣士になっている夢を。

びっくりして飛び起きると、まだ寝入ってから数時間しか経っていなかった。

それでも既に日が昇り始めている。

夢のせいでなんだかもう眠れそうにない。こうしちゃいられない！　と日課の筋トレをこなすと音を立てない様に静かに庭に出た。もう朝だから、いつもの厨房ルートを通っても問題ないはずなんだけど、せっかくだからとロープを使って下に降りた。

まずは入念に柔軟をして体をほぐす。ほんの十日ほど、王都へ行っていただけなのに体が少し硬くなっているのを確かに感じる。ディアーヌの言ってた事は本当なんだ。あのままずっと王都にいたら、碌に修行も出来そうにない。そう考えると、二年後に備える為にも領地へ帰って来た事は正解だと思う。

ふと気付くと、ディアーヌが庭の隅でストレッチをしていた。無駄な贅肉が一切ないディアーヌの身体は、妥協を許さない己の強さを体現している。腕や足を伸ばすだけで、しなやかに動く身体は堂々と自信に満ち溢れていた。

「おはようございます！　ディアーヌ！」

怖い師匠ディアーヌには礼儀正しく。

「あら、早いじゃない。やる気を見せるのは大事なことよ！」

良かった。今朝のディアーヌ師匠は機嫌がいいみたいだ。

早くもとの身体のキレを取り戻すために、俺は黙々と走る。

離れたところでディアーヌは素振りを開始した。ディアーヌが剣を振る度に、屋敷の向こう側の森の木がガサガサと音を立てていた。今日はまだ風も吹いていない。ディアーヌの一振りは、あんな遠くまで届くんだ。……ディアーヌが俺に向かって素振りをしたら……真っ二つにされそうだ。

ディアーヌは腕と剣以外は微動だにしていない。だけど、なるべくディアーヌの剣の軌道に入らないように恐怖しながら全力で走った。

ボン爺とメイが小屋から出てきた。メイは俺を見つけると俺に向かってダッシュ！

「にーに、おはよー」

勢いよく俺に抱き着いてきたメイにデレデレしていると、

「ちょうどいいわ。今日の稽古は、その子と一緒に走りなさい！　その子と同じくらい……いいえ、その子に追いつかれずに走れるようになったら、次に進めるわ」

ディアーヌの命令《オーダー》を果たすまで、メイとの鬼ごっこは一週間ほど続いた。

44　ディアーヌの剣

ボン爺の特訓は、屋敷の外へと移行していた。

「時間が無い」

それが、最近のボン爺の口癖だ。

ボン爺は王都で予言を残していったあの魔女を知っている。

だから、ボン爺のその言葉を聞くたびに俺も身が引き締まる思いだ。

屋敷の外に広がる広大な森まで徒歩で行く。めっちゃ近所。前に俺が襲われた大量の蛇のいるあの森なんだ。昼間は大して危険な動物も魔物もいないから、森の奥深くまで入って行く。

ここでの修行内容は、〝何をしてもいいから狩りをする事〟

自分で獲物を見つけて、ナイフか魔法か体を使って文字通り何をしてもいいから殺せばいいんだ。

ここでもボン爺はただ見ているだけだ。

どんなにヒヤッとする事があっても、決して手を貸してはくれない。自分でやらなきゃいけない。

獲物探しは『鑑定』を使ってるから楽勝。動物や魔物の名前となぜか年齢？　が表示される。

こんな感じだ。

ガプリノシシ（1）
職業：動物
ダークドランガ（8）
職業：魔物

正直、年齢ではなくレベルを表示して欲しかった。

なんなんだこの鑑定……魔物の年齢なんざ興味ねーよ。

動物によっては何歳からが成体なのかがわからない。例えば、ガプリノシシ（1）は、俺の見た感じただのイノシシだ。一歳なのに体長一メートル位のデカさで強い。

ダークドランガ（8）は手のひらサイズのトカゲみたいなやつだ。黒か灰色か藍色、たまにまだら模様もある。総称して『ダーク』ってことらしい。こいつはこの森の至る所にいるからしょっ中『鑑定』に引っかかるんだよ。一歳だろうが八歳だろうが二十歳だろうが小さいし、とにかく弱い。

それでも動物か魔物かだけでも教えてくれるのはありがたい。たぶん〝職業〟じゃないと思うんだけど、そのへんの鑑定の仕様は大ざっぱなんだろう。

そう。さらっと言ったが、この森での獲物はこれまでの特訓で倒してきた動物だけじゃなく、魔物もいる。魔物との対峙はもっとセンセーショナルな出来事になると思っていたが、普通にその辺に平気でいる。眠っていたり、のろのろと歩いていたり。魔物っていっても見た目も動物とパッと見はあまり変わらないんだよな。目が何個もあるとか頭が何個もあるとか、手足が多いとか逆に少ないとか、そういう違いしかない。まあでも共通して言えるのは、だいたい臭くてグロくてキモい。頭が三つに分かれている五メートルほどの蛇を木のうろに見つけた時は、パニックを起こして見つけた瞬間に全ての首を切り落とした上に速攻で焼いてしまった。

魔物の代表格であるスライムはまだ見かけていない。ボン爺に聞いたところ、スライムは主に湿地や沼地に生息しているようだ。この領地はカラッとした気候だからここには生息していないのかもしれないな。一番初めに出会う魔物はスライムだと思ってたのに、なんか残念。

魔物はだいたい夜行性が多いから、昼間の修行の時間帯は動きは鈍いし寝ているかだから倒すのは簡単なんだ。奴らの活動時間帯の夜になると、強さが百倍にはなるらしい。そして活発な魔物たちは魔法を使ってくる事もあるらしい。

この辺に大量にいるトカゲ、夜には会いたくないいな。俺は、昼間である事を最大限に活かすために、倒した魔物ごとの急所を記憶していった。

父上からもらったプレゼントのナイフは修行によって大分使い込まれ、柄の部分は既に色んな血で薄汚れている。だけどナイフの手入れは毎日しているから、刃こぼれもなく切れ味は良い。

かつてボン爺にエモノを体の一部と感じるまで使いこめと言われた通り、今では獲物をどの位の距離で、どの位の強さで刺せば良いのか切れば良いのかが分かってきている。ナイフに剣、クナイ。武器のタイプや使い方はそれぞれ違うが、全てを使いこなせる様になってやる。

予想以上の能力にも気づく事ができた。魔法だ。魔素の濃いこの森の中では、俺の魔法はかなり強く発動できる。

今のレベルで直径で約2×2mの大きさの魔法を発動できた。獲物を火だるまにする事も出来るし、小さい獲物なら水や土を出して窒息させる事もできる。地面を動かして獲物の動きを制限させる事も出来る。逆に襲いかかって来られた時は風魔法を使って吹っ飛ばす。かなり便利だ。

MPが限られているから使うタイミングは考えなくてはいけない。俺はなるべくナイフだけで殺す事にして、一発で殺れなかったり獲物が複数の時、逆に襲われた時に魔法を使った。

MPが余った時はボン爺監督のもと、魔法の練習だ。最初はとにかく最大でぶっ放すだけ。

「魔法も繰り返し使わにゃいざって時にうまく使えん。工夫すりゃなんだって出来る便利なモンだが、まずはいかに早く発動させるかだな」

強くなれてきている、と思う。

数週間たった。

ディアーヌとの訓練は、素振り、型の練習に加えてメイとの模擬戦が取り入れられていた。

メイとの模擬戦は独特だ。メイはモルグ族特有の身体能力の高さがあるが、力はあまりないみたいだ。だからまだ剣は重たくて使えない。もう少し大きくなれば使えない事もなさそうだが、そこはまだ四歳。そうだよな！　俺だってずっと棒を使ってたんだ。

俺との模擬戦の為に、ボン爺が手製のナイフをメイの為に作ってくれた。メイはを片手に一つずつ持ち、俺は木刀で戦う。

メイはとてもすばしっこく、しかも本能が働くのか俺への攻撃も妥協がない。爛々と輝く瞳で嬉しそうに俺に襲いかかってくる。

俺は可愛いメイに攻撃を仕掛けるのもためらうというのに。

「ハッハッ……ハァッ！」

「いてっ！　待って、待ってメイ！」

今もビシッガシッと嬉しそうに俺の首元を狙って攻撃している。なんて自然《ナチユラル》に急所を狙ってくるんだ。メイを攻撃できない俺は、自分の首を守るのに精いっぱいだ。

「はいっ！　またメイの勝ち！　5―0よ、レオ！　あなた隙だらけよ！　もっと動きなさい！」

「ハァッハァッ……やったー!?　にーに、よわぁーい!?　ディアー!!　メイ、またかったよー!!」

メイは大喜びで俺に抱きつくとすぐにディアーヌの下に走り、ディアーヌにも抱きついてモフモフの耳を撫でられて気持ちよさそうに目を瞑っている。そういや俺、ディアーヌに頭撫でられるほど褒められた事がないんだけど。くっそう……どっちも羨ましい！

「おい、坊ちゃん」

稽古が終わり、メイと二人で飼育小屋近くで顔を洗っていると、ボン爺が納屋から出てきた。

「ほれ、出来たぞ。剣の嬢ちゃんに渡してやれ」

ボン爺の手には、漆黒の刃が綺麗なみごとに研がれた剣があった。あの時の朽ちていたボロボロの剣だ。

「なにこれ……すげえ。恰好いい……」

「だから言ったろ、あれは掘り出しモンだと」

ドヤ顔のボン爺に礼を言い、剣を受け取ると、自己鍛錬中のディアーヌの下へと走っていった。

「ディアーヌ！　これっ！　遅くなったけど、王都のお土産！」

集中して修行をしていたのを邪魔されて少し苛ついた顔で振り返ったディアーヌは、俺の持つ剣をみて固まった。

「え……？　それ……どこで……？」

「王都の城下町だよ。ボロボロだったんだけどさ、ボン爺が凄く勧めるから買ったんだ。見てよ。ボン爺にこんなに綺麗にしてもらったよ！　すごくカッコイイだろ？　この柄のところ、ディアーヌの髪と同じ赤い石が付いてるんだ。この石はかなりいい魔石だって店の人が言ってたんだ」

「そう。ボンさんが……」

ディアーヌは、ポツリとつぶやくと幻でも見ているかの様な表情で目を大きく見開いたままゆっくりと近づき、俺から剣を受け取った。

いつもはしなやかで動きも機敏なディアーヌの腕が、かすかに震えているように見えた。

ディアーヌはかなり長い時間、受け取った剣を凝視していた。そして天を仰ぐように顔を上げると、ディアーヌは剣を胸に抱きしめた。

顔は見えなかったけど、頬に涙が伝うのが見えた。夕日の光が当たって、涙の粒がキラキラと光りながら地面に落ちていった。

……ディアーヌは泣いていた。

今、ディアーヌに声をかけてはいけない。そう思った。俺は『何も』見ていないんだ。

俺は静かにディアーヌから離れた。

「ありがとう……」

遠くで小さくディアーヌの声が聞こえた様な気がした。

45　卒業

王都から帰ってきて、悲しい出来事が起きた。ミラ先生からの卒業だ。

ミラ先生は、なんと第三子を妊娠していたのだ。早すぎるだろ。あの婿養子野郎……三人ともなるとさすがに家庭教師を続けるのは難しいらしい。俺は何も言えなかった。王都から帰ってきて最初の授業が最後の授業になるとは。

ミラ先生は俺のお土産の紫色の石が付いたネックレスを早速着けてくれている。セクシーなミラ先生にとても良く似合う。……できればそのローブの下に着けているところを見せて欲しかった。

「レオン様、今までありがとうございました。優秀なレオン様に教える事はもう数少なく、それもレオン様ならご自身で学べると思います。いつか、私の家にも遊びに来て下さいね」

ミラ先生は、屈みこんで俺に優しく話してくれた。

ミラ先生の胸が目の前に……だめだ、最後の最後で変態だと思われたくない。

余計な事を考えるな！

俺は顔を上げてミラ先生の顔を見る。ミラ先生が俺を心配そうにのぞき込んでいる、その表情を見たらすんなりと言葉が出てきた。

「……い、嫌だ。寂しいです。先生がいないと僕は勉強なんて出来ません」

カッコよく笑顔でミラ先生を送り出すことが出来ない。だって急過ぎるじゃないか。

「レオン様、ごめんなさいね」

ミラ先生は少し悲しそうに眉を下げた。ああ、俺はワガママを言って大好きなミラ先生を困らせてしまっている。ミラ先生の悲しい顔なんて見たくないのに。

「……ごめんなさい。寂しくて先生を困らせました」

「私も寂しいわ。レオン様」

ミラ先生は俺を優しく抱きしめてくれた。ミルクのような甘い香りがふわっと俺の鼻を刺激した。

ミラ先生はやっぱり柔らかくて、あったかかった。

鼻の奥がツンとなり、涙が溢れてきた。俺たちは泣きながら抱きあって涙の別れをした。

ミラ先生の乗る馬車が見えなくなるまでずっと見送った後、メアリが言いにくそうに言った。

「ミラ先生のお屋敷はここからさほど遠くありませんから、あの……今度遊びに参りましょうね」

は？　それ、早く言ってよ！

正門の所で泣きながら手を振っていた俺の始終を見ていたディアーヌが鍛え抜かれた腹筋を押さえて笑いを堪えていた。メイは涙を流す俺にひっついて純粋に心配してくれていたというのに！

…………

ディアーヌはあれから少しだけ肩の力が抜けたようで、最近はよく笑うようになってきた。

稽古の厳しさは相変わらずだけどさ。

でも、それでいいんだ。

二年後に、家族の為に俺は誰かと戦う事になるかもしれないんだ。覚悟はもう決めている。

ディアーヌは少しだけ自分の話をしてくれた。

あの剣はディアーヌの母親の剣だったらしい。自分の家族に会えたようで嬉しかったと。

ディアーヌの母親は、おそらくもういないのだろう。だけどそんなことを聞くだけ野暮だ。

あの日から剣は常にディアーヌの腰にある。それだけ大切な剣だったんだろう。

ミラ先生の授業がなくなり、俺の心にもポッカリと穴が空いた。その穴を埋めるために、しばらくは裏庭のSASUKEでトレーニングをしたり馬《アイリーン》の世話に力を注いだ。

メイがいてくれたというのも俺の心の支えにはなっている。

ミラ先生の婿養子《ダンナ》への怒りをぶつけるように、夜の修行では、あの人形《ひとがた》にクナイを叩きつけた。

それはもう、何度も、何度も。

人形《ひとがた》の急所などもう把握している。ロイ爺は嬉しそうだ。

「いつの時代も、失恋とは人を成長に導く特効薬《スパイス》ですな。ホッホッホッ」

ぐっ。ロイ爺のやつ……なんて酷な事を言うんだ！

力任せに人形《ひとがた》から百メートルは離れている木の上から人形《ひとがた》の脳天を吹っ飛ばした。

「エクセレント！　さあ、次は背後から心臓を貫きなさい」

おうよっやってやるぜ！　俺は木から木へと静かに飛び移りながら照準を当て、勢いを付けて投げ、人形《ひとがた》の心臓を突き刺した。

「宜しい！　そろそろ、動く敵が欲しいですな」

そう言うと、ロイ爺は魔法で土人形を作り走らせた。

「ちょっと待って！　むしろそっちそっち！　それ、ゴーレムでしょ!?　そっちを教えてよ!!」

「何ですと!?　こんなつまらぬ魔法、独学で空いてる時間におやりなさい。さあ、不規則に動き回る敵の急所を狙うのです。狩りの始まりですぞ！」

ロイ爺はノリノリになるほど発言がおかしくなるような気がする。

だけど、狩りか。そうだな！　面白そうだ！　要は昼間の森の狩りと同じだし今は夜だけど、ここは安全な庭だ。よーし、標的は全部ミラ先生の婿養子野郎だ、覚悟しろっ！

武器はクナイのみ。魔法は使えない。

しかも今は使って良い武器《クナイ》は三本までという縛りがある。

昼間の修行では遠くの標的には魔法かナイフを使っている。

投げ道具だけで動く的の急所を叩くのは難しいな。

まずは観察……的が広く見えるタイミングに賭ける。いったか、いや心臓は逸れちゃったか……ちっ動かれると面倒だぜ。それなら……足を狙ってみるか。おっ思った通りだぜ！　ゴーレムがよろけたところでみごと心臓を貫通させてやった。

「よろしい。まずまずといったところです。しかしクナイ一本で仕留められるまでやりますぞ！」

この後、夜中に庭で大量のゴーレムを仕留める俺の姿を見たものは……勿論いない。

ロイ爺の訓練は続く。父上、俺……立派なアサシンになれそうです。

46　ステータス

数カ月が経過し、俺は九歳になった。

あの不穏な予言からもうすぐ一年が経たとうとしている。つまり、予言のリミットはあと一年。

現時点でのステータス。俺の数カ月の修行の成果だ。

レオン・テルジア（9）
職業：テルジア公爵の長男
『ステータス』　Lv：15　HP：110／110　MP：76／76
『スキル』
・短剣　Lv3　・剣術　Lv2　・火魔法　Lv3　・水魔法　Lv2
・風魔法　Lv2　・土魔法　Lv2　・狙撃　Lv3　・鑑定　Lv5
・身体強化Lv3　・暗殺Lv2　・隠密　・暗視
・言語能力（ナリユーシュ語）・言語能力（ベネット語）・言語能力（ダグロク語）
・算術　Lv5　・礼儀　Lv4　・貴公子Lv3
『ユニークスキル』
・繰り越し
『エクストラスキル』
・ポイント倍増（10）
『所持ポイント』
11992５P《ポイント》

ボン爺の特訓で森で実践的に狩りをしていた成果が、レベルとポイントに表れているだろ？　ＭＡＸが10だから上がりにくいのかもしれないが、スキルレベルは相変わらず厳しい。新しく取れたスキル『短剣』『狙撃』『暗殺』は、ポイントじゃなくて自力で取ったスキルなんだ。ちなみに『暗殺』なんて物騒なスキルを手に入れてしまったけど、まだ人は殺してないからな。

『鑑定』がレベル５になった事で、ステータス画面にも変化が起きた。各スキル名称の部分がアクティブになって、スキルの詳細を見る事がやっと出来るようになったんだよ。

長かった。本当に長かったんだけどさ……まだ微妙なところもある。

レベル有りのマニュアルスキルは調べるとこんな感じで表示される様になった。

『Ｌｖ１』：子供の遊び
『Ｌｖ２』：少しは成長した？
『Ｌｖ３』：大人の標準
『Ｌｖ４』：いやー、生活が楽になったよ
『Ｌｖ５』：一般魔術師の平均
『Ｌｖ６』：宮廷○○士の平均
『Ｌｖ７』：宮廷○○士の上位
『Ｌｖ８』：え、もしかして天才……？
『Ｌｖ９』：人としてこれが限界かもしれないです

『Ｌｖ10』：～そして伝説へ～

なんかさ、なんかふざけてるよな？　ちなみにＬｖ６とＬｖ７の宮廷〇〇士の〇〇には、魔法スキルなら魔導、武器スキルなら兵が入る。

『鑑定』を『鑑定』するとこんな感じだった。

『Ｌｖ１』：本人の知る限りの名称、対象：物
『Ｌｖ２』：本人の知る限りの名称、対象：人
『Ｌｖ３』：少しだけ教えてあげる
『Ｌｖ４』：……も、もう少しだけだからね
『Ｌｖ５』：ゲスの極み～そんなに見ないで～
『Ｌｖ６』：あなた物知りですよねー（棒）
『Ｌｖ７』：インテリ気取り野郎
『Ｌｖ８』：博識
『Ｌｖ９』：人は貴方を仙人と呼ぶかも知れない
『Ｌｖ10』：万物を識《し》る者

やっぱりさ、ふざけてるだろ？　Ｌｖ５～Ｌｖ７に至っては悪意すら感じられるよな。

だけどさ、とうとう対象物に対してステータスが見られるようになったんだ！　かなりいけてる。おかげでロイ爺以外のステータスを鑑定する事が出来た。ロイ爺だけは『鑑定』しても文字化けして見えないんだ。

ボルガン・エームズ（64）
職業：レオン・テルジアの護衛
好きな物：酒、レオン　嫌いな物：なし
『ステータス』
Lv：63　HP：537／537　MP：332／332
『スキル』
『短　剣』：Lv7　『剣　術』：　Lv3　『弓　術』：Lv5　『斧術』：Lv2
『火魔法』：Lv5　『水魔物』：　Lv6　『風魔法』：Lv7
『土魔法』：Lv5　『混合魔法』：Lv5　『罠　師』：Lv4
『狙撃』：Lv5　『身体強化』：Lv5　『隠密』　『暗視』
『言語能力（アネリング大陸全域）』

ディアーヌ・ハルク（エリル・ノア・トゥール）（18）
職業：剣士

好きな物：剣、肉、果物　嫌いな物：魔族
『ステータス』
Lv：22　HP：191／191　MP：71／71
『スキル』
『剣　術』：Lv7　『短　剣』：Lv5
『火魔法』：Lv3　『水魔法』：Lv2　『風魔法』：Lv2　『土魔法』：Lv2
『身体強化』：Lv5　『俊　足』：Lv4　『隠密』
『言語能力（トゥール語）』『言語能力（アネリング大陸中域）』
『エクストラスキル』
『剣術強化』『覇王の器』

メイ（5）
職業：レオンの友達
好きな物：虫、野菜、お菓子、レオン、ボン、ディアーヌ、メアリ
嫌いな物：肉
『ステータス』
Lv：7　HP：27／27　MP：15／15
『スキル』

『体術』：Ｌｖ２　『双剣』：Ｌｖ２　『身体強化』：Ｌｖ４
『言語能力（ダグロク語）』『言語能力（ナリューシュ語）』
『ユニークスキル』
『可愛いは正義』

ボン爺はやっぱり強いな。しかもステータスが渋くて羨ましい。元冒険者って言ってたもんな。

ディアーヌは、なんだこれ、偽名か？　トゥールって、ディアーヌの剣にもあったな。確か西の大陸にトゥールって国があったような……確か剣で有名な国だ。なるほどな。ディアーヌはトゥール国の出身だったんだ。道理で強いはずだぜ。

つーかさ、ディアーヌ、エクストラスキルが二個もあるんだけど。すげえ……トゥール国の奴らってみんなエクストラスキルを持ってるとかないよな。

と、とりあえず……偽名の件は見なかった事にしよう。隠してるって事は訳ありっぽいし。

ふむふむ。なかなか人のステータスを見るのも楽しいな。

なるほど……メイの可愛さはスキルにも裏付けられているのか。

モルグ族ってのは身体能力が高いんだな。うむ、メイも成長しておる。

鑑定のレベルが上がり、俺の知りたかった事がやっと見られるようになった。

ボン爺とメイの好きなもののなかに入っているのも地味に嬉しい。

ちなみに少し困っていた、オートスキルについても少し分かった。

オートスキルはスキル主のレベルに依存するらしい。

レベルが上がるにつれて『隠密』の能力も上がってしまい、屋敷内での俺の存在感がかなり薄れてしまってたんだよね。で、『隠密』を調べると、『ON』・『OFF』機能があることが判明。

切替方法は、『念じるのです』だと。なんだそりゃ。

まあでもおかげで、俺まで屋敷内でロイ爺化しなくて済んだんだ。

ロイ爺は、絶対に故意でやってるに違いないと思っている。『暗視』はそのままでいいや。

さてと、ボン爺、ディアーヌのステータスも見れたし俺の指標も考えやすくなってきたぞ。

予言の一年後に備えてステータス強化をしよう。ポイントもだいぶ溜まったしな。

当初の俺の理想は魔法剣士だった。渋く剣を背負い、剣に魔法を纏わせ敵を倒す、胸にアツイ物を秘めた勇者的なイメージ。かっこいいじゃん？

だけど剣の稽古は実践経験が無いからかあまり上達をしている実感がないんだよ。

メイとの模擬戦は既に避けゲーと化しちゃったから、ディアーヌが相手してくれるようになったんだけど、力の差が半端ない。まだディアーヌの攻撃を受け堪えるのだけで精一杯だ。

魔法はかなり上達している。基本レベルの上がりに伴うＭＰの上がりが大きいんだ。

ＭＰが増えた事でかなり長時間練習出来るようになったからな。

スキルレベルの低さの割には意外と出来る事が多いんだ。前に魔法は工夫だってボン爺が言っていたけど、まさにその通りだと実感している。

ここ最近の悩みといえば、ボン爺とロイ爺の修行によって俺はかなり暗殺特化型になりつつあるってことぐらいかな。ロイ爺の修行は言わずもがなだけど　森での狩りも正面から堂々と戦うスタイルじゃなくて『鑑定』使って敵を奇襲しまくってたからなんだけどさ。

47　スキル取得

現在のポイント、11992５P《ポイント》。

俺もさすがにこの世界に来て九年。ステータス上げるのに六年程やってきた。

だからもう分かったよ。スキルレベルを上げるのはポイント使わないと無理！

ここ数カ月は毎日全力で過ごしてきた。だから出来る事だって増えたし身体能力も上がった。

だけど、上がらないスキルレベル。まあ、熟練度って考えたら仕方ないけど時間が足りないんだ。

ボン爺なんて見た目からじゃ分からないけどさ、実際は六十四歳でもう立派なおじいちゃんだ。

冒険者だった若い頃はかなり強い魔物だって倒したって聞いているのに、一番高いスキルレベルがＬｖ７だ。いや、凄いとは思うぜ？　だけど、俺はもっと高みに行きたい。

レベルＭＡＸ取りたい。スキルレベルのＬｖ７は指標としては〝宮廷〇〇の上位〟だろ。

で、来年俺が戦うかもしれない相手なんだけどさ。俺の予想では『神殿』だと思ってる。

それなら、あのボン爺が焦ってるのも無理はない。大国の一角を担い、チート兄妹を囲える程の奴らがいるって事ぐらいは想定しておかないと絶対に失敗する。

つまりさ、俺にはそいつらを凌駕する強さが必要なんだ。

だから俺はポイントを使ってステの底上げをする。

神様のくれた『ポイント倍増（10）』と『繰り越し』のある俺にしか出来ない事だ。

参考にすべきはディアーヌ。ディアーヌの持つ『剣術強化』は５００００Ｐ《ポイント》　スキル説明は、

『剣技の効果がとにかく上がる』

このスキルが、ディアーヌの剣術を大幅に底上げしてるに違いない。

『覇王の器』３０００００Ｐ《ポイント》は……関係ないから今は措《お》いておこう。えっ知りたい？……『王になる器を持つ者。強さとカリスマを持ち人々を導く。強運の持ち主』だとさ。

ちなみに見たらたぶん落ち込みそうだから『光』の説明はまだ見ていない。

くっそー……なんで俺より凄いチート持ちが身近にこんなにもゴロゴロしてるんだよ。

おっと取り乱したかな。すまない、話を戻そう。

ディアーヌの持つ『剣術強化』を俺も取ればディアーヌの強さに近付けるかもしれない。

だけど今気になっているのは、『魔力強化』。『魔力強化』のスキル説明は『体内の魔力循環を補助する。魔法の効果をとにかく上げる』という、説明からも優秀さが醸し出される良スキルだと思われる。これがなんと、５００００Ｐ《ポイント》。

あとは、『身体強化Ｌｖ７』を取ろうと思っている。基本レベルが15とまだ心もとないし、今の修行は『身体強化Ｌｖ３』だとキツイんだ。同じスキルの取り直しには抵抗がないとはいえないけ

ど、仕方ないんだ。スキルレベル上がらないんだもん。

そして、実はいま密かに練習している『回復魔法』も。ロイ爺に本を借りて勉強中なんだけど、ちょっと時間が勿体無くなってきてさ。どうせ取れてもＬｖ１から使えるレベルになるまでやたら時間がかかるんだったらもうポイントで取ってしまおうという算段だ。

取得レベルは実はもう決まってる。回復魔法はＬｖ６にするんだ。

所持ポイントが、１１９９２５Ｐ《ポイント》。ここから、『魔力強化』の５００００Ｐ《ポイント》使って、残り６９９２５Ｐ《ポイント》。

で、こっからスキル見てくと、どっちかをＬｖ６、Ｌｖ７で取るしかないんだ。

『身体強化Ｌｖ１』　　**３００**
『身体強化Ｌｖ２』　　**１０００**
『身体強化Ｌｖ３』　　**２０００**
『身体強化Ｌｖ４』　　**４０００**
『身体強化Ｌｖ５』　　**８０００**
『身体強化Ｌｖ６』　　**１６０００**
『身体強化Ｌｖ７』　　**３２０００**
『身体強化Ｌｖ８』　　**６４０００**
『身体強化Ｌｖ９』　　**１２８０００**

『身体強化Ｌｖ10』　256000
『回復魔法Ｌｖ１』　1000
『回復魔法Ｌｖ２』　2000
『回復魔法Ｌｖ３』　4000
『回復魔法Ｌｖ４』　8000
『回復魔法Ｌｖ５』　16000
『回復魔法Ｌｖ６』　32000
『回復魔法Ｌｖ７』　64000
『回復魔法Ｌｖ８』　128000
『回復魔法Ｌｖ９』　256000
『回復魔法Ｌｖ10』　512000

な？

で、『身体強化』の有能さはもう充分知ってるから『身体強化』の方をＬｖ７にする。『回復魔法』はあくまでも保険ということで。基本、『身体強化Ｌｖ３』ですらケガも病気もしない健康優良児の俺にとって回復魔法は今まで必要のなかったスキルだった。

だけど、一年後に瀕死の家族に出くわした時にもしかしたら使えるかもしれないし。どうせ取るならできるだけレベルの高いスキルを取っておくべきだよな。よって俺は『回復魔法Lv6』を取る。

全てのスキルを取得し終わった後に、再度ステータスを確認すると所持ポイントが７９２５P《ポイント》残っていた。どうやら、既に持っているスキルの上位レベルを取得する時は差分を引いてくれる親切仕様らしい。やった。これなら気兼ねなくポイントが取れるじゃん。

かなりポイントを使っちゃったけど、今回はちゃんと当てがあるんだぜ。

なんと、ボン爺から昼間はもう平気だから一人で行けって言われてるんだ。そう。昼間の獲物はもう俺にとって雑魚でしかない。一人なら気兼ねなく狩りが出来るからポイント稼ぎも楽になったというわけなのさ。

そしてもう一つ。夜の特訓でも、屋敷から出て森での狩りに変わったんだよ。

ここに、ボン爺も参加した。一応夜だし、ロイ爺は信用ならんとかぶつくさ言っててさ。

ボン爺とロイ爺二人の監督のもとで、俺は毎晩、暗闇の中でクナイとナイフと魔法を使ってサバイバルをしている。獲物は昼間に比べられないくらい強くて獰猛だ。『暗視』と『鑑定』と『身体強化』がなきゃ絶対に死ぬレベル。

ボン爺とロイ爺は俺がまだ子供だという理由で一応付いてきてはいるんだけどさ、最近、あの二人、俺のことなんか見てもいないんだよね。いっつもその辺に座って酒飲んで喋ってるだけに見えるんだけど。最初はさ、二人して色々指示してくれたりアドバイスをくれたりしたんだよ。うまく仕留められたら褒めてもくれた。だけど途中から、どっちが俺の師匠として上かの議論になったあげく最近は、もう良く分からん。昔話に花を咲かせてただ酒盛りをしているだけになっている気がする。

まぁ……監視されているよりはポイント稼ぎ出来るからいいんだけどさ。

48　課題

『身体強化Ｌｖ７』はとんでもない代物だった。

まず、軽く走っただけで自動車並みのスピードが出る。思った以上に体が速く動いてしまうのだ。同時に周りの人の動きがやけにゆっくりと感じられて、メイを捕まえるのも一瞬で出来る。

メイは不思議現象にキャッキャと喜んでいるが、俺は、俺は自分が怖い。

木刀《ぼくとう》は羽のように軽く、ほんの少し力を入れて握ったら砕けてしまった。これはまずい。非常にまずい。師匠《ディアーヌ》から授かった剣を壊してしまったとあれば一大事だ。

ボン爺の下へ走ると一瞬で到着した。これじゃまるで瞬間移動だ。

「ボン爺、どうしよう！　ディアーヌからもらった剣を壊しちゃったよ。殺される！」

「おおっ見事に壊したな。お前さんどうやったらこうなるんだ？　これは、もう直せんな。壊しちまったもんは仕方ない。諦めて素直に剣の嬢ちゃんに謝ってこい」

頼みの綱のボン爺はまるで役に立たず、覚悟を決めて恐る恐るディアーヌの下へ向かった。

「ディアーヌ師匠、ごめんなさい。剣を壊してしまいました」

「えっ!?　ちょっとちょっと……どうしたらこうなるのよ！　剣を大切にしない奴は死に値するわ」

うわ、マジかよ。

「……まぁ、だいぶ使い込んでいたものね。そうね。そろそろ真剣を持つ時が来たのかも。ちょっと街まで買いに行きましょう。レオはもう馬に乗れるでしょ？」

「えっ……でもまだ屋敷の外に乗りに行った事がないよ？」

「でも、行くしかないでしょ。メイも行く？」

「いくいく！　メイもいきたーい！」

急展開で三人で街まで買い物に行く事になってしまった。どうしよう、心の準備が……

馬《アイリーン》に乗って外に出るのは初めてだ。ディアーヌは砂漠の旅人のような目以外は布で覆った服装でメイを乗せて先導し、俺はおっかなびっくり馬《アイリーン》に乗って出発した。

…………

街はそこまで遠くはなかった。王都の城下町ほどではないが、街までの道のりも綺麗に舗装されており、清潔感のある、明るく活気のある街だった。

街に入ると、ディアーヌはメイに露店の飴を買ってやり目的の武器屋へまっすぐに向かった。

武器屋には、品数は少ないものの色んな剣があった。

「うーん。どれがいいかしら……」

「……あ、あのさ。重くてもいいから丈夫なやつがいいな。俺、成長期だし。長く使えそうなやつ！」

俺も『鑑定』で品定めをしよう。

なんでもいい。なんでもいいんだ。この店で一番丈夫なやつ……頼むぞ、俺の『鑑定Ｌｖ５』！

『グランダ鉱石の剣』５００ナリュ銀貨
素材（刃）：グランダ鉱石
素材（柄）：グランダ鉱石
重さ：20ｋｇ
長さ：1.2ｍ
説明：グランダ鉱山より多く採掘される石
硬度が高いが、重く扱いにくい
力の強いグランダ族用に作られた剣

これだ!!

パッと見、石斧かって言いたくなるほど武骨なデザインの剣を手に取ってみる。

なにこれ……軽いじゃん。見た目より全然重くない。力を入れて握っても大丈夫そうだ。

「ディ……師匠、俺これがいい！」

ディアーヌからは街に入る前に、名前を言わない様に言われている。ディアーヌは色々と訳ありだな。

「へっ？　そんなダッサイのがいいの？……ちょっと貸してみなさい」

ディアーヌは俺から剣を受け取ると、細腕で軽々と振り回した。ディアーヌも十分化け物だな。

「これだと、あなたみたいな子供が使うにはちょっと重たくない？」

「大丈夫だよ。俺、毎日鍛えてるし。これなら壊れないよ。それに、良く見たら格好良いし！」

「……あの、メアリーも言ってたけど、あなた少しはセンスを磨いた方がいいわよ。でも、気に入った剣を使うっていうのは大事なことよ。……本当に、後悔しないでね？」

「大丈夫!!」

微妙な顔をしたディアーヌが剣の代金を店主に支払うと、すぐに剣を渡された。

「さ、行くわよ！」

と、メイを抱き上げすぐに街を出た。……初めて来た街だったから、もっと探検したかったぜ。

しばらく馬を走らせたあと、屋敷近くの広い草原でディアーヌが止まった。

「少しここで慣らしましょう。レオ、剣を抜きなさい。ごめんね。メイはちょっと遊んでてくれる？」

「え――――――。いいよっ。わかったぁ!!」

ディアーヌは馬から飛び下り、早速剣を抜いた。メイも馬から飛び下りると速攻で捕まえた虫を片手に鳥を追いかけまわしはじめた。俺も馬から下りて、買ってもらったばかりの剣を出した。

「あの、例の剣の儀式はやらなくて良いの？」

「あれは、師弟の儀式だから最初だけよ。さ、行くわよ」

そう言うと、ディアーヌは瞬時に俺の目の前に出てさっそく仕掛けてきた。

速っ!?

俺は慌てて剣で攻撃を受け止めた。木刀と違って、しかと攻撃を受け止める事が出来た。

ディアーヌは屋敷の庭の時とは違って、生き生きと攻撃を続けた。さっきまでの、『身体強化Lv7』に慄いていた俺とはいったいなんだったのか。だけど、さすが宮廷レベルのスキルだ。

ディアーヌの動きははっきり見えるし、よける事も受ける事も簡単だぜ！

……見えたっ。い、いまだ！

一瞬の隙を見つけ、俺はディアーヌに切り込んだ。

「えっ……あれ!?」

当たらなかった？　ディアーヌの動きは見えたのに……

気が付けば後ろ、気が付けば上からディアーヌは次々と攻撃を仕掛けてくる。

「レオっ！　いつもより動きが良いわ！　次からはここを稽古場にしましょう！」

「うわっ！　待って、ディアーヌちょっと！」

「真剣で模擬戦が出来るなんて久しぶりだわ！」

聞こえてない。ディアーヌの横なぎを受けつつ、次の攻撃の為に距離を取る……そこだ！　俺はディアーヌの後ろに回り込み、攻撃を仕掛けた。

やった……感動だ。ディアーヌから一本とれるなんて！

「えっ？」

ディアーヌの背中に剣が当たるかというところで、ディアーヌは横に飛び瞬時に体を翻すと逆に俺に足払いを仕掛けてきた。慌てて飛んで避けた。その瞬間にはディアーヌはもう後ろに回り込んでいる。

……おかしい。ディアーヌは『身体強化Ｌｖ５』だったはずだ。俺よりも低いレベルなのに。

俺は必死だった。何度も隙を見つけては剣を振るった。

当たらない。当たらないぞ……俺の方が動きは速いのに。ディアーヌの攻撃は全部見えるのに。

ディアーヌの方が断然、上手《うわて》だった。どう考えても、完全に技術の差だ。

結局、くたくたになるまでディアーヌの剣を避けるか受けるかだった。

俺からの攻撃は一度も当たる事はなかった。

「やるじゃない！　私もこれでやっと対人の修行が出来て嬉しいわ！」

それでも、ディアーヌは嬉しそうだった。

……スキルは使いこなす事が大事なんだと知る事が出来た。

49 狩り

今、俺は一人で森の中をぶらついている。

少し前まで『鑑定』を使って獲物を探していたんだけど、ちょっとやり方を変えてみた。

最近はヘビやネズミを殺して適当にその辺に纏めて置いてしばらく待つ。そうすると、血の臭いで隠れてたり目を覚ました魔物がウロウロと出てくるんだよ。昼間でもね。

その間少し離れた木の上で魔法の練習でもしていて、魔物が何匹か集まってきたら一気に仕留めるんだ。これだとかなり楽にポイントが稼げるんだ。

『身体強化Lｖ７』をとった俺は飛躍的に身体能力が上がった。

……スキルに慣れるまでは大変だったけどさ。

そういう訳で、今日も魔物を引き寄せる為に餌を用意した後、森の探索を行っている。

それにしても暇だなー。魔法で風を起こして足に溜める。風を利用してジャンプするとかなり高くまで飛べるんだ。『魔力強化』と取ったおかげで魔法の発動もずっと楽になっている。

魔力回復を図る為に蛇を焼き殺して食べながら、サルのように枝から枝へと飛び回る。

ポンポン飛びながら進んでいくとなんと森を抜けてしまった。デカいと思っていた森だったけどそうでもないんだな。

　森を抜けるとかなり広い空間があって、綺麗な泉があった。陽の光がさしているからか、水面が輝いて見える。なんだろう、すごく癒される。

『鑑定』を使うと、『神の作りし泉（聖）』と表示された。

うむ。ファンタジーっぽい。いいよなこういうの。

俺は何となく水を飲んでみた後にステータスを確認してみた。ＨＰとＭＰが回復していた。

うわーまじかよ！　ゲームみたいじゃん！

ここを拠点にすれば長時間の修行が可能だ。つまりポイントも……これはおいしい。

その日の夜、ボン爺とロイ爺に泉の話をしてそこを拠点に修行をしたいと申し出るとあっさりと許可がおりた。三人で泉まで移動すると、泉は月の光を浴びて幻想的に輝いていた。

「これはなんと……見事ですな。近頃他国では魔族も増え、ところどころ魔素の濃い所にこうした泉が湧いていると聞きますがこの目で見たのは初めてです」

「ロイ爺、魔族って何？」

魔族って、ディアーヌのステータスにも書いてあったんだよな。

「魔族とは人型の魔物です。二十年程前に確認されてから西の大陸ではかなり多くいます。魔物と違って知能が高く、強さはこの辺りの魔物とは段違いだそうですぞ。最近活動が活発になっているとか。やっかいなものです」

「……この大陸にも渡ってくるのも時間の問題だな」

「今は大陸を渡る航路も限定しておりますが、そうですな。来るときはまとめて来るでしょうから」

「魔族か……じゃ、僕行ってくるよ！」

そういえば、神様もむかし言ってたもんな。魔王が復活したとかなんとかって。

魔族か、俺もだいぶ強くなった気でいたけど、この機会にもっと気を引き締めて修行するか！

夜の森の中は魔物だらけだ。動きも速いし獰猛だからすぐに俺を見つけて攻撃を仕掛けてきた。

今日の最初の獲物はここら辺でかなり強い、熊のようなでっかい魔物だ。名前は〝グローマ(13)〟Ｌｖ10だ。赤い目が十個ぐらいあって、いつもやたら牙を剝き出しにしていて涎を垂らしまくっている。臭いし汚い。

昼間の俺の狩りのせいで餌が少なくなってきてるから、腹が減っているんだろう。気性も荒い。

体長五メートルはあるデカイ体とは裏腹に素早い動きで俺を狙っている。

ちなみにこいつは魔法を使う。黒々とした靄《もや》みたいなのを飛ばしてきてこいつに触れると動きが鈍くなるんだ。この靄《もや》に捕まって殺されそうになった事がある。……あの時は焦ったぜ。

至近距離まで来たグローマの喉元にナイフを突き刺し、魔法で土壁を作った後、動きにくい体をなんとか動かして距離を取って俺の周囲の地面を穴だらけにして時間稼ぎを図ったんだ。

だけど、あれはあんまり意味がなかったな。グローマは俺のいる場所まで飛びかかって来たんだ。

何とかクナイで奴の目を潰して頭を焼いて悶えている所を全身火だるまにして殺したんだった。

ちなみに俺が必死だったその間、ボン爺とロイ爺は離れた所で飲んだくれていた。

「まだまだ下手くそだな。ま、しばらくしたらアレも解けるから大丈夫じゃろ」

「油断は禁物だと、良い勉強になったでしょう」

しかも散々な言われようだったし、その後は関係ない昔話に花を咲かせていたっけな……

グローマの放つ黒い靄《もや》は確かに十分ほどで解けた。だけどさ、その間にまた襲われたらどうするんだよってマジで怖かったんだぜ。

あの黒い魔法は俺の調べたところ重力操作系の魔法だと思っている。

正直、めちゃくちゃ欲しい。だけど結構ポイント使うからまだいまのところは検討中だ。

さてと。俺は魔法で大量の水を作ると、グローマの頭上から一気にかぶせる。毛で覆われた魔物はたいてい水が嫌いだったりする。ずぶ濡れで体毛が重たくなり動きを鈍らせたところを、クナイで思い切り脳天を貫いてやった。

フッフッフッ……余裕だ。

おっ。さっそくグローマの死体に蛇が群がって来たぜ。昔、ションベンを漏らすほど恐れた蛇の大群だ。だが、今の俺様の敵ではない。例え何百匹と来ようがな！

蛇《こいつら》は一体どこから湧いてくるのか、いつもいる。

軽く木の上に飛び上がってボン爺が昔やった波動を真似して蛇を纏めてぶつ切りにした。

これは、魔法で作った風を刃に見立てて鋭くさせて作るんだ。

ボン爺に教えて貰って出来る様になるまでめっちゃ練習したんだぜ？

魔法は安定して発動出来る様になってからは、それを集約させて色々な形に変える練習をしている。

要はイマジネーション力がモノをいう。理屈とかあんま関係ない気がする。

俺は前世で現実逃避しまくっていたから、妄想《イマジネーション》などお手のものだ。

よって魔法の上達が早い。

ボン爺やロイ爺からは天才じゃないかなんて驚かれたり褒められたりと忙しいけど、ディアーヌは無駄に理屈っぽく考えようとするし真面目過ぎるからなのかあんまり魔法がうまく使えない。

その点はメイの方がきっと上達が早いと思う。まだ小さいから魔法は使えないはずだけど、メイはとっても素直だからな。

太い木の枝に寝そべりながら魔物と蛇の死骸に群がる魔物どもを小さな火の矢を作って急所を狙い、確実に仕留めてゆく。MPが少なくなるまで狩りを続けて、なくなったら泉に戻りまた森に戻る。この繰り返し。良い修行スポットだぜ。

今日は試してみたい事があるんだ。せっかく大幅ポイントを使って取ったのに普段なかなか使う機会がない回復魔法の試し撃ちだ。ここならMPが無限に使えるからな。最近は身体強化対策に明けくれていたから存在を忘れてたってのもある。

殺した魔物に使うとどうなるんだろう？　近くに神の泉があるからどんなくだらない事にでも惜しみなくMPが使える。俺はさっきぶつ切りにしたヘビに全力で回復魔法をかけてみた。

おおおお！　ヘビの姿が元に戻った！　しかも纏めて。死んでるけど。

なるほど、『回復魔法Lv6』は蘇生は無理だけど、ぶった切られた体は戻せるのか。

しかも複数を纏めて回復出来るとは……便利じゃん。

自分の腕や指を切って試す勇気などはない。近くにいたネズミを捕まえてちょいと実験。

まずネズミの尻尾を切って、尻尾を燃やす。そしてネズミ本体に回復魔法をかけたところ傷口が綺麗に塞がった。尻尾は戻らなかった。そっか、再生も無理なんだな。

ステータスを確認すると、ＭＰは半分程ごっそり無くなっていた。うわっこれはＭＰ食うなー。

こっちはレベル上げして基本ステ上げるしか改善できないぞ。

……あと一年かあ。あんまり回復魔法を使う機会が無いといいんだけど。

50　手紙

二通の手紙が俺の下に届いた。一通は父上から。もう一通は……何も書いてない。

父上からの手紙から読もう。父上からの手紙なんて、何だろうな。またパーティー出席連絡かな。

ベッドに寝そべりながら手紙を開いた。


レオン、久しぶりだな。

ロイからの手紙でやんちゃぶりに拍車がかかってきたと聞いているぞ。またハンナを派遣した方が良いかな?

ははは。冗談だ。元気なのは良い事だぞ。ただ怪我には気をつけなさい。

実は王都では色々あってな。お前が王都を去る時に話した北の山脈に潜む魔物が未だ退治出来ていないのだ。

アンドレとアイリスは無事だ。安心してくれ。

魔物は二人の力で一度は封印が叶ったのだが、何者かによってその封印に使った聖石が壊されてしまったのだ。

王国議会より私に討伐指揮の命が出た。私は行かなくてはならない。

レオン、私はおそらく帰ってくる事は出来ないだろう。一線に立っていた頃とは違い、もう私も大分年だからな。

レオン、リリアをお前の母上を頼む。そして、アンドレやアイリスの事も気にしてくれると助かる。

家族全員が揃ったのは、お前が王都に来たほんの短い間だったが、私は嬉しかった。レオンには、離れ離れになった家族を集める事が出来る力があるのではないかとすら思う。可能ならばまた皆で会いたいところだが、今度の命《めい》は本当に危険だ。

私が死ぬ事になったら、まずはリリアの側に向かって欲しい。神殿は危険だから近づかなくて良い。ただ、アンドレとアイリスが戻ってくる事があれば快く迎え入れて欲しい。

まだお前は子供だから爵位を継げるかどうか分からないが、王にお前の事だけは嘆願してある。

お前の母上は元皇女だ。王は、お前の祖父でもあるんだ。だからきっと何とかなる。

王を頼るんだ、いいな。

子供のお前に頼みごとばかりですまない。

昨年、レオンが王都に来た事がつい昨日の事のように懐かしいよ。また会いたかった。いや、また会えるといいな。

父は、遠い地で一人立派に育ったお前を誇らしく思っている。

愛するレオンの父、ガルム・テルジア

な、な、な、なんだよこれ!

……これなのか?　予言まで、まだ予定まで半年もあるのに?

そうだよ……予言はまだ先のはずなんだ。

兄《アンドレ》も妹《アイリス》も無事だったじゃないか。父上もきっと無事だ。ただの杞憂だ。

しかし落ち着こうとする気持ちとは裏腹に不安が襲う。心臓がドクドクと早鐘を打っている。

今すぐにでも王都に行きたい。だけどまずは、ボン爺に話そう。慌てて部屋を出ようと起き上がると、もう一通の手紙がヒラリと落ちた。封に送り主のサインはない。誰だ?　兄《アンドレ》か?

急いで封を破った。


私は、我がナリューシュ国の偉大なるヨハン皇子様の近しい者だ。

今日は貴重な時間を使い、ヨハン皇子様の代わりにこの文をしたためている。

レオン・テルジア。貴様を特定するのに時間がかかったぞ。

聞けばド田舎育ちらしいな。確かに礼儀のなっていない城下の下民よりも田舎臭い奴だったな。

まぁ、それでも貴様の様な下級貴族にもかの偉大なる皇子は寛大な処置で許してくださる様だ。

有難く思えよ。

偉大なるヨハン皇子の側近のドゥルム公によれば、テルジア家というのは国王に取り入るのだけが得意な無能な輩が多いと聞く。

光の神子と月の神子とやらのお陰で偉そうな顔をしているが、貴様らなど所詮は下級貴族なのだ。

その二人も我がナリューシュ国の重要な任務に失敗したようだな！　全く、親も親なら子も同じで無能なのであるな！

だが失敗をしたのなら仕方がない。次期国王になるのも間違いないと言われるほど優秀なヨハン皇子様が、再度チャンスをお前の父親に与える様に進言して下さったようだ。

レオン・テルジアよ、貴様は極刑に値する失礼な奴だ。

神の如き寛大なヨハン皇子様の措置に感謝するんだな！

我がナリューシュ国最高の皇子ヨハン様に近しい者より。

ヨハン・ドゥ・ナリューシュ

……わざとなのか？

……思いきり本人じゃねーか！　マジでバカ皇子だな。っていうか、父上の遠征は全てコイツのせいだったのかよ。

腹の底から怒りが燃えてきた。

すぐに二通の手紙を持って部屋を飛び出すと、ロイ爺が目の前にいた。

「ロイ爺！　大変だ！　ボン爺も見つけなきゃ」

俺は有無を言わさず、ロイ爺を引っ張ってボン爺の小屋に駆け込んだ。


「ふむ、これは」

「あの時のガキか。頭の弱い奴ほど無駄に執念深いからな」

「俺、王都に行くよ。っていうか、北に行く！」

「待て、今行ってどうなる話でもない。まだ半年はあるはずだ」

「予言がずれたかもしれないじゃないか！」

「予言が外れる事はない」

「そうですな。まだレオン様は旦那様に加勢出来る程ではないでしょう」

「そうだ。しょうがない。わしが行くか」

「待ってよ！　俺も行く！　絶対に行く！」

「……行っても無駄でしょうが、仕方がありませんよ。ボン、連れて行って差し上げなさい」

「仕方ないか。おい、レオン！　お前は今から貴族の子供じゃない。ただの子供だ。わしの弟子だ。

分かったな！」

「……!?　はい！」

「……ねえ、話は見えないんだけど魔族退治なら、私も一緒に行こうかしら」

振り向けばディアーヌがいた。……いつからいたんだろう。

「そうですなぁ。まだ得体はしれておりませんが。レオン様の護衛もお願いできますかな？」

「いいわよ。レオ、足手まといにならないでね！」

俺は、ボン爺とディアーヌの三人で北の山脈へ向かう事にした。

王都を経由せず、ここから真っ直ぐ北へ迎えば馬で三日程で行けるらしい。

「まずは準備だ。……お前の旅の装備が全くないな」

「私も手筈を整えておきましょう。この屋敷と王都は私にお任せを」


この領地の街へ来るのは二回目。今回はボン爺と俺の二人だ。去年の城下町が懐かしいな。

あの時にメイに出会ったんだ。メイとしばらく会えなくなるのは寂しい。

ボン爺は、旅服、胸当て、盾、ブーツ、手袋、マントを迷いなく選んでいく。俺も『鑑定』を使ってみたが、どれもその店中で一番丈夫な素材のものだった。

「最初はゴワつくかもしれんが、直に慣れる。我慢して着ろ」

ボン爺に手渡された荷物を、貰った袋に入れて自分で持った。ボン爺が持っている魔法道具《マジックアイテム》の袋じゃない、ただの袋だ。

こんな時に考えてはいけない事なんだが、どうしてもワクワクしてしまう。

この装備を身に着けたら、まるで本当の冒険者みたいじゃないか。

ボン爺は自分用にもいくつか品を買い、街を出た。

舗装された田舎道をゆっくりと馬を進めていると、この辺りの景色が良く見渡せる。のどかでとても平和な風景だ。これから魔物退治をしに行くなんて実感が湧かないな。

おっと、よそ見していると馬が頭を振って道を逸れた。

「うわっあわわわ……」

とっさに馬の首を押さえて馬《アイリーン》にしがみついた。

馬《アイリーン》は穏やかな性格だから、振り落とされる事はなかったけど。

「ふぅ。あっぶね」

「……お前さん、まだ馬の乗り方が下手くそじゃのう」

「しょうがないじゃん。全然乗ってないんだから！」

「ははは。ま、今回の旅で嫌っていうほど乗るからな。そうそう尻当てもあった方がいいな。確か納屋にあったから、後で馬《アイリーン》に付けておいてやるわい」

ボン爺の口調ものんびりしている。まるでちょっと遠乗りに行くだけなんじゃないかって、うっかり錯覚しそうになる。

だけどボン爺の表情はずっと厳しい。ディアーヌにも言われたけど、足手まといにならないようにしないとな。

51　説得

「うわぁぁぁぁぁぁぁぁぁぁぁぁぁぁぁぁぁぁぁぁぁ」

「メイ、すぐに帰ってくるから」

「いやぁぁぁぁぁぁぁぁぁぁぁぁぁぁ!!　メェエエエエエエエエもぉぉぉぉぉぁぁぁぁ……」

「俺だってメイと離れたくないよ！　だけど、ほんの数日なんだ。絶対すぐ帰るから！」

「いやぁあぁあぁあああああああああああ」

夕方ボン爺の納屋近くで荷造りをしながら、メイに今回の旅の話をしたらメイが泣き出してしまった。

もうずっとずっと泣き通しだ。泣き声も悲鳴のようになっている。

「メイ、残念だけど我慢なさい。行きたかったら、強くなるのよ」

「ディアァァァァァァァァァァァばかぁぁぁぁぁぁぁぁああ」

見かねたディアーヌがメイの肩を抱いて諭そうとしてくれたが、ダメだった。

ボン爺は無言だ。

メイは風呂上がりだったせいで、現在パンイチである。パンイチの裸の女の子が納屋で大泣きをしている。状況を考えると服を一枚でもいいから着て欲しいところなのだが今のメイはそれどころではない。

メイの大好きな俺、ボン爺、ディアーヌの三人がメイを置いて出て行ってしまうのだ。

『モルグ族にとって仲間は家族同然です。離れる事をとても嫌います。モルグ族は人気があるので攫う賊は多くいますがペットのように途中で捨てられる事もしばしばあります。レオン様はメイを途中で捨てたりなさいませんよう』

王都からメイを連れてきた時にロイ爺に言われた言葉だ。

メイと離れるつもりなんて全くない。一生一緒にいるつもりだ。

だけど今回は俺でも足手まといだと言われてるところを無理に連れていってもらう旅だからメイを連れていけないんだ。ごめん、メイ。

「メイごめん。絶対にすぐに帰ってくるから。その間はメアリがずっと一緒にいてくれるから、少しだけ待っててて」

「ヤァァアアアアアアアアアアアアアアアッ!!」

メイは俺の顔を思い切り引っ掻いた上に突き飛ばすと納屋を飛び出してしまった。

「痛いって！……メイッ!?」

慌てて俺も外に出ると、メイは既に庭の端まで走っており、しかも軽々と塀を飛び越えて外へ飛び出して行ってしまった。

まずい！　もう日が落ちてる。裏の森は魔物がいるのに⁉

俺もダッシュで追いかけ、塀を飛び越えた。

メイは確か『暗視』はない。もう、ほとんど何も見えないはずだ。

すかさず『鑑定』でメイを捜す。速ぇぇ、もうあんなとこにいるの？

メイはかなり森の奥深くまで行ってしまったようで、『鑑定』で表記される『メイ』の文字が遠くに見える。

俺はとりあえずメイの近くに魔物がないか『鑑定』を続けて追いかけた。……追いついた。

「ああああああああああああああああああああああああああん」

メイは木の下で泣き崩れていた。

夜の森は虫も毒を持っているのが多い。俺はメイを抱き上げて、パンイチのメイについた土を払い落とした。

……なんだか冷たい感触。……きっとメイのやつ、漏らしたな。

「メイ、ごめんな。……この辺は怖い魔物が多いんだ。帰ろう。あっケガしてない？」

パッと見汚れているだけでケガらしいケガは見えなかったけど回復魔法を使った。

そういえば回復魔法を人に使うのは初めてだ。

「やだぁぁぁぁぁぁぁっぁ」

「……メイ、周りをみてごらん？　見える？」

「うわぁぁ……？……？　み……えないぃ」

「だろ？　これから行くのはちょっとこういう危ないところなんだ。俺もボン爺もディアーヌもみんなメイの事が大好きなんだよ。だから、メイにはお留守番をしていてほしいんだ」

「っくぅぅ……ぁぶなぃところなのに……みんなぃっちゃうの？」

「うーん。……メイちょっと見てて？」

俺は魔法で小さな火を作ると、周囲を照らして見せた。

俺とメイの周りに、蛇や蝙蝠《こうもり》や魔物が距離をとって狙っているのが見えた。

「っキャァアアアアァアアアアアア!!」

「メイっ大丈夫だから！　見てて」

メイを抱きしめて、火の矢を大量に作ると放射状に飛ばして全て焼き殺した。

手で口を押さえながら、赤くて大きな目をぱちくりさせて驚いているメイに言った。

「俺もさ、けっこう魔物を倒せるようになったんだ。ボン爺とディアーヌは俺よりもっと強い。だから大丈夫なんだよ」

驚きで声も出ないメイを今のうちだととっとと屋敷に連れて戻った。

なんか……昔の俺みたいだな。あの時は、ボン爺もきっとこんな気持ちだったのかもしれないな。

「ボン爺、メイがちょっと汚れちゃったよ。また風呂に入れないとね。そういえば、俺もちょっと汚れたからメイと一緒に入っちゃおうかな」

「あら、ちょうど私お風呂に入るところだからメイも連れていくわ！　いらっしゃい。あら、ほんとに汚れたわね！　私がしっかり洗ってあげる」

「……メイもディア洗う!!」

「そうね、洗いっこよ」

「おい、お前さんは身支度があるじゃろ。さっさとしろ」

きゃっきゃうふふと屋敷へと向かう女子二人の背中をしばらく眺め、諦めて納屋に戻った。

「……ボン爺、あの魔女に言われて買った薬草と魔法薬持っていった方がいいよね」

「ふむ。そうだな……予言は半年後だが、北の魔物とやらの討伐にどのくらいかかるかわからん。北の山脈から王都へは馬なら一日半もありゃ着く。持っていけ」

「メイに、すぐ帰るって言っちゃったけどどうしようかな」

「そりゃ、行ってみなきゃ分からんからなぁ。ロイからは北の山脈だろうと連絡が付くから事情はすぐに伝えられるだろう。安心せい」

「ボン爺もロイ爺も……なんだか凄いよね」

「そうか?　お前さんが何も知らなすぎるだけかもしれんぞ?」

うーむ。なんだかまたごまかされた感じがするな。

「ボン爺、荷造りが終わったら特訓する?」

「いや、今日はもう終わったら寝ろ。明日の早朝には立つ予定だ。ベッドで寝られるのは今日が最後だ。明日以降は覚悟しておけ」

そう言うとボン爺は顔を上げてニヤリと笑った。

52　出発

夜、ロイ爺にこれからの事を頼んだ。

ロイ爺はいつもと変わらぬ涼しげで余裕の表情だった。

「ディアーヌ殿がうまく言ってくれたようです。メイもずいぶんと修行に燃えておりましたぞ。モルグ族はもともと狩猟民族ですから、折を見て手の空いている時にでも少し鍛えておきましょう」

……メイもアサシン化するのか。ちょっと怖いな。メイは容赦ないからな。

夜が明ける前、メアリに起こされた。

「危険な旅だと聞いております。どうかご無事で」

メアリと抱き合い、最後の身支度をする。

メイは、……残念なことに昨夜の大泣きで疲れて眠ってしまったらしくメアリが起こしても熟睡しきっていて起きなかったらしい。これは後で絶対に泣くな。

メイが可哀想だ。俺はメイに簡単な手紙を書き、メアリに託した。

持って行く荷物は多くない。薬草と割れないように包んだ魔法薬、去年城下町の武器屋で買った爆竹に煙弾。爆竹と煙弾はこっちで遊ぶつもりで買ったけど使ってなかったな。何かの役に立つかもしれないから一応持って行こう。

ボン爺から貰った魔石のネックレスの上に旅服を着る。いつもの服に比べると本当にゴワゴワするな。マントまで羽織るとちょっと暑い。

剣はデカくて邪魔だから背負う事にする。クナイは服のあちこちに仕込んだ。ナイフは腰だ。

鏡で見ると、まだ着慣れていない感じで変だな。でもカッコイイ。イケてる、俺。

階下に下りると使用人みんなが起きて待機してくれていた。一人一人抱き合い、別れの挨拶をする。

みんなの優しさが嬉しいけどなんだか寂しい。

「あれっ？　ディアーヌ？」

ディアーヌの髪が茶髪になってる。メアリみたいだ。

「ああこれ？　ロイさんにやって貰ったの。いいでしょ？」

と、ディアーヌは自分の髪を軽く引っ張ってウィンクした。

「ロイが？」

「ホッホッホ。まやかしです。レオン様も髪の色が目立ちますから、同じように致しましょう」

ロイが軽く俺の頭に手を置いて、俺に鏡を渡してくれた。

「へぇっこうやってやったのね。すごいわ！　ねぇ、これ魔法でしょ？　私も自分で出来る様になりたいわ」

「ホッホ。そうですなぁ。長年身を隠して生活していると出来るようにもなりましょう」

ロイとディアーヌがなんだか盛り上がっている。

鏡を見てみると、父親譲りの俺のイケてるオレンジ色の髪がただの茶髪になっていた。

「これからの旅の間、お二人は身寄りのない姉弟という事に致しましょう。ただし、だいたい十日程でまやかしは解けます。お気を付けなさい」

「十日より前に倒して帰ってくるわよ。レオ、身分を隠して行くのに偽名は必要よ。……そうね、私は〝ディア〟、あなたは〝ブラン〟っていうのはどう？」

「えっ……………………それはちょっと」

ダサい。ディアーヌのセンスも碌なもんじゃないな。

「そうですなぁ、〝ダニエル〟というのはどうでしょう？」

「長いわね。ま、私はそれでもいいわ。ダニーって呼ぶわね」

「え、それもちょっと……」

「もう、めんどくさいわね。じゃあ〝ダル〟って呼ぶ？」

俺は野球選手か。

「いや、そうじゃなくてもうちょっとカッコイイ名前がいいんだよ」

「さ、そろそろ行きましょう。ダニー！」

ディアーヌは有無を言わさず俺を引っ張って家畜小屋へ向かった。

「ボンさん、宜しく！　あと、私達は姉弟ってことになったから。私はディア、そして弟のダニエルよ！」

「ダニエルだと？」

「私が〝ブラン〟って付けたらこの子が嫌がったのよ。それでロイさんに名付けて貰ったってワケ。ダニーでいいわよ」

ディアーヌの姉っぷりが既に発揮されている。そしてダニエルに確定してしまっている。

くっそう。腑に落ちない。偽名なんて別にいいよ。レオンの方が絶対カッコイイのに。

「あのジジイ、やっぱりいけすかねえな。おい、ダニエル。お前は絶対に死ぬなよ！　分かったな！」

……ダニエル確定か。なんかもう既に帰りたくなってきた。

俺達は出発した。予定より少し早く、まだ日が出る前だった。

ボン爺が先頭、ディアーヌが後ろ、俺が真ん中という態勢で馬を進めている。

旅に必要な荷物はだいたいボン爺とディアーヌが持った。俺は自分の荷物だけだ。まだ馬《アイリーン》をうまく乗りこなせていないからな。

しかも俺だけなんだかダサイ座布団みたいなものがくくりつけられている。すごく恥ずかしいが、慣れない人間が長時間馬に乗っていると尻や足が擦れて痛くなるらしい。

……確かにその通りだった。ケツが痛くなってきた。

だけどまだ、乗り始めて四時間くらいしか経っていない。

絶対にディアーヌに馬鹿にされる。ここは我慢だ。

ケツの痛みに耐えること数時間、後ろからディアーヌが近づいてきてパンと水の入った革袋を渡

された。

「朝食よ。昼食は少し行った先で食べましょう」

それだけ言うと、ボン爺にも食料を渡しに行き元の隊列に戻った。

マジかよ。ケツが痛いのにこのまま食事って……


ケツの痛みが麻痺してきた。もう駄目だ。耐えられない。

だけど、ディアーヌに笑われる。

そういえば、ディアーヌが街で砂漠の人みたいな恰好をしていたのって髪を隠したかったんだな。

ロイ爺に髪色を変えて貰った今は、普通に少し顔を隠すくらいにしているし。

〝身分を隠すには偽名が必要〟とも自然《ナチュラル》に言ってた。

ディアーヌって、いったい何者なんだろう。そんで、何を隠しているんだろう。

いやいや、駄目だ。俺は貴公子。淑女のプライベートを探るのは良くない。

なんか微妙にディアーヌの秘密を知ってしまっているがそれは俺のせいじゃない。

『鑑定』の野郎の仕業だ。

あ、そういえばロイ爺の魔法。あれ、多分『スキル』にあったぞ。

俺は、『ログ』を唱え『本《カタログ》』を開く。


『ユニークスキル』

『偽装』：５０００００Ｐ《ポイント》
説明　：変身願望が叶います☆　※本人のレベルに依存します※

説明はやっぱりふざけてるけど、多分これだ。

俺、今８２９２３２Ｐ《ポイント》あるから取れる事は取れる。便利そうなスキルではあるし、取っておいて損はないかもしれない。

だけど50万ってのはかなりいたいな。この旅の途中でも狩りはするだろうけど、どのくらいポイントが稼げるかは未知だからなあ。ロイ爺が十日って言ってたから、それまでは保留にしとこう。

『本《カタログ》』を見ていると、ケツの痛みの気がまぎれることに気が付いた俺は昼食までひたすらスキル図鑑を眺めていた。

……ケツの痛みと引き換えに馬酔いしたのはいうまでもない。

53　野営

昼になり、やっとのこと馬を下りたもののケツの痛みが治まらない。しかも馬酔いで胃の中が重い。このままでは吐きそうだ。こんな状態で目的地まで行くなんて無理な気がしてきた。

そこでやっと『回復魔法』の存在を思い出したんだ。

想定外だったのは、俺の『回復魔法Lv６』は範囲魔法だから近くにいたボン爺やディアーヌまで一緒に回復してしまった。特に疲れてもいない二人を。

回復魔法の淡い緑色の光を放つと二人はびっくりしていたが、

「体が軽くなったわ！」

とディアーヌは飛び跳ねて喜び、

「おい、ダニエル無駄に魔力を使うな！　制御も出来んのか。練習せい！」

とボン爺にはガチめに怒られた。

ダニエル呼びがナチュラルに浸透している。嫌だ。早く終わらせてとっとと帰らなきゃ。

ともかく超元気になってしまった二人はガンガン飛ばし旅は順調どころか予定より一日繰り上がって到着しそうな勢いだ。

ケツ痛え。ぎぼぢわりい……

昼に使ったせいでMPは半分まで減っている。これ以上回復魔法は使えねぇ。

一応『回復』は善行なのかポイントがもらえる。『ポイント倍増（10）』で一人80P《ポイント》。だけどMP回復にかかる時間を考えるとそうホイホイと使えないいんだよなあ。

ボン爺に言われた通り、MP節約のためにもマジで制御を覚えないと。ケツの痛みに耐えながらMP回復を待つしかないな。そして少しずつ練習しよう……

ただただ変わらないのどかな田舎風景が殺伐とした岩むき出しの舗装もされていない道に変わっ

ていった。馬《アイリーン》の揺れがひどい。

日が傾き始めている。

「こっから先は、魔物も出やすい。気をつけろ」

ボン爺は前を向いたまま、俺たちに注意を促した。

この辺の魔物はどんな奴が出るんだろうか。服に仕込んだクナイの取り出しやすさを確認する。

いつでもナイフを抜けるよう気を引き締めて周囲を警戒。

『鑑定』を使うと岩かげにチラホラ魔物がいるのが分かる。だけどレベルが低いな。

ＭＰが気になるから魔法はあんまり使いたくないんだが……俺は小さい火の矢を作ると魔物を岩ごと吹っ飛ばした。

「おいっ何やってる！」

「魔物がいたんだよ、だから燃やしたんだ」

「雑魚はほっといていい！　キリがないからな。襲って来る奴だけ叩け」

「分かったよ。で、今日はどこまで進めるの？」

ケツがもう……

「おう、もうすぐだ。あの木の下で野営する」

ボン爺が指差した木は前世でも見た事があるような大きな不思議な木だ。五十メートル程先である。

「よし、下りろ」

ボン爺とディアーヌがひょいっと身軽に馬から下りて木にくくりつけているのを横目に、ケツをいたわりながらそろそろと下りる。

痛《い》て、痛《い》って。

「ダニー？　早くしなさい。ほらっ」

「わっ痛っ！　やめろよディア！」

「あらダニー坊やはお尻が痛いのかしら？」

「いっ？……全然痛くねー！」

「ほら、早く馬をよこせ。姉弟喧嘩してる暇はないぞ」

なんなんだこの茶番は。

ディアーヌとボン爺が楽しんでる様には見えるけどさ、ナチュラル過ぎて旅が終わってもダニー呼びが固定されたらたまったもんじゃない。

野営の準備は簡単だ。木の枝に分厚い布をかぶせて広げ裾を石で固定するだけ。虫が入らない様にするだけの簡易テントだ。

空はもう真っ暗だ。既に外ではボン爺が焚火を用意しており、水を入れた小さな鍋を温めていた。

「夜メシにするからお前らはその辺の動物を狩ってこい」

「わかったわ。行きましょう」

ディアーヌは剣を抜き身にして走り出した。

負けてられるか。こっちには『鑑定』があるんだ。この辺は修行していた森よりも弱い獲物ばかりだ。

後で食事と睡眠の邪魔をされたくないから手あたり次第ザクザクと殺しておく。

魔物はマズそうだから、動物がいいんだけどこの辺は全然いないな。

「ダニー、何を遊んでいるの？　戻るわよ」

ディアーヌは二メートルはあろうかというワニのような見た目のトカゲを担いで戻ってくるのが見えた。

俺の方が毎日狩りの修行してたのに。悔しい。

二人で巨大トカゲの皮を剝がし、解体している間にボン爺が枝を削って作った即席の串に刺して焚火で焼く。トカゲ肉は肉汁と油が滴ってパチパチと音を立てている。小さな鍋にはその辺の草が煮込まれている。

あぁ、まじで腹が減ってきた。なんだかキャンプに来たみたいだ。

食後はとっとと寝るのが野営の基本らしい。俺達は一人ずつ交代で火の番をしつつ警戒することになった。

『鑑定』で見ても俺達を取り囲んで魔物が様子を見ているのが分かるから無防備に眠る事はできない。

ボン爺、ディアーヌ、そして俺の番が来た。ディアーヌは旅疲れで爆睡していた俺をつまみあげるとポイッとテントの外に放り投げてさっさと眠ってしまった。

爆睡してた俺も悪いかもしれないが、投げられた衝撃で起こされる屈辱は一生忘れない。

それにしても、体のあちこちが痛い。フカフカのベッドが懐かしい。

周囲には魔物がいない。正確には魔物の死骸の山しかない。ディアーヌが一掃したようだ。

なんだよ、ちゃんと燃やさないと余計魔物が寄ってくるだろ！

ん？

遠くの方に、『ダークウルフ』という表示がこっちに向かってきている。目視できる限り『ダークウルフ』という文字が15はある。

絶対この死骸の臭いをかぎつけたんだ。ディアーヌめ。

……来るぞ。

火の矢を敵の方向に向けて用意しながら、寝ている二人に迷惑にならない様にテント周りに土壁を作る。

よしこい！　何匹来たって関係ないぜ！

ダークウルフの群れが『鑑定』の文字ではなくその姿が見えてきた。大型犬ほどの大きさだと思う。

まだだ、もっと近づいたら攻撃しよう…………今だ！　火の矢を一斉にダークウルフへ向かって放った。

よし！……じゃない、避けやがった！

矢が当たったのは3割程度で、ダークウルフは矢の当たる直前で軽やかにジャンプし回避した。

しかも遠目で見たよりもデカくジャンプ力も凄かった。既に三匹には回り込まれ、挟み撃ちの状態になってしまった。

ダークウルフは、闘気剝き出しで俺を殺す気満々だ。森の中とちがってここは平地だから同じ攻撃をしても逃げられるだけだ。

魔法で風を作って俺も上に飛び上がると、ダークウルフ達も俺を追って一斉に襲い掛かってきた。すかさず、クナイを投げる。三匹仕留めた。あと七匹か。仲間が既に半分は殺されているのに逃げる気配が一切ないな。

さっきと同じ手を使い、もう一度ジャンプしたが引っかかったのは一匹だけだった。まじか。学習能力もあるのかよ。

俺を取り囲む六匹がギリギリの距離で仕掛けるタイミングを探っている。

掛かってくれるか分からないが……片足を一歩後ろにずらすと後ろの奴が飛びかかって来た。やった！　俺は即座に火の槍を作って突き刺した。その瞬間に俺に一斉にかかって来たダークウルフを同じように纏めて突き刺してやった。

やった、倒した。

ステータスでレベル確認は忘れない。レベルはまだか……でもポイントはウマウマだ！

次の交代まで、後二時間……よし、この際だからレベル上げとポイント稼ぎをしよう。

今のうちに周辺に罠でも仕掛けておくとするか。

54 重力魔法

二日目の夜。

昼前には岩だらけの道も終わり既に山道に入っている。

道もない山道では馬を引きながらの徒歩となり、昨日のような順調な旅とはいかなかった。だがこの山を越えるのが最短ルートらしい。

俺たちは父上からの手紙を受け取りすぐに行動した。俺の下に手紙が届くまでに三日と考えて、その分をロスとしても父上も騎士団を引き連れて討伐に行くまで多少の時間がかかっているはずだ。だから父上が北の山脈に到着するのに間に合うんじゃないか。

うまく行けば先回りが可能かもしれない。最初はそう考えていたんだ。

山の中は暗く昼間だろうが魔物もかなりいて、足を止められる事もしばしばあり、魔物退治をしながら進む旅になっていた。

とうとう二足歩行の魔物と対面した。カエルの様な肌の青緑色の魔物、その名もゴブリンだ。二足歩行だし人型と言えなくもないから魔族かと思ったが、『鑑定』では『魔物』と表示された。

強くはない。だがこいつらは複数で行動し連携プレーも仕掛けてくる。弱いけど魔法も使ってくる。ここにはゴブリンの巣があるのか、それが日中延々と続いたんだ。

こいつらによる足止めはいたかった。

「魔物が多過ぎる」

とボン爺も苛ついていた。想定外だったようだ。

そこまで大きな山ではないから、予定では今日中に山を越えて北の山脈まで一気に進むはずだった。だけど結局、俺たちは未だに山の中にいる。

「こんな所で野営するつもりはなかったが仕方ない」

暗い山の中で夜になるとどうにもならない。俺たちはともかく馬《アイリーン》達もいるしな。

火を焚いてテントの周りに罠を仕掛け、昨日と同様、交代で眠る事になった。

今のところ近くに魔物はいない。

夜の山中はとても寒い。焚火にあたり警戒しながら、ステータス画面を開く。

昨日と今日で、実際に旅をして必要だと気付いたスキルを取っておくつもりだ。

レオン・テルジア（9）
職業：テルジア公爵の長男
『ステータス』
Lv：　19　HP：153　MP：　96
『スキル』

・短剣　Ｌｖ３　・剣術　Ｌｖ３　・火魔法　Ｌｖ３　・水魔法　Ｌｖ３
・風魔法　Ｌｖ３　・土魔法　Ｌｖ３　・回復魔法Ｌｖ６
・狙撃　Ｌｖ４　・鑑定　Ｌｖ５　・身体強化Ｌｖ７　・暗殺Ｌｖ３
・隠密　・暗視　・言語能力（ナリューシュ語）　・言語能力（ベネット語）
・言語能力（ダグロク語）
・算術　Ｌｖ５　・礼儀　Ｌｖ４　・貴公子Ｌｖ３
『ユニークスキル』
・繰り越し
『エクストラスキル』
・魔力強化　・ポイント倍増（10）
『所持ポイント』

８３３１９７Ｐ《ポイント》

この一年程で地味にポイントを使ってしまった。

魔法はレベルを上げすぎると消費ＭＰが激しく増えるところが難点だからまだ上げてない。『魔力強化』のおかげでＬｖ２～３でも今までそんな困らなかったというのもあるんだけどさ。

昨日と今日、実際に旅をして必要そうなスキル、北の山脈についた時に必要そうなスキルを考えると今取っておきたいスキルがこれだ。

『重力操作魔法Ｌｖ１～10』１０００Ｐ《ポイント》～５１２０００Ｐ《ポイント》
『気配察知』５０００Ｐ《ポイント》『マップ』１００００Ｐ《ポイント》

『重力操作魔法』と『気配察知』はただの『スキル』、『重力操作魔法』はレベルありのマニュアルスキルで、『気配察知』はオートスキルだ。

火水風土の基本魔法はだいたい押さえたから、そろそろ次に行きたい。重力魔法は便利そうだし戦闘にも使える。『気配察知』は言わずもがな。

今日は特に敵に奇襲かけられる事が何度もあって『鑑定』だけだと無理がある事に気付いたんだ。『マップ』はユニークスキル。旅に出ると、地図があった方がいいからな。ポイントもそんなに高くない。

さて『重力操作魔法』なんだけど……

『重力操作魔法Ｌｖ１』　１０００
『重力操作魔法Ｌｖ２』　２０００
『重力操作魔法Ｌｖ３』　４０００
『重力操作魔法Ｌｖ４』　８０００
『重力操作魔法Ｌｖ５』　１６０００

『重力操作魔法Lv6』　32000
『重力操作魔法Lv7』　64000
『重力操作魔法Lv8』　128000
『重力操作魔法Lv9』　256000
『重力操作魔法Lv10』　512000

もういっその事MAX取っちゃうか!?

いや、待てよ、『回復魔法Lv6』ですらMP消費が激しいんだよな。レベルMAXは今の俺のMPに耐えられる代物じゃない気がする。

ここは……6と迷うけど7にしとこう。どうせ将来的にMAX目指すんだし、ポイントもあるしそんな違いはない……はずだ。

スキル取得を終えると、早速四方からの気配を感じてゾワッと鳥肌が立った。……なんだ、トカゲじゃん。驚かせんなよ。

『鑑定』で確認すると、雑魚のトカゲが大量にいるだけだった。『気配察知』は慣れるまでは落ち着きそうにない。〝ON〟〝OFF〟機能付きで良かった。

『マップ』はかなり良かった。頭の中に地図が浮かんでくる。自分のいる現在地が分かるから目的の北の山脈までの距離も分かる。これは良スキルだ。

さてと、お楽しみの『重力魔法』を試してみるか！　その辺にいたネズミに向かって靄がかった黒い魔法を放つと、それに当たった瞬間にネズミはペチャッと潰れた。

怖っ。

俺が森での修行でやられた時みたく動きが鈍くなるか止まるかだけだと思ってた。ちょっと触れただけで潰れるとか……

良かった、俺、重力魔法使って体軽くして飛ぼうとか馬にかけて軽くして持ち運ぼうとか考えてたんだよ。多分出来るはずなんだけど、自分《オレ》と馬《アイリーン》に使わなくて良かったー。

しばらくトカゲで実験していると、突然悪寒が走り鳥肌が立った。

敵だ！

『鑑定』を使うまでもなかった。バカでかい蛇の頭が俺たちのテントの上に現れたんだ。

えっひとつじゃない!?　頭が何個もある!?!?　もう蛇は怖くない！　怖くないけど、……トラウマなんだ!!

咄嗟に最大出力で『重力魔法』を蛇の頭に思い切り放った。

パァンッと音を立てて蛇の頭が弾けた。肉片と血の雨が俺に向かって降り注いだ。

「うっぎゃあああああああああああああああああ!?」

頭を一つ潰された巨大オロチはまだ生きていて、むしろ怒っているが、そんなの関係ねぇ!?

パニック状態で残りの頭を燃やしたり力任せにぶった切っていると、俺の叫び声で飛び起きたボン爺とディアーヌにぶん殴られた。

「うるさい！　何やっとる！」

「やだっ汚いっ！　信じられない!!　最低!!」

「だって……だって蛇が」

「はぁっ？　なにこの蛇。ちょっと大きすぎない？」

「だろ？　分かるだろ俺の気持ち」

巨大オロチの死骸にディアーヌも驚いていたが、もっと驚く事が起きた。死骸が突然白く光って消えた。そして、消えた場所には白いガラス玉みたいな丸い石がコロリと転がっていた。

「えっ……？」

「おお！」

「え？」

まるで宝石のような綺麗な石だ。

「おい、お前……よくもまぁこいつを殺せたな。コイツはこの山の主だ。相当強かったはずだぞ」

「え？……そうなの？　俺、びっくりして無我夢中でさ……」

「そんなのどうだっていい。良くやったな。あれはオーブだ。この辺りの魔物の長みたいなもんの証拠だ。明日からの旅が楽になる。良くやった。ダニエル、いや、レオン。一人前だ」

ボン爺は俺の頭に軽く手を置くと「それでも、今後も油断はするなよ」と小さく渋い声で呟いた。

「ボン爺……」

「ちょっと待って！　この汚れどうしてくれるのよ！」

ディアーヌにはテントと周辺を汚した事に酷く怒られた。そしてこの時を境にディアーヌから距離を取られてしまった。

　魔法で水を出して浴びたけど、臭いが取れなかったんだ。

55　危機

信じられない事が起きた。

いや…なにを体験したというよりは全く理解を超えていたのだが……

あ……ありのまま今起こった事を話すぜ！　俺は蛇《オロチ》を倒したと思ったら……レベルが上がったんだ！　それも飛躍的に！

それだけじゃない、ボーナスポイント付きだ!?

『ステータス』
Ｌｖ：　25
ＨＰ：２６５／２６５
ＭＰ：　８／１６７
『所持ポイント』

１８３３２５３Ｐ《ポイント》

…………そんなに強かったのか、あいつ。

今更ながら身震いするぜ。あいつは……めちゃくちゃ強かったんだ。

だってあの蛇、『気配察知』があったのにあんなに至近距離に近づくまで全く気づけなかった。

今までだってデカい魔物が近づいてくれば何となく分かった。主に音で。

なのに気づかなかった。鬱蒼と茂る木々の犇《ひし》めく中をあんなデカい蛇が這う音が聞こえなかった。

おそらくあの巨大オロチは相当レベルが高かったんだと思う。俺より……俺なんかよりも断然強くて気配を全く感じさせなかったんだ。あんなに近づくまで。

血の気が引いた。

あの時ビビって立ち竦んでいたらこっちがやられてた。火事場の馬鹿力が功を奏しただけだ。

……単にラッキーだっただけじゃん。

こんな小さな山に危険な魔物がいるんだからヤバい奴はまだまだいる。

もしロイ爺が言ってた知能が高い魔族だったら、今頃もっと上手く殺されていたんじゃないかな。

レベルが上がったのは嬉しい。だけどただの運だ。もっと強くならなければ死ぬ。北の山脈の魔物が、もし魔族だったら……まずいな。なぜなら別の意味でも俺はいま超危険な状態だし。

そう、俺は今……絶賛ＭＰ枯渇中だ。

『重力操作魔法Ｌｖ７』を全力で使い、その後も蛇《オロチ》退治や清掃の為に魔法を使ったからだ。

巨大オロチから貰ったボーナスポイントを今使わないでいつ使うんだ！


『エキストラスキル』

『MP自動回復』1000000P《ポイント》を取得。


レベルが上がったのに、MPがないとかマジありえねぇ。

『回復魔法Lv6』『重力操作魔法Lv7』は有能だが、レベルに見合ってないスキルだった事は認める。だからなんだ、それなら使えるチートを取ればいいだけだ！

だが、残りのポイントは温存する。まだ、何があるか分からない。十日以内にサクッと帰れる保証がない。

王都に行く事になるかもしれない。もしそうなったら、ディアーヌの為に『偽装』を取りたい。

「ちょっと、近いわよ！　臭いんだから、あんまり近づかないで」

「ご、ごめんっ」

いけね、考え事してたらディアーヌに怒られた。

現在北の山脈の麓を馬で移動中。蛇《オロチ》騒動の後、掃除に洗濯としていたらもう野営どころではないとまだ夜中だというのに暗闇の中、山を降りる事になった。

ずっとディアーヌには文句を言われ続けている。せめて『回復』して詫びの一つでもしたいんだけどMPが枯渇中と、最悪のコンディションだ。

ステータスに気付いて『MP自動回復』を勢いで取ったから、今は半分位戻ってるけどさ。

さすが100万もする『スキル』なだけある。回復が早いぜ。

MP回復を更に促進させる為に馬《アイリーン》に乗りながらもずっとパンとトカゲ肉を頬張り続けて数時間。

北の山脈、カシニルナ山脈は驚くほど大きい。雲に隠れて見えない頂上を持つ数千メートル級の山が幾つも連なっている。その麓を山道に沿って進む。

ボン爺によれば『北の祠』とはナリューシュ王国側から山に入る時に、無事を祈る為に造られた神殿の無人派出所みたいなものらしい。仮にも〝神殿〟に魔物が棲みつくとかさ……この国の神には本当に御利益があるのだろうか。

祠までは、このペースだとあと一～二時間ぐらいかかりそうだ。

『あの』

ん？

『あの、旅の方』

ん??

耳元で声が聞こえる。鈴の様な小さく高い心地よい声だ。

だけど、周りを見ても何もいない。

『私が見えないのは当然です。私は死んでいるのですから』

は、……はぁ!?

『私の体は、昔……あの大蛇に飲まれ無くなりました。ですが魂は囚われたまま、どの位の年月が経ったのか分かりません。貴方が大蛇を倒してくれたから、私は今貴方の持つオーブの中に魂を移しこうして話しかけているのです』

えっ？…………いや、いいよ、成仏してよ！

『あの、まあそう言わずに。ああ見えてあの大蛇は識者でした。この付近の情報が絶えず入ってきていたのです。貴方達一行の動向も山に入る前から知っていたのです。殺されるとまでは思わなかった様ですが』

話が見えないし怖ぇぇよ。なんで成仏しなかったんだよ。

『怖がらないで下さい。私は貴方にお礼がしたかったのです。外に出して貰ったお礼を。貴方はレオン・テルジアですね。今すぐに馬を走らせるのです。ガルム・テルジアという人物が極めて危険な状態です。同じ名字ですもの、きっと身内なのでしょう？』

へっ？　なんだって!?

『急ぎなさい、早く！　間に合うかどうか……そこまでは私には分かりません。もし大切な人なら、とにかく急いだ方が……』

「……ボン爺！　馬を走らせよう！　父上が危ないんだ！」

「なんだと？　なぜ分かる!?」

「いや、説明は難しいんだけどさ……オーブ《アイリーン》だよ！　あのオーブが教えてくれたんだ！」

「……分かった！　ダニエル、両足で馬の腹を思い切り蹴るんだ。馬から振り落とされるなよ！

急ぐぞ！」

「分かっ……うっうわっっっ」

ボン爺の言う通りにすると驚いた馬《アイリーン》が突然走り出し俺の体は宙に浮――。

「ほらっ何してるの！　もっと身を屈めなさい！」

たところを横付けしたディアーヌが体を押さえてくれた。

「ディアっ！　ありが…」

「悪いけど、先に行くわ！　ダニー、足手まといのあなたは後から来なさい！」

ディアーヌの後ろ姿が遠のいていく。


……ふっざけんな！

俺はもう一度、馬《アイリーン》を蹴ると、必死でしがみつき二人の後を追った。

56　義憤

走る馬に乗りしがみつくこと小一時間。

追いついた。数メートル先でボン爺とディアーヌが岩の陰に屈みこんでいる。

父上がいるのか!?

馬《アイリーン》を上手く止められずに結局派手に落馬する形になったがそんな事はどうでもいい。すぐに起き上がって走った。

「ボン爺！　父上がいたの!?」

「……あぁ」

そこには、見るも無残な姿の父上がいた。両足と片腕を無くし、頭にも打撲痕がある。血を流し過ぎたのか顔も体も青白くなってしまっている。

「そんな……こんなことって」

「辛うじて弱々しいが息はある、だがな……」

「えっ」

生きてる!?

「魔法で出血は止めたが……駄目かもしれん。おいっどこへ行くんだ!?」

「ボン爺！　父上の腕と足を探してくる！　あれば多分治せるんだ！　父上をお願い！」

前に蛇で試したから元に戻せるのは分かっている。しかも父上はまだ生きている！

ボン爺の返事を待たずに『鑑定』を発動しつつ駆け出した。

「私も探すわ！」

ディアーヌも周辺を探しに一緒に走り出してくれた。

足はすぐに見つかった。父上が倒れていた場所近く、少し山に入った所に両足を見つけた。群がっている虫と土を払い落とす。腕は無い。だけど、探し回っている時間がない。

腕はディアーヌに任せ、両足を抱えて父上の下に戻るとすぐさま『回復魔法』をかけた。

父上を淡い緑色の光が包み込む。……上手くいったのか。

ボン爺が父上のボロボロに汚れた服を脱がし、魔法で水をかけて血と汚れを流すと、見た目は傷跡もなく元に戻った様に見える。良かった、くっついた。

でも、意識はない。

「父上、大丈夫かな」

「血を流し過ぎたんだろう。しばらく様子をみるしかない」

「ボン爺、俺、腕も探してくる！」

「この付近に無ければ諦めろ。食われた可能性が高い。ガルムは、あの状態でここまで這って来たんだろう……腕の一本なかろうが生きてさえいりゃマシだ。山の中に何がいるかわからん。ディアも呼び戻せ」

「……うん」

再び『鑑定』で腕とディアーヌを探す。

ディアーヌは山中の足があった付近の草をかき分けて探しているところだった。やっぱり、腕はどこにもないようだった。

「ディア、ありがとう。あのさ……腕は、もういいよ。魔物に食われたかもしれないし」

「……そう。あなたのお父様は……騎士だったのでしょう？　剣を振るう腕が無いのは……辛いわ」

「うん……でもさ、敵が、化け物みたいな奴がこの山にはいるかもしれないから。深追いは止めよう。気休めかもしれないけど、足は治せたから」

「……そう」

言葉少なに岩場に戻ると、ボン爺が焚火を作りテントを準備している所だった。

「ここはかなり祠に近いからもっと距離を取りたいが仕方ない。ガルムの意識が戻るまでしばらくここで様子見しよう」

……俺たちは交代で父上の容体を見ながら見張りをしている。

不気味な程に魔物がいない。気配は勿論のこと、『鑑定』を以てしても。そして静かだ。

「魔物、いないわね。あなたのお父様は一体何にやられたのかしら……」

分からない。ここの魔物は気配どころか『鑑定』も阻害するのだろうか？　だとしたら厄介どころじゃない。危険過ぎる。

身動きする事なく日が沈み、夜になった。暗くなれば余計に焚火は目立つが父上の身体を冷やす訳にはいかなかったから、小さな焚火を作って、ずっと寝ずの番を続ける。

魔物どころか大した動物もいないので、ボン爺の作った野草のスープとパン、小さなトカゲをそこら辺で何匹も捕まえて来ては焼いて食った。

夜も大分更けた頃父上の意識が戻った。

「う……」

「ねぇ！　起きたわ！」

「父上！」

「う……レオン……？」

「父上っ……そうだよ！」

「……レオ……なんだ。私は、死んだのか……」

「馬鹿が。まだくたばっとらんわ。しっかりせい」

「うぅ……ボンか……？」

「そうだよ、ボン爺もいる！　ディア、俺の剣の師匠も。皆で助けに来たんだ！」

「たすけ……だと？　レオ……こんな……所へ、か」

「血が足りんか……お前はもう喋るな。もう少し休め」

「スープ、飲めるかしら。少しでも飲んだ方がいいわ」

父上の体を少しだけ起こし、一口ずつスープを流し込む。

まだまともに話す力までは無さそうだけど、意識が戻ってくれた事に安心する。後はなんとか回復してくれれば。父上のステータスを見る限りは大丈夫なんだ。だけど回復させてもＨＰは少しずつ落ちていってしまう。瀕死の状態だと『回復魔法Ｌｖ６』じゃ完全回復までは出来ないっていうことなのかな。……様子を見て、もう少ししたらまた『回復』をしよう。

今夜はまったくというほど風がない。焚火の火のパチパチという音だけが鳴り響いている。

このまま、何事もなく夜が明けて欲しい。せめてあの巨大オロチ以上の魔物が現れなければ、なんとか凌げる。

　俺たちの不安をよそにその夜は静かに何事もなく過ぎていき、時折、俺のかける回復魔法の光がぼんやりと周囲を照らした。

　明け方になりもう一度回復魔法をかけると父上は上体を起こせるほどに回復していた。食事も少しずつ取れているし、昨夜よりは話も出来る様になった。

　胸がつかえて上手く父上と話せない俺の代わりに、ボン爺が落ち着いた声で話しかけ、父上から事の次第を聞き出している。

「にわかには信じがたいが……助かった。ここへは命を捨てるつもりで来たのだが、こうしてまたお前たちに会えるのは嬉しいものだな」

「バカが。死んだら終わりだ……それでお前を殺そうとした魔物《タチ》は今どこにいる？」

「ハハ。ボンの口癖が出たな……魔物じゃない。魔物よりも質が悪い」

「魔族か」

「いや……人間だ」

　人間だって……？

「賊か」

「あぁ……ドゥルムの息のかかったな。私は、やつに騙されたんだ。ほ…ゴホッ……祠に着いた途端、一斉に切りかかられて…な…」

　ドゥルム……去年のパーティーでいけ好かなかったジジイだ。あの馬鹿皇子の手紙にもあったな。

あそこの二人は繋がっているんだ。

そうか、そういう事か。

「賊はまだこの辺にいるのか？」

「分からん。祠の付近にかなりの数が潜んでいた。私の死が目的ならもういないかもしれないな」

「父上！　父上は、いつ奴らにやられたの!?」

「昨日だ。祠に到着してすぐに後ろ手から襲撃を受けた。なんとかこの辺りまでは逃げてきたのだが、数が多かったな。だが、私の油断が招いた事でもある。私の失態だ」

「昨日なんだ……」

「まぁ、タイミングが良かったじゃないか。おい、ガルム。下らん事は考えるなよ？　お前だけでも生きていたんだ。それでいいんだ」

昨日か。……昨日は昼間だって、凄く静かだったよな。

大人数が山中を移動する気配も音も無かったし、ここまでの道中は賊の一人とも出会っていない。

という事は、まだ祠付近にいるか、反対方向へ移動したか、だろう。

父上を倒した後にすぐに立ち去ったとしても方向は俺たちの来た方向じゃない。

だとすると、王都だ。

……追うか。

いや、今の状態の父上をまだ動かすのは難しいし、したくない。

「ボン爺、あのさ、魔物がいないって分かったし……ちょっと探索してくるよ」

俺は父上に聞こえないように小声でボン爺の耳元に告げた。

「……まだ賊がいるかもしれん。気を付けろよ」

「うん。大丈夫だよ、ボン爺とロイ爺に鍛えられたからね」

テントをそっと抜け出し、俺は山の中へ入って行った。

木の枝を渡って進むのは簡単だ。すぐに祠付近に到着した。

『鑑定』を使えばすぐに分かるぜ。ドゥルムの息のかかった賊が二十人。よかった。まだここに留まってて……追う手間が省けたよ。

父上の話を聞いてから、何だかずっと全身の毛が逆立っているみたいなんだ。寒くもないし、怖いわけでもない。どちらかというと怒りの方が強い。

離れた木の上に隠れて鑑定を使い、静かに賊どものステータスを確認していく。なんだ……強くないじゃん。っていうか、弱い。あの程度の奴らに父上はやられたのかよ……いったい、どんな状況だったんだろう。

もう少し近づいて奴らの会話を盗み聞きすると、明日にはドゥルムの部下が報酬を渡しに戻ってくるらしい。……明日か。

じゃあ、今日の夜には死んでもらおうか。父上の仇はうってやる。俺だって奇襲は得意なんだ。

57　報復

現在は夜。深夜という程でもない。月も星も見えない曇った空は辺りを闇に染め抜いている。

だらだらと酒盛りでもしていたのだろう。祠周辺に点々と集まりだらしなく寝そべる小汚い賊の輩を、勢いに任せて纏めて燃やしてしまった。

炎で作った矢を飛ばして、身動きを止めそのまま体の内側から焼いた。

辺りはその炎の海が広がり赤く輝いており、肉の燃える匂いと煙が立ち込めている。

父上を死に至らしめた罰だ、と考えれば後悔などまったくない。むしろ爽快な気分だ。

まぁ、父上は死んでないけどさ。

父上を危機的状況に陥れた賊がどれほどなのかと思ってたのに、呆気なさすぎた。

これなら魔物の方が強い。

木の上で燃えさかる様子をぼんやりと眺めているとボン爺がやってきた。

「どうやるのかと思っていたが、燃やしたか。まぁ、いいんじゃないか」

「うん。ちょっと、賊の数が多かったからね。一人ずつやってたら姿を見られた上に逃げられるかもしれないと思ってさ」

「ハッ。そいつはロイの野郎の受け売りか？　それにしても一人は残して情報を聞き出した方が良かったんじゃないか」

「それなんだけどさ。いるんだよ、一人。あの祠の中に隠れてる。あそこさ。あの祠の中だけは魔法が弾かれているみたいで燃えてないいんだ」

「ほう。なるほどなあ。祠には一応加護が効いてるってことか」

「……ディアは？」

「ガルムを任せている。お前の回復のおかげで明日にはあいつも多少は動けるようになるだろう」

「良かった。ねぇ、ボン爺。明日王都に向かうべきかな」

「そのつもりだ。ガルム一人で帰す訳にはいかん　さ、そろそろ行くか。火を消せ」

「分かった」

　領地を出発してから、既に三日経っている。たしかここから王都まで一日か二日かかるんだよな。ロイ爺の偽装が解けるまでに帰れるといいんだけど。

　ボン爺にそろそろ火を消すように言われて、魔法で水を上空に作り雨の様に降らせて鎮火させていく。山火事にでもなったらいけないと、これはボン爺も手伝ってくれた。

　祠の中に隠れている奴は、出て来ようともしない。まあ、当然だよな。

　やっぱり、こっちから行くしかないのか。

「出てこい。必要な事を話せば命は助けてやってもいい。出てこないなら今すぐにでもお前を殺す」

「……ヒイッ」

凄みのあるドスの利いた低い声でボン爺が脅せば、隠れていた奴は意外にもすんなりと出てきた。腰が抜けているのか、四つん這いだ。なんだよ、賊のくせに。

俺はというと、ボン爺の指示で祠の陰に隠れている。いつでも攻撃を仕掛けられるように。

賊はヒョロイ体のやたらとモジャモジャした髪の長い弱そうな奴だった。ステータスもたいして高くない。多少は俺の攻撃に当たったのか、所々火傷している。

　こいつは、賊の長って感じじゃないな。運良く祠に逃げ込んだ三下ってところか。

「誰に雇われた？」

「しっ知らねえ。オレはなんも知らねえんだ！」

　賊の長いモジャ髪の一部が一瞬で切り飛ばされた。

「それなら、知っている事を話せ。何も知らないならお前に用はない」

「はっ…はっ………か、勘弁してくれよ。オレはオヤジに雇われただけなんだって。こっここに来る貴族を殺《や》ればよう、か、金がたんまり貰えるって話だ。あっ明日には金が入るらしいぜ。オ、オレはいらねぇ！　あんたにやる！　オレはトンズラできりゃいいんだ。だっだから見逃してくれ」

「金か……で、そいつは誰がどこから持ってくるんだ？」

「そいつも知らねえんだ。オヤジがドウンだかドウムだかって奴の話をしてたから、たっ多分、ソイツじゃねえかな。だけど、だけどオレは本当に知らねえんだ！」

　ボン爺が金に興味を示した様に続きを促すと、三下は簡単にペラペラと話し出した。あまり大した情報じゃないが、「この辺で金のある奴はナリューシュ国の貴族しかいねぇ」だとか「ドウムとかいう奴は金払いがいいらしい」だとかその程度の事だった。

　しばらくしてボン爺が毛の少ない頭を掻いた。二人であらかじめ取り決めていた合図だ。

　俺は身動きする事もなく静かにクナイを投げて、三下の脳天に突き刺した。

　死体を焼いて父上の下に戻るとディアーヌがテントの外で焚火にあたりながら退屈そうに野草スープをちびちびと飲んでいた。

「どうだった？」

「大した情報は得られんかった。ガルムの様子を見て朝にはここを立つ」

「王都に行くんでしょう？」

「そのつもりだ、お前さんは先に領地に戻るか？」

「そうね。……でもどうせ退屈だから一緒に行くわ」

　残り数時間を俺とボン爺で仮眠を取り、夜明けを迎えた。

　ボン爺の言っていた通り、父上は起き上がれる様になっていた。まだ弱々しいけど、辛うじて歩ける程度には。

　……良かった。魔法で足はくっついたけどさ、ちゃんと歩けるか心配だったんだ。

　ボン爺が父上を馬に乗せて、王都への移動を開始した。

　天候は曇り。ここから先は平地だから、日差しがないと涼しくて旅が楽になる。

いまのところ魔物もいない。これまでと違って、王都までの道のりは順調だと踏んでいる。

数時間おきに休憩を挟み、父上の様子を見ながらゆっくりと馬を進めていく。

王都までは残り２／３くらいだろうか、俺の『鑑定』に反応があった。

王都方面、地平線の向こう前方から一人。たった一人。

姿はまだ見えない。だけど、普通じゃない。

職業：魔族
『ステータス』
Ｌｖ：70　ＨＰ：４５７　ＭＰ：５２４
『スキル』
・火魔法：　Ｌｖ７　・水魔法：　Ｌｖ７　・風魔法：　Ｌｖ７
・土魔法：　Ｌｖ７　・混合魔法：Ｌｖ６

魔族だ。

……前方から魔族が来る。しかも、こいつは強い。ボン爺よりもレベルが高い。

ＭＰも高いぞ、魔法特化型なのか。

「前方から、魔族が来る!!」

「魔族!?」

「なんだと？　なぜ分かる!?」

「見えるんだよ。しかもすごく強い奴だって事も分かるよ。……かなり強い魔法使いだ。この辺じゃ隠れる場所も無いよ。ボン爺、どうしよう」

「ここまで来てしまったら、今から戻るわけにもいかん。ガルムがいるからまともに馬を走らせる事も難しいぞ」

「ということは、迎え討つしかなさそうね」

ディアーヌから闘気が漏れている。だけど、あいつ基本魔法のレベルが軒並み7なんだぜ……？

ボン爺はともかくディアーヌと俺のステータスじゃ比べ物にならない。

俺のあいつに使えそうな能力は『重力操作魔法』だけだ。

……そうだ。

「ボン爺、敵は魔法を使ってくる。それを何とか相殺して欲しい。俺は敵の足を狙うよ。ディアは敵の動きが鈍くなったら一気に斬り殺して！」

「ふむ、分かった。覚悟を決めなきゃならんな。皆、馬から下りるぞ」

ボン爺は父上に布を巻きつけると付近に荷物をまとめて置いて、父上を隠した。簡易の焚火を作り、休憩している旅人の様に見せかけ待機する。

少しずつ、敵の姿が見えてきた。

魔族の癖に馬に乗っている。白い服で身体を覆っており遠目では人にしか見えない。

………………ん？

あの白い服、見た事あるぞ。兄《アンドレ》と妹《アイリス》の取り巻きだ。神殿の奴だ！

えっそれって……どういう事だ？

魔族が近づいてきた。

「何者だ!?　ここで何をしている？」

うわ……喋った。『鑑定』で見なければ魔族だとは到底思えない、普通の人間の声だ。

「わしらは旅の者《もん》じゃ。この子らが疲れたと言うんでな、このとおり休憩しとります」

「この付近には村はない。……カシニルナ山脈を越えて来たか？」

「はぁ」

「……ならばこの辺に人がいるはずがない。お前達は誰にも会わなかったのか？」

「はぁ。誰にも会いませんでしたなあ」

「なるほど。怪しいな……怪しい者は全て消すことにしているんだ。悪く思うな」

そう言うや否や俺達に向けて大量の氷の矢が放たれた。

やばいっ！　と思ったが、ボン爺が氷の壁を張り矢は全てその壁に突き刺さった。

「やはり！　敵だったか、ここで殺す!!」

爆風が吹き荒れる、熱いっ。なんだこの魔法、威力が半端ないぞ。

ボン爺が風を起こして防いでくれたお陰でなんとか俺達は燃やされずに済んだ。

遅れて爆音が鳴る。鼓膜が破けそうだ。

なんだこの戦い。……今までと全然違う。

魔族からの魔法の連続攻撃が続き、俺達は一歩も身動きが出来ない。ボン爺だけがなんとか応戦してくれている。といっても防御にかかりきりだけど。

……攻撃をしなくちゃ駄目だ。防戦一方じゃ、このままだと全員やられる。

煙と炎が舞う中を目を凝らし、何とか敵に照準を当てて集中する。あの巨大オロチを倒した重力魔法を使う。うまく当たれば勝てるくらいには便利な魔法のはずだ。

ボン爺が敵の放つ火柱を鋭い風で切り付けた瞬間、敵に隙を見つけ『重力魔法』を放った。

だけど、俺の発動よりも早く敵からは次の攻撃が俺達に放たれていた。

失敗か……いや……重力魔法の黒い闇は、敵の放つ攻撃魔法を全て飲み込みさらに巨大化して魔族に向かっている。よし、そのまま当たれ！　潰れちまえっ!!

漆黒の闇の塊は、魔族の体を覆い尽くした。

「ギャアアアアアッ」

黒い闇は、乗っていた馬ごと魔族の半身を消し飛ばした。

「やった？」

「いや、まだだ。攻撃してくるぞっ」

……こいつは本当に化け物だ。下半身を失い、身動きは鈍くなっているにも拘わらず、尚もまだその手は攻撃を止めない。

クソっ。なんてしぶといんだ。まさか再生とかしないよな、こいつ。

「いくわっ！」

ディアーヌが抜き身にした剣を構えたまま、走り出した。

魔族の攻撃がディアーヌに集中した。放射状に降り注ぐ火の玉を、駆けながら避けるディアーヌ。

ディアーヌの動きは軽やかだが、敵の攻撃が止むこともない。ギリギリだ。

だけど、ディアーヌがある意味囮役となってくれている今なら、あいつには隙がある。俺とボン爺は被弾を避けつつ魔族の後ろに向かって走り、敵を挟み撃ちにした。もう余裕があまりないのか、敵はもう俺達の動きには見向きもせずディアーヌのみを狙っている。

今だっ。

ＭＰの残り少ない俺は心臓を狙いクナイを投げ飛ばし、それにボン爺が炎を纏わせる。

クナイは、確実に急所を貫通した……はずだった。

それなのに、まだ奴は生きていた。俺の攻撃は蚊に刺された程度だといわんばかりに、奴は振り向くこともなく、ディアーヌへの攻撃の手を止めることがない。

だが、決着は付いていた。

ディアーヌは全ての攻撃を見切っているかのように避け切り、敵の懐に入り込むと、一太刀で下から魔族の首を切り飛ばした。

「グガァッ……！」

その瞬間、魔族は一瞬にして灰となり、着ていた白い布のみを残して消えた。

58　魔族

「レオン、助けられてばかりだな。ありがとう。驚く程強くなったんだな」

「ボン爺とロイ爺がちょっとおかしいくらい強いからね。ディアも。みんなの稽古のおかげだよ」

「そうか。そういえばお前の剣の師匠は今回初めて会ったな。あんまり可愛らしいお嬢さんで驚いたよ」

「でしょ!? お、僕も初めて会った時は驚いたよ。……え？　父上も初めて会ったってどういうこと？　ディアは、父上が寄越した師匠なんじゃないの？」

「いや。彼女はロイが見つけて来たんだ。ロイは相手の素性を見抜くのが得意だからな、安心して任せたよ。なにせお前の師匠を見つけるのに苦労していたのでな」

「そっか、なんだ。ロイ爺が……」

帰ったら聞こう。教えてくれないかもしれないけど。

「それより、レオン。よく私の足を治してくれたな。あんな技を使えるのは相当な高位の魔術師だけだぞ。……一体どうしたんだ？」

「あ、いや、あれはロイ爺に本を貸して貰ってさ。良く分からないけど、出来たんだ」

ポイント使って取ったなんて言えないよなあ。前にボン爺とディアーヌにもかなり詰問されたけどさ、聞かれても困るんだよね。

なんだか知らんけど出来ちゃった、テヘペロ。としか言いようがないじゃん。

「そうか、……やはりレオンも特別な力の持ち主だという事か。レオン、すまないが王都での力の発動は控えてくれ。あと私の足を治療したという話も言わないで欲しい。すまないな。本心では皆にお前の事を自慢したくてたまらないんだ。だが、私はお前まで奪われたくはない」

「大丈夫、言うわけがないよ。だって神殿の服を着た奴が敵だったんだぜ？」

しかも魔族だったしな。

「そうだな。私も驚いた。ドゥルムと神殿に繋がりが無いわけはないのだが、神殿の者がまさか私を殺すのにも加担するとは……」

そう、魔族を倒した後、おそらくあいつがドゥルムの手先で賊の所に向かっていたのだろう、と俺たちは結論づけたんだ。

しかもあの魔族、金貨の一枚も持っていやしなかった。多分さ、あいつ一人で賊を口封じに殺す予定だったんだよな。

「……父上、王都に帰ったらどうするつもり？」

「そうだな。まずは国王への報告がある。ドゥルムが何を企んでいるか知らないが様子を見てその事も報告した方がいいだろう」

「神殿の事もそうだけどさ、王都は危険な気がするよ。国王への報告はお……僕も付いて行っちゃ駄目かな」

「そうだな。だがお前の髪の色がなぁ、それは確かあと数日戻らないんだろう？」

「あぁ、そっか。じゃ頭をケガした事にして包帯を巻いて隠そうかな」

「そこまでしてなぜ行きたがるんだ？」

「そりゃあ、心配だからに決まってるよ！」

「……ははは。何とも頼もしくなったなあ、レオン」

父上が俺の頭を撫でながら涙ぐみ、うっかりつられて俺まで泣きそうになってしまった。

「……そろそろメシにするか？　どうだ？　親子水入らずの話は終わったか？」

ボン爺とディアーヌは俺たちに気を遣って二人きりにしてくれていた。色々と気が動転していて、父上との再会からのんびり話す事もなかったからこの時間をくれたのはありがたかった。

魔族との戦いに疲れ切った俺たちは、今日はもうこのまま休む事にしたんだ。

「そうだな。すまないな、ボン。さあ食事とするか！」

「うん。お腹すいたよ」

「さっき少し遠くまで行って獣を一匹狩って来たわ。早く食べましょう」

「へっ？　この辺動物なんて全然いないじゃん？　一体どこまで行ったんだよ？　ちっとも休んでないじゃないか」

「ちょっと遠くよ。……落ち着かなかったのよ、仕方ないでしょ」

ディアーヌの機嫌が悪くなった。

あの時、魔族にとどめを刺したのはディアーヌだ。ディアーヌは魔族嫌いらしいし、確かに何か思うところがあったのかもしれないな。

「それは、ごめん」

食事を終えると、父上には早々に休んでもらい、残る俺達三人も順番に寝る準備をする。今日もまた風もない静かな夜になりそうだ。

昼間の激闘で皆それなりに疲労が溜まっている。皆に回復をかけてやりたいけどMPが心もとなく二人からもいらないと言われた。せっかく上位の魔法スキルを取ったのに、必要な時に使えないって……情けないな。

今日だって俺の攻撃なんて一発の重力魔法くらいであとはまったく意味もなかったし。ボン爺とディアーヌがいたから勝てただけだ。

今日の魔族を倒しても、俺達のレベルは1～2しか上がらなかった。ボン爺が1、俺とディアーヌが2ずつ上がった。

もらえたポイントは1000ポイント。ま、魔族一匹に対してレベルが2つ上がったのはすごいことなのかもしれないけど、ちょっと前にボーナス並みに上がったレベルとポイントを考えると、物足りない。つまり、あの巨大オロチが実はあの魔族よりもめちゃくちゃ強かったって事だもんな。

今更ながらビビるぜ。あの時、反射的に先制攻撃していなかったら父上の所へ辿り着く前に全滅してたって事だもんな。

「ねぇ、ちょっといい？」

「ディア？　寝なくていいの？」

「眠れないのよ、ちょっと隣座るわ。……うわくっさ！　ちょっと、ダニー！　あなたまだ臭いわよ！　信じられない」

　ディアーヌは鼻を摘《つ》まみながら俺と少し離れたところに腰を下ろした。少し傷ついた。

　王都に着いたらとにかくまずは風呂に入って身体を清めよう。……あ、まずい。その前にハンナに殺されるかもしれないじゃん……。

「あなたの国の神殿には魔族が多くいるのかしら」

「どうだろうね。そんな気はするよ。俺はさ、兄妹が神殿にずっと囚われているから心配なんだよね。出来れば二人を神殿から出したいんだけど、どうやったらそれが出来るかずっと考えてる。神殿の内部があのレベルの魔族だらけだったら、返り討ちに合いそうだし」

「事前に確認したいところだけど、難しそうね」

「ところでさ、魔族って首を切ると倒せるの？　俺、後ろからあいつの心臓にクナイを刺したんだよ、ボン爺の援護付きで。それなのにビクともしなかったんだ。そもそもあいつ、魔法で体が半分吹っ飛んだ癖に全く攻撃が弱まらなかったし」

「……分からないわ」

「頭を狙えばいいのかな。次に戦う事があったら、俺も頭を狙ってみるよ」

　某ゾンビゲーでも頭を狙うしな。おそらく魔族も急所は頭だ。

「……そうね。やってみたら。ただ、私もその時は一緒に戦うわ」

「それはありがたいけど、何で？」

「……自惚れと思われるかもしれないけれど、少し思う事があるの。今日は手ごたえもあったし。もしかしたら私には、対魔族に対して何かしらの力があるのかもしれないのよ」

何だって？

「えっと、それは、どうして？」

「……ダニー。あなた今、私を馬鹿にしたわね？　子供のくせに。そんなの、聞かれても分からないわよ。ただそう思っただけ！　やっぱりもういいわ。疲れたし、先に眠るわ。じゃあね」

ディアーヌはなぜか顔を赤らめて行ってしまった。

……なんだ？

まぁ……そりゃ確かに、自分に特別な力があるとかそんな厨二的な発言はこの世界でも恥ずかしい事なのかもしれないよな。

俺はこの世界に馴染んでしまったのかけっこう厨二全開で楽しんでるけど。

テントはそう大きくないので、ディアーヌは外でただの布にくるまって横になっている。

こっそり『鑑定』でステータスを確認したが、レベルとスキルレベルが上がったぐらいで特に新しいスキルの変化はない。

……あれか？　『覇王の器』に何かあるのか？

今の鑑定レベルじゃまだ詳しい事は分からないけど、あやしいのはあのスキルだよな。

……俺もあのスキル、欲しいかもしれない。

やりなおし転生～クリスマス編～

今日は12月24日。

前世では、リア充を気取った恋人達が熱い夜を共に過ごすなんていう都市伝説があったような気がする。

へっ……俺には関係のないことだけどな。

この世界にはそういうイベント事はないみたいだし。

っていうか領地暮らしの俺が知らないだけかもしれないけどさ。

だけど、今年は違う。……メイがいるんだ。

いつもはボン爺とかディアーヌとか……とにかく邪魔が入ってあんまりメイと二人きりになれないんだけど、今日は、今日だけはメイと一緒に過ごしたいと思っている。

メイが眠りにつくのはだいたい十九時。めちゃくちゃ早い。

だけど、この領地には街灯なんて概念がないのか節約でもしてんのか、十七時にもなれば外はもう真っ暗闇だ。だから夜メシを終えた後のほんの数時間……メイと二人っきりで過ごすんだぜ。

この日の為に準備は万端。

保護者代わりのボン爺には、十七時になったらメイを貸してくれと頼み込んである。

その承諾を得る為に今日の日まで辛い修行にも耐え抜いた。

ボン爺の手伝いだってめちゃくちゃやった。


夜メシをそそくさと食べ終えると、ダッシュでボン爺の小屋に向かう。

「にーにっ！　まってたよー!!」

「ごめんっ。遅くなったかな。ね、眠くない？　メイ？」

「んー？　すこし？　でもだいじょうぶ！」

「メイのやつ、こんな時間に外で遊ぶってのが初めてだからなあ。ずーっとそわそわしちまって、碌にメシも食わんで困ったわい」

「メイはちゃんとたべたもんっ!!」

「あっ大丈夫だよ。少しだけお菓子持ってきたから」

「あんまり、菓子ばかり与えるのも感心せんがな。ま、今日ぐらいは良しとするか……」

「じゃっ、行ってきまーす。メイほら、行こう！」

「うんっ！　いってきまーす!!」

「寝る時間には戻ってこいよ」


どこかへ出かけるといっても、この屋敷から出る事はない。

目的地は屋敷の屋根の上だ。


ロイ爺に張って貰ったロープを伝って登っていく。

俺の部屋の窓際からは自力で屋根へとよじ登る。

普段の修行の成果もあって、俺もメイもこんな程度の事どうってことない。


「わーい。こんなよるおそくにおそとにでるのはじめてっ」

「メイ、寒くない？」

「ううん？　みてみてっ!!　ほしさんがいっぱーい。きれーい!!」

「いや……メ、メイの方が綺麗だよ……」

「んー？　どういうこと？」


メイは何のことやら分かってないみたいだけど、それでもいいんだ。

なぜなら、さっき……生きているうちに使ってみたいセリフの一つを言うことが出来たから。

自己満足だけど、それでいいんだ。


「あ、そうだ。メイお菓子食べる？」

「えーっ！　おかしっ!?　うわーいっ！　たべるたっべるーっ!!」

お菓子に目を輝かせるメイのなんという可愛いことか……神様、転生させてくれてどうもありがとうございます。

マーサに無理言ってクッキーを焼いて貰って本当に良かった……この礼は必ずするぜ。

お菓子をある程度食べてメイが満足そうな笑顔を見せたところで、俺はとっておきのプレゼントをメイに渡す事にする。

クリスマスっていっても、12月っていっても、この国は年中温暖な気候だから冬なんて季節はないんだ。


だから……


「メイ。今日はプレゼントを用意したんだ……見てて」

今日までに必死に練習した魔法を披露する。

水魔法の応用をきかせて、細かい氷を大量に……この屋敷の全体に降り注ぐように……

そう。メイに用意したプレゼントは『雪』だ。

「きゃああっ……きれーい!!　つっめたーいっ!!」

「これ、『雪』っていうんだ。メイにどうしても見せたくてさ……」

「にーにっ!!　すごおーい!!　きれーい」


良かった。成功だ。……メイ、めっちゃ喜んでる。


「あ……でも、すぐになくなっちゃうんだね」

「そっか。それならさ。明日、もっと沢山つくってやるよ。それで遊ぼうぜっ」

「にーにはそんなこともできるの？　すごいね!!　あしたたのしみだねっ？」


……やばい。マジで最高の夜だ。

……メイをボン爺の所なんかに帰したくなくなってきたぜ。


「……きゃっ！　見てみてクリス。素敵だわ……何かしらこれ」

「本当だね。凄いな。氷の粒だ……？　不思議だ」

「ねえ。もしかして、私達の仲の熱さに神様が嫉妬されたのかもしれないわよ？」

「ははは。本当だね、ドーラ。それじゃ……もっと見せつけてやろうか」

「やだっ！　クリスったら……んっ」

…………


なんてこった。

クリスとドーラが裏庭にいる。

……あいつら。こんな早い時間からなにやってやがんだ。

「あれ？　ねえねえ、にーに！　したからクリスとドーラのこえがきこえるよ？　おーい「ちょっとまったあっ」」


慌ててメイの口をふさぐ。

屋根の上での甘酸っぱい俺達と違って、下では大人の何かが始まろうとしている事に動揺を隠せず、咄嗟にメイの口を押さえたまま息をひそめた。

メイの耳はとてつもなく良い。

これ以上は純粋《ピュア》なメイに聞かせる事なんて、俺には出来ないっ!!

「あのさ、メイ……もう遅いし、帰ろっか……」

「んー？　んー？」

口を押さえたままなので話す事が出来ず、ただ不思議そうな顔をしていたが、メイは素直にこくこくとうなずいてくれたので、俺たちは音を立てない様に静かにその場を後にした。


「おい、もう帰ってきたのか？」

「……ただいま……」

「ただいまー！　ぼんじー！　すっごくたのしかったよー!!」

「そりゃ良かったな。何をして遊んできたんだ？」

「えっへへー！　なんかね？　しろくてね？　つめたくてね？　きれいなの!!」

「よしよし、そんなに楽しかったか。良かったなあ。後で詳しく聞いてやるわい」


想定より早く帰ってきた俺たちにボン爺は不思議そうな顔をしたが、どうやら俺の微妙な表情を読み取ったらしくニヤリと笑うと、楽しそうにはしゃぐメイを小屋へ入れ、扉を閉めた。

ボン爺の小屋から屋敷までの距離をひとり、とぼとぼと歩く。

この日は……何だか負けた気がした、初めてのクリスマスイヴとなった。

あとがき

初めまして。makuroと申します。

今年の7月頃に冒険小説を書きたいと思いこのお話を書き始めたところ、思いの外楽しく、異世界生活をエンジョイしながら書いております。

ちょうど、読んで頂く方が増えて皆さん読むスピードが速く「どうしよう。大変だ、早く続きを書かなきゃ」ととても焦っていた頃に書籍化のお話を頂くようになりました。

当時は、実は他にも書きたい話がありまして、ただこのお話を完結させてから取り掛かりたかったという気持ちから早く完結させたい、と更新することしか私の頭にはありませんでした。

また最初は詐欺なのかもしれない、とも思いまして。

家族と色々相談した結果、最初はかなり微妙なお返事をしてしまったのですが、その数十分以内にお電話を頂きましてレスポンスの早さにとても驚いたのを覚えております。

しかも、その時ちょうど近所の居酒屋にいたんですよね、私。

その日は疲れてたのでメールを送った後すぐに居酒屋へ直行し、注文を終えた直後の事でした。すごくざわついている中、急いで店の外に出てお話をさせて頂きました。以下だいたいこんなシュールな感じの会話が行われました。

『はい、〇〇（本名）です』（↑仕事でも使うのでとにかく出るタイプ）

『……〇〇さん？……女性……？あの……』

『えっ？……もしもし（間違い電話かな）』

『あの……makuroさん？　ですか』

『あっ（出版社の人や、どうしよこんな所で）…そうです。すいませんうるさくて……ちょっと今……居酒屋におりまして……』

『えっ……女性だったんですか？』

『はい。そうですよ？』

『えっと、ちょっと待って下さいね。てっきり男性だと思ってたのでそのつもりでいたので……ちょっと待って下さい』

『あ、はい。あのそれは最近よく言われるのでお気遣いなく…』

当初はかなり怪しんでいたものの、稲垣様、古里様とお話をさせて頂き、きちんと説明を受けまして家族とも相談しこの度の運びとなりました。

……正直なところ決め手となったのはあの時のケーキでございます。

ケーキにつられてうっきうきの上機嫌になり『いいですね♪いいですね♪』とノリノリでＯＫし

てしまうというアホエルフの様な事をリアルでやってのけてしまいました。

仕方なかったんです。会社帰りにお伺いしたのでご飯食べてなくて。定時で帰る為にお昼休みもパスしていてすごくお腹、空いていたんです。


皆さま、色々とご協力や助言どうもありがとうございました。


さて、書籍化に至った経緯は前述の様なものですが、このお話につきまして。

この話はもともと、一人の男の子の冒険成長ストーリーを書きたくて始めたものです。リア充なんて知るかいっ！　不遇の日陰の男の子に光を当てたいんだ。そしてその子に強力なサポーターをつけてのんびり、とにかく楽しい経験が沢山できればいいなという願望から生まれたのが主人公レオンです。

なので、最初から最強というわけではないこのお話。


私にとって予想外であったのは、思いのほか読んで下さる方がいたという事でした。

書き始めの頃は、まったりと静かに書いていたので、読者の方が増えた時は本当にいったい何が起きたのかとびっくりしてパニック状態でした。

それでも中には私のやろうとしていることをズバリ言い当てて下さる方もいて嬉しかったり恥ずかしかったり。

この度の書籍化作業にあたり文章を改めて見直す作業はかなり大変でした。

しかも時期が仕事の繁忙期＋実家の手伝い（農業）と重なり、そしてそして今年は農業経験おありの方はご存じのやっかいな雑草が大量発生していたり。

当初は無理をしてやっていたのですが、慣れない作業で体調を崩したりすごく眠いのに眠れなくなる日が続いたりという状態異常に陥りまして、更新が滞ってしまった際は、ネットの方で読まれている方には大変ご迷惑をおかけいたしました。

職業柄、スケジュール調整など、ご担当頂いた古里様には何度も確認させて頂きましてご迷惑をおかけ致しました。ベテラン編集様という事でいつもパニック状態の私に冷静に対応して下さりましてとても助けられました。どうもありがとうございます。


また今回、イラストを椋本夏夜さんというとても素敵な絵を描かれるイラストレーターさんが描いてくださいました。

可愛い女の子がたくさん出てくるので、とにかく可愛い絵にして欲しいですと打ち合わせ時にお伝えしたところ、椋本夏夜さんというベテランイラストレーターさんをご紹介して頂きました。

お忙しいなか、とても綺麗で可愛いイラストを描いて下さりどうもありがとうございました。宝物にします。

最初はとにかく分からない事だらけで不安で仕方なかったのですが、多くの方にご協力をしていただき何とか刊行することができました事を心よりお礼申し上げます。

また、この本をお手に取って読んで下さった方、日々の更新で読んで下さっている方どうもありがとうございます。

初めての作品で自信よりも不安の方が大きかったのですが、殻に閉じこもりがちのこんな私を、時に気遣って下さったり応援して下さる方もいらっしゃってとても励みになっていました。どうもありがとうございます。

それでは、ここまで読んで頂いてありがとうございました。

やりなおし転生
～異世界でがんばる俺の話～
ひろってください
挿絵担当の椋本です。
お手にとって下さってありがとうございます！
メイかわいいです…＞＜ リアルうさぎも
大好きです。一度でいいので
某うさぎ島でうさぎにまみれてみたい…

EARTH STAR NOVEL

やりなおし転生＊俺の異世界冒険譚

発行 ———— 2017年12月15日　初版第1刷発行

著者 ———— makuro

イラストレーター ———— 椋本夏夜

装丁デザイン ———— 舘山一大

発行者 ———— 幕内和博

編集 ———— 古里 学

発行所 ———— 株式会社 アース・スター エンターテイメント
〒107-0052　東京都港区赤坂 2-14-5
Daiwa 赤坂ビル 5F
TEL：03-5561-7630
FAX：03-5561-7632
http://www.es-novel.jp/

発売所 ———— 株式会社 泰文堂
〒108-0075　東京都港区港南 2-16-8
ストーリア品川
TEL：03-6712-0333

印刷・製本 ———— 中央精版印刷株式会社

ISBN 978-4-8030-1143-2